这一代人的怕和爱

刘小枫 著

祭献给母亲

目 录

2016 年版前记
2006 年版前记

怕和爱

3　蒲宁的"故园"
11　我们这一代人的怕和爱
22　苦难记忆
33　柏林墙的碎片
35　记恋冬妮娅
47　"作家"原义
51　愧对蓝色的死亡
56　萌萌的线团

缘 分

- 79　我在的呢喃
- 92　湖畔漫步者的身影
- 102　追悼"美学热"
- 106　舍斯托夫与尼采
- 110　轻之沉重与沉重之轻
- 119　空山有人迹
- 128　"误解"因"瞬时的理解"而称义
- 139　"这女孩儿的眼睛为我看路"
- 152　感念赫尔墨斯的中国传人
- 157　施特劳斯与基尔克果
- 162　六译圣人赞
- 175　随时准备从头开始

雪泥鸿爪

- 181　"文化"基督徒现象的社会学评注
- 191　"道"与"言"的神学和文化社会学评注
- 200　金陵与神学
- 207　灵知主义与现代性
- 211　神义的千禧　人义的激情
- 220　修院生活与爱欲神秘论
- 227　莫扎特与神学家
- 229　里尔克与个体信仰的现代可能性

233　关于基督教思想史
236　伯纳德特与海德格尔
239　陶伯斯与施米特
243　约瑟夫斯与希腊人

自我的棱镜

249　关于"四五"一代的知识社会学思考札记
261　当代中国文学的景观转换
272　流亡话语与意识形态
291　《读书》与读书人的变迁
301　国家伦理资源的亏空
307　知识分子的"猫步"
316　透过她人的欲望看自己
327　也谈"二十一世纪精神"
338　我们做学问究竟为谁？
343　"哲学与文学"座谈纪要
351　学以知远察微［访谈纪要］

360　代跋　我的学术与旧书买卖

2016 年版前记

又一个十年过去了——祖国大地变化之大，有目共睹。我自己的心态仍然没变，还是那么静态。这次重版，增补了七篇近十年来写的小文和一篇访谈稿，谨记又一个十年过去了。

刘小枫
2016 年 5 月

2006年版前记

自十年前（1996年）北京三联书店刊行《这一代人的怕和爱》，世纪已经翻了一页。这次重新结集，添上了近十年来的部分文字，无论新文旧文，都满纸陈旧感。"我们这一代"的历史感觉，对我来说就像怀里揣着的一张已然发黄的老照片。

时代进步、感觉进步、学术进步，我却滞留在七十年代中期到八十年代中期的那个十年——那十年里，"我们几个人"老在想，现代中国的前辈学人们想了些什么、为什么这样想；西方现代的思想者们想了些什么、为什么那样想……想来想去，不过想的是，"我们"自己该想些什么、如何想……

"我们这一代"早已消散——也该消散了。我也想从这些没有任何济世效用的痴想中走出来，却始终迈不动步子……三十年前曾自题："欲居人生无穷意，不敢妄自逐风流"。三十年过去了，无论文字还是生活感觉，依旧如此稚气，一心只争朝夕。

刘小枫
2006年5月

怕和爱

蒲宁的"故园"

——记八十年代初的感觉

1983年9月,新学期刚开学,英语系研究生白晓冬就跑到25楼找我,说要创办一份北大研究生文学刊物。

白晓冬爱好文学——写诗、小说,还弹一手好吉他,自弹自唱,好像嗓音还不错。

晓冬一定要我给创刊号写篇东西——这份文学刊物后来也仅出了"创刊号"。

当时我在读蒲宁小说的新译本。第一次读到蒲宁,是四川人民出版社出版的一个集子,书名叫《故园》,译笔凄美,贴近蒲宁的感觉。可惜,这个本子所选篇目不多。1983年,戴骢先生译的蒲宁选集第一卷《新路》(安徽文艺版)出版,有些篇章虽与《故园》重复,但篇目多些。

拗不过白晓冬的逼迫,我给他的一篇小说写了一段文字,题为"刹那的永恒",记叙的却是蒲宁小说传递给我的生命感觉。这段文字接近结尾的地方有这样一段:

只有以心以血把捉的爱的刹那才是永恒的。爱的刹那打开了无端之在通向人生之大全的柴扉。它召唤我,是恍惚绿色的彼岸的一笛哨音,我记起喑喑似诉的俄国作家蒲宁的小说《寒秋》《鲁霞》《儿子》等中的主角。他们一生中所拥有的全部财富,就是某个寒秋中的一个夜晚,某个夏季的几天阳光,甚或为爱而献身的那一瞬,而一生中其余的都不过是多余的梦。每想到这些人生中的"一瞬",浑身就会感到濒临死亡的微茫。

这感觉来自蒲宁的小说《寒秋》结尾时的一段话:

我总是问自己:我一生中究竟有过什么东西吗?我回答自己:有过的,只有过一件东西,就是那个寒秋的夜晚。世上到底有过他这么个人吗?有过的。这就是我一生中所拥有的全部东西,其余的都不过是一场多余的梦。(《新路》,第402页)

这篇借评说白晓冬的小说来记叙对蒲宁小说的感受,不过是习作,表达很不如意。我从不自恋自己的文字,扔掉过好些破文章——这篇习作虽稚气得很,却一直舍不得扔,因为它记下了我对蒲宁的感激。很多次,我想试试在旧文基础上重新表达一次对蒲宁的感激,都没有如愿。

我想重新诉说对蒲宁的感觉——那是八十年代的感觉,虽然已经过去二十年了,这感觉仍然在我心中的某处,有如我心中的"故园"。我相信,这感觉会陪伴我,直到我可以像《寒秋》中那个无名的叙述人一样,说:"我算是活过了,也算是享受过了人间的欢乐,现在该快点到他那里去了。"

刹那的永恒

那飘逝远去的,是短暂的,像枯叶颤抖坠入迷蒙的幽谷?

常驻复返的才永恒,像金灿的太阳落下又会升起?生生灭灭一时暂驻的无常刹那,在零落的生息眼前真的是不可把捉的湿雾?这是蒲宁的小说一再提出的询问。

倘若如此,零落生息莹莹晨露般的人生到哪里去寻得一树花枝,以寄托自己这随黎明到清晨的转换瞬息而悄然消失的身体?

未必如此。这要看心灵是否询问时间的路向及其灵幻的想象。如焚的爱欲、超迈的灵性和如醉回忆的组合方式,从而也就是作为一个本真人的思的方式而定了。

诗人勃莱克诗云:

把无限放在你的手掌上,
永恒在一刹那里收藏。

受死亡驱迫的有限生命,如何可能在一刹那里捉住永恒?这需要哪些条件?

花,不常驻,开了就会谢。花再开已不是那已开过的花,开过的不可重复,开的花就是那一朵,银河中一颗惨然自怜的孤星。刹那有如一瓣落红。

但是,对人来说,刹那并不是必然出现的出神入化的瞬间。有的人一生都与刹那无缘,因为刹那只是在某一个人把身体奉献给一个如冰一般洁白透明的世界时才闪现。然而,奉献与失落自身有关:想让一片心灵颤栗的瞬间化为永恒吗?"他"为什么起这种艰难的奢望?因为"他"丢失了那曾使"他"的心灵莫名地颤动的微笑。丢失东西,在生活中太平常,它就是恒常的自然形式。生活不就是由数不尽的丢失、叹不完的懊悔组成的吗?何必追思那谜一般的帷幕后偶尔闪露的大眼睛。它太神秘、太短瞬,因而也太令人痴迷。然而,伴随丢失而来的是爱欲的死寂和灵性的麻木。沉沦于麻木,麻木于沉沦,多少众生在此麻木的沉沦中埋葬了青春的血肉。

沉沦于麻木就必然失去自我吗?麻木也可能被回忆的反思琴弦震醒。死寂的夜半,冥冥中幽远的隐处鸣响起默祷的钟声。那是心在祈祷叩灵,请她解答梦飘向了何方。

在寥落的心之深处,在与零落之生息不可分割的时间性生命中,零落之生息真正以血肉去把握的不是外在流逝的时间,而是内心所深切体验过的时间。体验过的内在时间是把刹那化成永恒的先验前提,使那飘逝的醉梦升华永驻的心境。

但要把捉内心体验过的时间,是零落之生息被死亡驱迫着的众生难以做到的。外在虚荣的追求、利欲的煎迫、社会中的种种腐化的陈规,败坏了人的灵性,麻木了人的感受性。匆匆忙忙,劳碌奔波使我们往往丢失掉内心体验过的时间。"他"不就丢失了使"他"心灵莫名地颤栗过的笑么?要从麻木的生活感受中摆脱出来,瞥见那体验过的内在时间的神明之光,使飘逝的醉梦能化为永恒的静境,就得有一个必要的前提:经过以回忆为基础的反思。

回忆使我们从外在时间律令下的陈腐中超脱出来。在偶遇的生命终结之前,过去的一切仍然是赖以开始的起点。内心时间曾使种种灵魂颤动的刹那成为心灵历史的记忆。一旦这变为记忆的刹那被焦渴的爱欲催促着的内心时间重新把握,它就成了解放无处诉说的感受性的力量。回忆是这种解放力量的转轮。回忆阻断了内心中的因果流,向与无处觅的灵性无缘的外在恒常规律告别,抛却所谓必然力量对灵幻想象和纯真反思的干扰。回忆支撑着的纯度和深度,凝目一碧澄川,忘己捐躯。因此,回忆之上的反思就比一般的反思来得更深一些。

回忆当然不仅只是对过去的事件的重新勾起,以悲歌般的情感去珍视它。回忆,更是一种灵魂的开悟,有如基督教的忏悔,是灵魂对自己的清洗。这种清洗是用灼热的眼泪,渴求新生的眼泪。正是在此意义上,回忆是一种思。它思的只是,寥落的灵魂知向谁边?

由于这种思,休寻恩怨淡薄的外部自然,只看自己灵魂的魂逝处境,也由于这种思不关涉逻辑的理路,只循着信仰的温柔和圣子所指引的同情,它的发生骤然引起整体震颤。回忆的反思是被缚灵魂重新获得自己失去青春的必由之路,广漠无垠的干渴沙漠远方吹响一支轻曼如歌的绿笛。

"他"经过死寂和麻木的震颤进入回忆的反思。回忆的反思使他有可能把握已飘逝的醉梦般的笑。

仅有回忆的反思就足以捉住刹那,并把永恒珍藏其中吗?不能。这里还缺少另一个必要条件。还得追问,回忆的反思思什么?回忆的反思不能随随便便地思,它必须思其必得思:几度纷堕的心和血奉献给了什么?

弗罗斯特诗云:

> 两弯小径在秋林中延伸
> 多可惜,我不能同时把它们踏勘
> 我久久地目送一条远去
> 看它扭动身子,消失在灌木丛间……

踏勘路径不可能重复,外在时间不可逆转。踏勘小径而去,就是把血肉之身躯连同灵性和想象奉献出去。

但须臾的灵性和想象所奉献的对象也有可能是死寂或麻木,恶魔或虚伪。走过的足迹无法抹去,奉献了的灵性和想象至多只能变成一曲挽歌。要是我们事先就知道该走哪一条路,哪一条小径该有多么好!

既不可能踏勘两弯小径,也不可能在小径的路口徘徊,偶然漂浮的浮萍般的身心是必得要奉献的。要避免误入歧途,就要超越。超越什么?人生中的凄迷和狂妄。由于人进入世界浮生就是迷路,唯有超越能引领人的奉献。

超越得以反思为前提。反思把心灵引入澄澈明净的超然之中,使灵得以问,自己的奉献对象是专横的恶魔还是人生的大全。当回忆的反思思到了这一层,它就思到了应该思的东西的根。既然奉献自己有如几点啼痕的灵魂的根本,就必须寻到能为之生为之死的圣灵,否则就还没有可归宿的斜枝。反思使心灵摆脱了尘嚣和凡迹,真正的奉献才有可能。没有反思这一前提,盲目的奉献,只能是不自知地自毁生命的惨然人生。奉献就是经反思净化后的心灵亲近真正的神明,在陶然忘己的瞬间悟入人生的大全。在这大全中,生与死、梦与醒、动与静都彻底超然了。

奉献的本质就是以心以血去爱,因为爱是最彻底的献身,它要求爱者为了把一片温柔赋予所爱者而牺牲自己的一切。安徒生的《海的女儿》启示过这一奥义:为了自己所爱者的幸福,可以牺牲自己的生命。

无凭的爱超逾了所有观念、法则、定律、规律,也超逾了必然、因果、时间,总之,它超出了这个世界,不在这个世界之内,因而与绝对、与大全是同一的。无端之在不能改变这个世界,因为零落之生息不是这个世界的设计师。但是,零落之生息可以超出这个世界,也就是超出因果、必然和时间之世界。

以心以血去溶化的刹那是零落之生息为之生为之死的永恒。尽管如此永恒隐匿在生生灭灭无一时暂驻的无常中,受着孤云般身世的一霎濛坠的催促,但正是这奉献的爱使我们零落之生息成为人灵。

诗人尼采的《秋》诗道出了回忆与奉献的关系:

> 回忆!
> 那比我美丽的东西的回忆:
> ——我看见它,我看见它,
> 并且就这样死去!
> ……
> 那飘逝的是永恒的。

1983 年　北京

何谓"故园"?

"故园"并非仅指曾经生活过的地方——每个人都有自己曾经生活过的地方,但并非人人都有自己的"故园"。严格来讲,"故园"是个精神性的语词,其中凝结着某种弥足珍贵但失去了又无从寻回的气息。

九十年代初在巴塞尔念书时,我偶然听到拉赫马尼诺夫(1873—1943)的一些早期作品——比如据小托尔斯泰的小说改编的交响诗 *Prince Rostislav*(1891 年作)、《吉普赛主题随想曲》(*Capriccio on gypsy Themes Op.* 12,Evgeni Svetlanov 指挥 USSR 交响乐队 1973 年演出版),感动莫名。尤其早期的五首钢琴幻想作品中的《诉歌》(*Elegie*,Op. 3 之一)和《音乐瞬间》(*Moments Musicaux*,Op. 16,Evgeni Svetlanov 1989 年演奏版)之五,听后禁不住长时间地呆坐。从此以后,我几乎每个月要听一遍这些曲子,甚至自己在钢琴上去追寻这些缠绵悱恻的乐音……

这些乐音为什么让我如此感动?因为我从中听到了蒲宁"故园"的声音——我在想,倘若蒲宁认识拉赫马尼诺夫就好了。

在九十年代初出版的《蒲宁散文选》(戴骢译,百花文艺版,1991)中,竟然有一篇短文题为"拉赫马尼诺夫"……

文章记叙了两人年轻时的初次见面。当时,他们促膝长谈了一整夜。分别时,拉赫马尼诺夫搂着蒲宁说:"我们将终生为友。"蒲宁记叙道:

> 像这样的长谈只有在赫尔岑和屠格涅夫青年时期的浪漫岁月里才会有。那时,人们往往彻夜不眠地畅谈美、永恒和崇高的艺术。

多像七十年代末期的我们:那个时候,我们不就经常彻夜长谈赫尔岑的《家庭戏剧》、屠格涅夫的《父与子》么……后来,拉赫马尼诺夫移民去了美国。日子久了,虽然两人也时有见面,蒲宁仍然觉得,拉赫马尼诺夫变得越来越"拘谨"——蒲宁的说法很委婉,实际上他想说的是:住在美国的拉赫马尼诺夫已经失去了"故园"感,只有蒲宁还在那里独自思念着我们的"故园"……

二十世纪的世纪末远不如十九世纪的世纪末那么纯净得让人感动。

2006 年 5 月

我们这一代人的怕和爱

——重温《金蔷薇》

一

巴乌斯托夫斯基的《金蔷薇》初译本刊行于五十年代后期。在那个只能把心酸和苦涩奉献给寒夜的时代,竟然有人想到把这本薄薄的小册子译介给没有习惯向苦难下跪的民族,至今让我百思不得其解。

也许,由于俄罗斯作家巴乌斯托夫斯基声誉显赫;也许,由于作者声称,《金蔷薇》不过是一部有关创作经验的札记,不管怎样,《金蔷薇》毕竟译成了中文,而且译得那么凄美,总有一天,人们会透过所谓"创作经验谈"恍悟到其中对受苦和不幸的温存抚慰和默默祝福这一主题。

前些日子,我收到翻译家戴骢先生寄来的《金蔷薇》新译本,他知道我非常喜爱这本书。新译本更名为《金玫瑰》,似乎只有这更加辉煌的从黑暗中生长出来的对人间不幸默默温柔的象征,才足以供奉在那座哭过、绝望过的耶稣受磔刑的十字架上。

从"译后记"中得知,摆在我面前的《金玫瑰》乃是作者临终前对《金蔷薇》作了全面修订和增删后刊行的本子。从中我发现,令人心碎的文字明显增多了。我暗自思忖,书中增补的有关勃洛克和蒲宁的文字，莫不就是作者自己的表白？

我的罗斯，我的生命，我们将同受煎熬？……

这不但是诗人勃洛克的心声，也是巴乌斯托夫斯基的心声，是阿赫玛托娃、曼德尔斯坦姆、帕斯捷尔纳克、索尔仁尼琴等整整两三代饱经蹂躏的俄罗斯诗人的心声。只有无限崇敬十字架受难的灵魂，才唱得出这种为受难的爱而颤栗的歌。

巴乌斯托夫斯基在谈到蒲宁的一篇小说时这样写道：

它不是小说，而是启迪，是充满了怕和爱的生活本身。（第290页）

这不也是整部《金玫瑰》的写照？

《金玫瑰》不是创作经验谈，而是生活的启迪，是充满了怕和爱的生活本身。如果把这部书当成创作谈来看待，那就等于抹去了整部书跪下来亲吻的踉跄足迹，忽视了其中饱含着的隐秘泪水。

要读懂这部书，并不比那些高深莫测的人生哲学的玄论容易。只有品尝过怕和爱的生活的灵魂，才会懂得由怕和爱的生活本身用双手捧出的这颗灵魂。对于我来说，这无疑是一个过高的要求。

二

我第一次读《金蔷薇》，是在七十年代初期。我们这一代人都会记得，那个时候，《金蔷薇》这样的书照例属于"封资修"名下的"黄色书籍"之列。一天，我躲在家里偷听辗转借到手的《天鹅湖》组曲（黎国荃指挥）唱片，尽管已听过无数遍，对"场景"中那段由双簧管奏出的凄美主题，我依然不能很好地理解。这时，一位脸色总是惨白的老姑娘无言地把《金蔷薇》递到我手里，那双默默无神的眼睛仿佛在借勃洛克的诗句告诉我："这声音是你的。我把生命与痛苦注入它那莫解的音响。"

那时，我还不能恰当地领会这部书，甚至，那位泪水早已流干了的老姑娘为什么要把这部书递到我手里，我也不懂；要知道，她心爱的人早在初恋中就被戴上右帽分派到大西北去了，她满含温情的泪水早已全部倾洒在那片干燥的土地上——同情、温柔、祝福与她有何相干！而《金蔷薇》的开篇就是默默祝福和牺牲自我的温柔主题！

每一代人大概都有自己青春与共的伴枕书。我们这一代曾疯狂地吞噬着《钢铁是怎样炼成的》和《牛虻》中的激情，吞噬着语录的教诲。谁也没有想到，这一切竟然会被《金蔷薇》这本薄薄的小册子给取代了！我们的心灵不再为保尔的遭遇而流泪，而是为维罗纳晚祷的钟声而流泪。这是两种截然不同的理想，可以说，理想主义的土壤已然重新耕耘，我们已经开始倾近怕和爱的生活。

《金蔷薇》竟然会成为这一代人的灵魂再生之源，并且规定了这一代人终身无法摆脱理想主义的痕印，对于作者和译者来说，当然都是出乎意料的。这无疑是历史的偶然，而我们则是有幸于这偶然。如此偶然使我们已然开始接近一种我们的民族文化根本缺乏的宗教品质；禀有这种品质，才会拒斥那种自恃与天同一的狂妄；禀有这种品质，才会理解俄罗斯文化中与被钉死在十字架上的耶稣一同受苦的精神；禀有这种品质，才会透过历史的随意性，从根本上来看待自己受折磨的遭遇。

这一代人从诞生之日起，就与理想主义结下了不解之缘。然而，这代人起初并没有想到，理想主义竟然也会有真伪之别。这代人曾经幼稚地相信，神圣的社会理想定然会在历史的行动中实现。那些生活本来应该属于她们的少女们的生命，早已为此而埋葬在无数没有鲜花、没有墓志铭的一座座坟茔——更为悲惨的是，从这些无可挽回的荒坟中发出的怯生生的呼唤，已不能激发人们停下来悲哀地沉思，历史竟然要求我们忘却。似乎，历史的要求无论多么蛮横无理，也是客观必然，是人，就得屈从于它的绝对权威。

巴乌斯托夫斯基在谈到勃洛克时，对叶赛宁的诗句"已经到了收拾起必将朽烂的什物上路的时候了"提出异议，在巴乌斯托夫斯基看来，世上也有永远不会成为"必将朽烂的什物"的东西，它会永远和人们坚守在一起。我们知道，一切都"必将朽烂"正是那种被称为历史理性主义的理想哲学的绝对律令。历史理性与神性的永恒水火不兼容。我们究竟要用多少没有鲜花、没有墓志铭的荒茔，才会堆砌起一种恍悟：历史理性不过是谎言而已！

巴乌斯托夫斯基说的"永远也不会成为必将朽烂的什物"的东西，指勃洛克那些陪伴人们捱过漫漫长夜的诗篇——要知道，这是贯注生命和痛苦的莫解的音响，是懂得怕和爱的生活的灵魂所听命的催人肠断的声音。《金蔷薇》流入这一代人心中，使其"天生"而来的理想主义得以脱胎换骨。真正的理想应是对受苦和不幸的下跪，应是懂得怕和爱的生活本身高于历史理性的绝对命令，应是奔向前去迎候受难牺牲者基督的复活。

"我们总是过迟地意识到奇迹曾经就在我们身边",这是巴乌斯托夫斯基提到的勃洛克的诗句。我们这代人曾误解过奇迹,听信过伪造的奇迹。实际上,奇迹从来只有一个,那就是十字架受难所显示的奇迹,它昭示给我们的是关于怕和爱的生活的奥秘——我们过迟地意识到奇迹曾经就在身边,否则,不会直到现在才开始学怕和爱的生活。

三

怕和爱的生活本身还需要学吗?

如果不需要学,为什么我们长久以来都不知道怕和爱的生活本身高于历史理性的绝对命令?

学会爱的生活可以理解,学会怕的生活,的确让人费解,对我们民族来说,它过于陌生了。确实,怕的意识纯然是某种民族文化的异质因素,但却纯然不是人的异质因素。

这一代人曾因"天不怕,地不怕"而著称,不怕权威、不怕"牺牲"、不怕天翻地覆、不怕妖魔鬼怪。谁也没有想到,这一代人竟会开始学会怕。怕什么呢?

不怕什么。

怕不过是一种精神品质,而绝非一般心理学所说的心理形式。为明确我所说的"怕",至少得作出三个层次上的区分。首先,一般所说的"怕",指对某一具体对象和处境的畏惧心理,这种怕与我所说的"怕"毫不相干;另一种怕指面临虚无的畏惧心理,基尔克果和海德格尔相继深入论涉过这种怕,并把它与前一种怕区别开来。这种"怕"已接近我所说的怕,但还不就是我所说的那种怕。我所说的那种怕与任何形式的畏惧和怯懦都不相干，而是与羞涩和虔敬相关。这种怕将那永恒神圣的天父藏匿于自身，因此，不是面临虚无之畏惧。只不过，从对虚无的畏惧可能感受到圣经中所昭示的这种怕。因为，当人面临虚无时，也许会幡然悔悟其自身的渺小和欠缺，进而承纳神灵于自身。以羞涩和虔敬为质素的怕，乃是生命之灵魂进入荣耀圣神的虔信的意向体验形式。

巴乌斯托夫斯基的一段话令我回味再三：

> 儿孙辈不理解也不愿理解歌谣中涕泗横流地痛诉的那种贫困，不理解也不愿理解由迷信的传说、神话、不敢吱声的胆怯的儿童们的眼睛和吓破了胆的姑娘们低垂的睫毛所点缀的那种贫困，不理解也不愿理解被香客们和精神不健全的人们的故事吓得毛骨悚然的那种贫困，不理解也不愿理解因为时时都觉得可怖的神秘就近在咫尺——在森林中、湖泊中、朽烂的枯树中、老太婆的哭声中、用木板钉死了的弃屋中——时时都觉得奇迹就将出现而惶惶不可终日的那种贫困。（第274页）

巴乌斯托夫斯基所说的"贫困"，当然不能按一般词义来理解，因为他把"贫困"与"神秘"和"奇迹"联系起来——贫困与神秘和奇迹的关系的奥秘，隐含在福音书的启示之中。我们正在学着的"怕"趋近这一奥秘，只是，已开始学习"怕"的生活，并不等于已学成"怕"的生活。事实上，我们离"怕"的生活还远，而从"怕"到奇迹，还有近在咫尺的距离。

有感于《金蔷薇》对这一代人的深远影响，我曾多次将它推荐给新的青年一代。他们的反应往往是不以为然——的确，他们"不理解也不愿理解"怕的生活。我常想，倘若这一代人学不成怕的生活,这片土地恐怕会永远与"怕"无缘了。

四

在相关的场合,"怕"往往被译成"畏""畏惧",这当然品味有减。问题是,我们终于道出了"怕",这确让人惊喜。

在一次学术会议上,我碰见戴骢先生,他译的蒲宁早就让我为之倾倒。这次我一见面就问:这个"怕"字你是怎么译出来的?他淡然一笑,没有作答。

翻译之甘苦,事者皆知。但我以为,对译者的要求,除外文功夫及中文修养外,很重要的一点在于译者的前理解。例如,没有需要相当经历来积累的素养,这"怕"字就译不出来。

前理解不但规定了译文的品质,还规定着译本的选择,而这后一个问题则举足轻重。

文化的修复,与翻译有不解之缘。西方文化史上的几次大的文化修复运动,都与翻译——文化传输有关。中国文化史有两次大的翻译"运动",一次是晋末至隋、唐的佛典翻译,另一次是现代以来的西学文典翻译。前一次翻译"运动"传输进来的文化,从质地上讲,与中国文化是相契的。而第二次翻译所传输的西文化,在诸多性质方面,都与中国文化的品性相异。这样,对译者的前理解的要求,绝非只是表词达意的问题,更是选择、传输什么的问题。这直接关系到新文化的路向,甚至关系到个体生命的在世命运。

"五四"以来,西典的选译日渐趋多,可回想起来,真正体现了西方文化精神的著作,又有多少译介过来了呢?看来,"五四"一代在译事上的前理解颇成问题,否则,"四五"一代无需花大力气从头做起。

"五四"以来中国文人译介俄国文化的比重相当大,似乎我们了解俄罗斯文化最多。实际恰好相反,中国文人对俄罗斯文化根本谈不上了解,因为他们得知的大都是与俄罗斯文化精神相悖的东西,是产生于十九世纪下半叶的虚无主义思潮的惑人货。

前理解从哪里来?从遭遇中得来。这一代人为《带阁楼的房子》流泪、为索妮娅的苦难流泪、为灵魂的复活流泪。从此我们的心开始与蒲宁、帕斯捷尔纳克、茨维塔耶娃、阿斯塔菲耶夫、艾特玛托夫的心一起跳动。

尽管如此,我们离这些俄罗斯魂的源头还相当遥远。例如,不逃离备受苦楚和屈辱的俄罗斯大地,与"阴悒的农舍、哀歌以及灰烬和莠草的气息"同命运的俄罗斯基督宗教精神,我们就还没有学成。

五

由于伪理想主义的歪曲,人们已经对理想主义本身丧失了忠信。可是,这一代人却始终不能摆脱《带阁楼的房子》和《夜行的驿车》中散发出来的理想的温馨,它表达出这代人从苦涩中萌生的对神圣的爱的深切渴慕。

前不久,一位青年画家来访,他是我的同乡,也是同龄人。他把自己获国际青年画展奖的作品给我看。从题为《我的故事》的组画中,我一眼就感受到其中隐含着的那种俄罗斯特有的病恹恹的美和哀歌般的爱。我们的话题马上转到对俄罗斯精神的共感上来。他情不自禁而且迫不及待地给我背诵《夜行的驿车》末尾那一大段令人心碎的文字。当他诵出"全维罗纳响彻着晚祷的钟声"时,他的眼睛湿润了。

可是,在他的作品中,我同时也发现不少以感觉冷漠、荒凉、被弃、孤单为题的作品(《轮椅》《密室》),这些作品在当今引起更为广泛的共鸣。

令我深思的是,这两种截然不同的感觉在我们这代人身上何以纠缠在一起了。无论如何,这种纠缠是这一代人的独特感觉结构。新的理想主义命定只有夹缝中的地位,它不过是荒漠上的一线惨淡的光。

爱在这个世界的自然构成中显得没有力量。安徒生为了想象中理想的爱而失落了现实中的爱,因为现实中的爱最经受不住摧残。

> 只有在想象中爱情才能天长地久,才能永远围着一圈闪闪发亮的诗的光轮。看来,我虚构爱情的本领要比在现实中去经受爱情的本领大得多。(第246页)

但是,愈是想象中的、理想的东西,愈没有力量,为了爱的实现,就应当让想象让位给现实。这是一个何等悲惨的悖论!在这个悖论面前,人们很容易向现实俯首就屈,最终把爱判为"无用"的对象。

索洛维约夫和舍勒这两位俄罗斯和日耳曼的基督宗教思想家,都一再申诉过精神性的东西、爱的力量的孱弱:精神之为精神就在于它全然不具有任何强力,它原本天生无力。问题在于，是否应该因此而否弃精神和爱，把决定世界的意义的权利拱手交给据称永远有力量的现实历史法则！回答是一个坚定的"否"！生命的意义就在于把自身的强力奉献给精神性的孱弱的爱。

与此相关，我们可以领会到耶稣在十字架上受难的意义，它的启示在于：爱的实现是与受苦和牺牲联系在一起的，这是爱在此地此世的必然遭际。

当代意识礼赞的是生命的赤裸裸的强力，怂恿生命自恃强力超逾于神圣之上。迄今，这两种意识力量仍在这代人的同一颗灵魂中搏斗着。我们有可能再次失落怕与爱的生活本身，如果我们不决意倾听那从受难十字架上发出的怕和爱的呼唤的话。

无论如何，这一代人毕竟对俄罗斯精神一往情深。新的年轻一代与俄罗斯精神没有患难之交，因而与之隔膜不难理解。

近代文化为封建文化的反动，以一百年迈动一步的艰难步履由西向东渐进：文艺复兴、法国启蒙运动、德国古典文化运动、俄国文化精神运动，一步更比一步艰难，一个更比一个命运悲惨。只是，精神的牺牲毕竟换来了用血和泪浸泡出来的文化，尤其十七至十八世纪之交的启蒙文化、十八至十九世纪之交的德国超验文化和十九至二十世纪之交的俄国受难文化。宗教、哲学、艺术、政治诸形态，在基督精神和理性精神的双重变奏中开出了无数金色的蔷薇。

如今，起步于西端的神性文化精神的脚步已踏入远东的古老王国，已有种种迹象表明，在这古老的王国里，二十至二十一世纪之交会出现一场文化精神的聚生，这大概是近代文化东进的最后一步。

问题是，我们能自信这场必将到来的文化聚生肯定会是我们的文化精神的新生吗？能肯定它会像英法、日耳曼、俄罗斯民族那样，为世界文化贡献出"永远也不会成为必将朽烂的什物"的精神吗？

我不抱希望。

文化精神运动也有失败的先例，起码文明古国自身就有过不少。文化精神的创造有赖于文化精神创造者的品质。对我们来说，精神品质则有待于脱胎换骨。不管怎么说，怕和爱的生活本身我们尚未学成，晚祷的钟尚未响彻华土，理想与受难的奇妙关系我们尚未寻到。

就此而言，重温《金蔷薇》恐怕仍为一门功课。

1988年3月　深圳

苦难记忆

——为奥斯维辛集中营解放四十五周年而作

当无辜者在一方,而罪人们在另一方时,这叫做什么?

我不知道,小姐。

动动脑筋,傻瓜。

我不知道,小姐。

如果人们将一切毁灭,一切都已失去,但太阳还在升起,空气仍旧清新……

法国电影艺术家戈达尔在其故事新编《芳名卡门》的结尾处写下的这段对白,使我无法释然。

卡门小姐——一位美丽、热情、任性、富有女性特有生命直觉的女孩子,身饮冲锋枪弹,躺在血泊中,以最后一丝生命的气息,提出了两个在我解答不了的问题。人类的历史、个人的生存都受到这两个问题的严峻拷问。然而,死者毕竟已经死去,活着的人在死者的问题中活着,而且,太阳还在升起,空气仍旧清新……

今年1月,我第一次看电影《芳名卡门》,正值二十世纪的苦难标志之一——奥斯维辛集中营解放四十五周年之际。卡门小姐的临终提问,使我想到在奥斯维辛惨遭不幸的成千上万死者。"解放"一词的意义已显得苍白无力,它毕竟无法让死者复活，亦不能补偿无辜者遭受的折磨。在奥斯维辛死去的无辜者中，不知有多少年轻美丽的少男少女。

奥斯维辛的罪恶不仅是西方人的耻辱，也是中国人的耻辱；奥斯维辛的不幸，不仅是西方人的不幸，也是中国人的不幸。因为，它是人类犯下的罪恶，而且是有知识的人犯下的罪恶，亦是人类所遭受的不幸，因而是属于所有人的不幸。只要是生存的人，都无法摆脱它的阴影。中国人同样处身于卡门式的带有绝对普遍性的问题之中。我们与奥斯维辛苦难的关系，绝非所谓国际主义问题，而是一个生存论（existenzial）问题。

奥斯维辛事件以后，西方思想通过哲学、神学和各种文艺形式，一直在沉痛反思奥斯维辛的罪恶和不幸。卡门式的问题尽管至今无法回答，却也不可搁置。活着的人与无辜死者同在，难道我们与奥斯维辛以后的苦难反思无关？

奥斯维辛以后

在西方的思想著作中，"奥斯维辛以后"（After Auschwitz）已成为一个术语，以此为题的专著，就我所见不下十余种——法国哲人利科（Paul Ricoeur）有言：当今哲学所面临的决定性挑战乃是"恶"。

"奥斯维辛以后"成为一项哲学课题，也许当归于德国哲人阿多尔诺（T. W. Adorno）对奥斯维辛苦难的哲学反思。Nach Auschwitz gibt es keine Gedichte mehr［奥斯维辛以后诗已不复存在］。他的这一名言至今仍未失去鸣声悲切的分量。

对于阿多尔诺，奥斯维辛首先是个人自身的主体性痛苦。尽管阿多尔诺在纳粹时代流亡美国，未尝过集中营之苦，他仍然感到奥斯维辛关涉自己个人生存的理由。阿多尔诺对自己提过这样的问题：奥斯维辛以后是否还有理由让自己活下去？在奥斯维辛以后继续活下去，已多少使冷漠成为一种主体性原则，怀疑意识作为对野蛮经验的必然反应，也具有了正当理由。然而，当人们由生命所迫继续活着时，就必须负起一种责任，使奥斯维辛不再重复。

作为哲学家，阿多尔诺把这种责任引入其形而上学的思考，并把奥斯维辛作为其哲学的基本经验来看待。《否定辩证法》一书中，"形而上学的沉思"一章的开章标题即是"奥斯维辛以后"。阿多尔诺认定：奥斯维辛既是惶然失措、深受伤害的世界过程之密码，是从深渊中发出声响的一个苦涩的词，也是历史哲学和认识论的密码。在这一密码中，生活世界接近了预知的恐怖。哲学理应认清这种恐怖，却显得束手无策——哲人既无法靠分析逻辑从概念上来把握奥斯维辛，也无法为之找到形而上学的安慰。

阿多尔诺看到，奥斯维辛是现代启蒙运动失败的公开证明，是一切致力于完美世界的构想彻底失败的标志。从而，奥斯维辛对启蒙理想的历史成就及其理想投下了永不消退的阴影。在此阴影之下，哲学的思辨理性除了绝望和痛苦，已明显不能把握人类的苦难和不幸，至多客观地描述历史的苦难和不幸，由此表达渴求拯救的主体冲动。只有记忆的力量和由悲哀与痛苦构成的情状，才是希望的超验之光的酵素。

奥斯维辛不仅迫使哲学不能从表面现象理解历史材料，而且要摸清历史发生的深隐结构，并迫使哲学之思禀具一种绝对必要的品质：以苦难记忆为基础的主体意志。唯有如此，哲学才能在已被践乱了的存在踪迹中寻找到自己的生存位置。

无辜负疚

奥斯维辛以后，活着的和将要活着的人的生存是负疚的。这是生存论意义上的负疚，而非心理学意义上的负疚。正如奥斯维辛是生存论上的苦难和耻辱记号，而非一种地域性或民族性的苦难和耻辱记号。这一具有普遍意义的记号意味着，二十世纪的罪恶和野蛮是独特的。以世界理想和人类未来为口实制造的苦难和不幸，已抹去了人的存在基础。一旦我们记起那些无辜的死者，那些被毁灭了的年轻美丽的生命在一方，而罪恶的人们在另一方，我们暗遣年华的生存就受到质询。

以纳粹集中营为题材的电影作品，我看过不少。《索菲的抉择》提出了令我至今困思的一个问题：无辜负疚。尽管这部作品在描写集中营中不堪卒睹的折磨方面远不如《为时间演奏》（*Playing for Time*），甚至也不是以描写集中营为主题，但它提出的问题相当尖锐：人的无辜负罪及其对迟来幸福的影响。

在被送往集中营的路上，纳粹强令索菲将自己的孩子——一个儿子和一个女儿交出，要把他们送往死亡营。索菲竭力想说明自己的出身清白，甚至以自己的美貌去诱惑纳粹军官，以图能留下自己的儿女。纳粹军官告诉她，两个孩子可以留下一个，至于留哪一个，让索菲自己选择。索菲几乎要疯了，她喊叫着，她根本不能作出这种选择。纳粹军官的回答是：那么两个孩子都死。在最后的瞬间，索菲终于喊出：把儿子留下。

索菲的抉择使我对萨特先生的自由抉择说感到抑止不住的厌恶。索菲的抉择表明这种学说至少在生存论上是不真实的。当存在的结构因某些人的作恶而在生存论上带有罪恶性质时，自由的抉择是不存在的。卡夫卡很懂得这一点，甚至即便从存在结构的自然本体论性质来看，自由抉择也是不存在的。人的生存必须抉择，而人又置身于生存的裂伤之中，抉择必然是负罪的，尽管是一种无辜的负罪。索菲的抉择应从寓意角度来理解，其涵义远远超逾了事件本身。

深深爱着索菲的那位青年作家，希望与索菲远奔他乡，圆成幸福。人毕竟只能活过一次，任何幸福的机会都暗催残岁。索菲知道这一点，但她忆述了这段苦难往事，拒绝了幸福。

体现在索菲这次抉择中的负疚感，源于对无辜不幸的苦难记忆。令人震慑的是，它是无辜的负疚！尽管索菲是苦难的蒙受者，是无辜不幸者，她仍然要主动担起苦难中罪的漫溢。索菲觉得，自己已不是一个好母亲，她已失去了获得幸福的权利。

在汉语语境中，生存品质已被败坏，以人类的解放者自居、以历史的推动者自居、以新世界的制造者自居，连罪责应负的负疚都没有，谈何无辜的负疚！负疚感的缺失，表明精神质素已然丧失最基本的怜惜感，这正是罪恶产生的根源之一。我们能说无辜负疚作为一种精神品质与我们毫不相干吗？

《索菲的抉择》末尾那段长时间的索菲特写镜头，让我终生难忘：泪水早已流尽，干涩的双眼仍张得大大的，在盼望着什么。这是苦难记忆的印记——印在这张茹苦蒙辱、涩泪无端的脸上的无辜负疚，向已然被意识形态败坏了的人类品质提出了无言的质问。

爱与死

描写苏比波集中营的电影，我看过两部。一部是纪实性的，另一部是故事片。我更有感于后者，它提出了受苦中的爱的问题。

苏比波集中营之闻名，不仅因为它是仅次于奥斯维辛的大死亡集中营之一，更因为在那里曾发生过一次真实的大逃亡事件。电影《逃离苏比波》就以这次逃亡事件为题材。

整部电影从头至尾都让人颤栗。

在死亡集中营里，异死不是未确定的偶然，而是已确定的眼下必然；不是人将走向异死，而是异死已走向人。从生命的自然形态来看，一切将不复存在，正义、良善、爱在异死的阴影中显得无凭无端。尽管正义、良善、爱已被历史罪恶和意识形态颠倒，以至于诸多现代主义者对它们的怀疑、解构和嘲弄不无理由，然而在死亡集中营里，却仍有人不忍抛掷正义、良善和爱。

有一次，十多位难友排成一行，站在其余难友面前，他们曾企图逃离，不幸没有成功，现在正等待现场枪决，当众难友之面"杀一儆百"……一位年轻的难友突然昏倒在地，他承受不了这种异死。这时，一位牧师走出来，申请代替年轻人被枪决……他被允许了。

在爱的面前，异死丧失了骇人的力量。

还有另一种爱。

犹太姑娘丽莎在集中营里爱上了一位俄国中尉，她热情大胆地向这位俄国战俘表白自己的爱情。俄国中尉总是回避这位姑娘，这不是因为在死亡集中营里谈恋爱显得荒唐，而是因为在遥远的俄土有他的妻子和儿女……直到策动逃离暴动发生的前一天夜里，俄国中尉才轻轻吻过犹太姑娘一次。

第二天大逃亡时，犹太姑娘被枪弹打死了……她没有能越过集中营铁网与附近树木之间的那片开阔地——她毕竟是个孱弱的姑娘，从背后射进她体内的机枪子弹，使她轻轻仆倒在地,再也没有起来。

俄国中尉活下来了。像许多其他有幸逃离的难友一样,他成了审判纳粹刽子手法庭的见证人——但他也是死亡集中营里爱的见证人。

我不知道俄国中尉心里是否曾有过悔意,懊悔自己在集中营里不曾回答犹太姑娘的爱,懊悔自己当初没有好好地爱她,感到对不起这位在异死的阴影中爱他的姑娘。

爱是真实之发生,而非伦理的规则。伦理规则应以爱的宗教为基础。在爱的宗教中,被钉十字架的爱打破了一切由自然构成的法则,在神性的死中战胜了自然性的死,在自然性的死中复活了真实的爱。在被钉十字架的爱之肯定和否定——肯定生命中的肯定和否定生命中的否定中,基督的爱支撑着每一位活着的人无根无据的残身。

人毕竟是人,既非不死的,也非不朽的。爱应在生之中战胜死,补偿性的爱不在……

走进无辜

在电影《逃离苏比波》中,有一幅画面令人震慑:集中营焚尸炉的烟囱矗立在美丽的田野上,背景是绚丽的太阳,空气那么透明清新……

你觉得这不谐调吗?你觉得集中营的焚尸烟尘污染空气吗?

可是,大自然没有提出抗议,它仍然以自己美丽的身躯为人间罪恶提供背景,不曾为人间苦难流过一滴泪水。

自然性的存在从来就对人间罪恶和人所遭受的无辜不幸默

不作声，没有也无从对一切伤害提出指控，更不曾也不能抚慰不幸的悲惨，以至于罪恶和不幸成了自然而然的事。

不仅大自然如此，历史也如此。如果人的生息最终是建立在自然或历史之上的，人间罪恶和人之不幸就会是自然而然的。

只有超自然、超历史的神圣存在，才构成了对人间罪恶的绝对否定，才能抚慰人所遭受的无端不幸。只有当人的生息在超自然、超历史的神圣怀抱之中有一席之地，人间罪恶和人之不幸才不会是自然而然的。

从近代到现代，人类思想醉心于人之存在的自然性延长：制造技术及其组织，扩大语言覆盖面并试图从中找到或确立人的终极根基——人是劳动的生物，人是语言的生物，人是社会存在的生物。结果怎样呢？在二十世纪，人类面对种种杀人机器——技术化的杀人机器和意识形态话语的杀人机器，哑然失语，束手无策。奥斯维辛的罪恶就是在技术化和一种特定的话语系统中发生的。由技术组织和特定的话语系统制造的罪恶，在奥斯维辛之前就已问世，在奥斯维辛之后，亦有更新。奥斯维辛不过是二十世纪诸般罪恶的一般性标志。

无辜者在一方，罪恶的人在另一方——历史至今没有改变这种现实，大自然的阳光没有对此提出异议，作为受害的无辜者，至多只能提出一个问题而已。

甚至某些神圣存在也默不作声！并不是所有的神圣存在都对人间罪恶提出过指控：形而上学的神圣存在没有，神秘主义的神圣存在没有，"天何言哉"的神圣存在没有，大象无迹的神圣存在没有——只有在"各各他"成人的神圣存在不默不作声。耶稣基督不仅指控人间罪恶，而且亲身走进无辜者之中。只有这位在十字架上成人的神圣存在看到了人们将一切毁灭，但太阳还在升起、空气仍旧清新时，由此感到莫大的痛楚——他无法容忍，因此要成人，而且自愿选择了无辜受难的方式成人，以便与每一位无辜者相遇。基督的上帝并未给无辜不幸和无端异死提供任何意义说明，而是以神圣恒在者的身份与人一同受苦受死。甚至艺术家罗丹也懂得：基督的上帝是一位自愿舍弃彼岸的他者，他伸向这个世界的手（"上帝之手"）只是一只颤栗的爱之手，托支着裸然男女瑟瑟的拥抱。正是由于这位神圣存在降身于无辜不幸和无辜负罪之中，从古至今的每一位无辜死者才不允许被遗忘。

记忆苦难

在一次神学研讨会上，搞马克思主义哲学的马尔科维奇向神学家默茨（Metz）和拉纳提了个问题："奥斯维辛以后祈祷是否也已不复存在？"

这显然是在利用阿多尔诺的那句著名的话向神学家发难。默茨为这一问题所震慑，没有回避问题，而是承接其中的沉重含义：奥斯维辛对基督信仰同样是不可回避的挑战。"奥斯维辛以后"，基督信仰同样面临正当性危机：基于预定论的基督信仰是恰当的吗？基督信仰对于历史意义的传统陈述是恰当的吗？

天主教神学家默茨提出：绝不存在一种能漠视奥斯维辛去拯救的历史意义，绝不存在一种能漠视奥斯维辛去维护的历史真理，也绝不存在一位能漠视奥斯维辛去祈告的历史之上帝。基督神学必须能够在历史的否定性中去感受历史，即在历史的灾难性本质中去感受历史。从实践—政治的角度记住每一位受难者，应成为基督神学内在要求。

默茨使得圣经中的 memoria passionis［苦难记忆］这一深刻的范畴重新显得极为耀眼。他主张，苦难记忆应成为普遍的范畴、拯救的范畴。丧失了这一范畴，人的主体生活就会日益成为人本中心主义，人的主体存在就会日益成为没有记忆的智力和具有柔性功能的机器。因此，默茨迫切地要求基督神学陈说苦难记忆，并为苦难记忆一再进入公共意识而努力。

由圣经展示出的苦难记忆是独一无二的，在一切哲学和其他东方宗教中，找不到与之相关的范畴。苦难记忆既是一种主体精神的品质，亦是一种历史意识。作为历史意识，苦难记忆拒绝认可历史中的成功者和现存者的胜利必然是有意义的，拒绝认可自然的历史法则。苦难记忆相信历史的终极时间的意义，因此它敢于透视历史的深渊，敢于记住毁灭和灾难，不认可所谓社会进步能解除无辜死者所蒙受的不幸和不义。苦难记忆指明历史永远是负疚的、有罪的。

作为主体精神的价值质素，苦难记忆不容将历史中的苦难置入一个与主体无关的客观秩序之中，拒绝认可所谓历史的必然进程能赋予历史中的苦难以某种客观意义，拒绝认可所谓历史发展之二律背反具有其正当性。苦难记忆要求每一个体的存在把历史的苦难主体意识化，不把过去的苦难视为与自己的个体存在无关的历史，在个人的生存中不听任过去无辜者的苦难之无意义。苦难记忆因而向人性品质提出了更高的要求。默茨看到，在奥斯维辛以后，每一个体已不可能将历史中的无辜受难者的存在撇在一边去求得自身的自由、幸福和获救。

上帝要求我们记住每一位无辜的死者和历史中的每一次罪恶。

终究意难平的歉然

歌德的一位挚友策尔特（Zelter）不幸失去了年幼的独子，悲痛万分。歌德写信用不朽（Unsterblichkeit）这个语词来安慰他。然而，歌德自己也马上感到，这种表白过于单薄了。

的确，当记起奥斯维辛的无数死难者，忆起在种种人为制造的苦难中死去的无辜者的亡灵，我无法不惘然失语，难写安慰之言。即便是苦难记忆也不能使活着的人感到安然，真正的"终究意难平"……我还活着，他们却死了，而且那么年轻，比我年轻……

小的时候，我看《冰山上的来客》时，有句话一直不懂。中尉把古兰丹姆救出来，自己却中了黑枪，临死前，古兰丹姆对已死的中尉说："记住我，我叫古兰丹姆。"活着的人竟然恳求死者记住自己，难道不是很荒唐的要求？

现在我懂了，让活着的人记住死者，对活着的人来说，仍是一种奢侈，面对无辜的死者，活着的人对生命总是亏欠的。我只有恳请无辜的死者记住我。因为，他们活着，永远活着，而我是将死的——我属于他们，所以恳请他们记住我。

不管在奥斯维辛还是苏比波，如今遍地铺满了鲜花，还有为死难者塑的各种雕像。尽管中国离那里很远，我还是想能有一天到那里，献上几束中国的鲜花。因为我记得许多无辜死者至今无葬身之地，更没有鲜花，没有墓志铭，我只得把鲜花带去奥斯维辛……

1990 年 4 月 伯克莱

柏林墙的碎片

柏林墙上曾有过一种文化，如今这种文化变成了碎片。

自从民主德国的一些公民在柏林墙东侧掘开了几个大口，让东西柏林人自由往来，柏林墙就开始变成历史的废墟。柏林人纷纷涌到柏林墙，用铁锤和铁砧在墙上敲下几块碎片，作为历史遗物的纪念品珍藏起来。

在柏林墙的西侧，存在着一种文化。上面有用油料涂满的图画和语言，一些地方甚至层层重叠，不断更新创作。但在柏林墙的东侧，却只有空白。

如今，柏林墙西侧的图画和语言被人们用铁锤敲成碎片。谁知道这些带有各色油料的碎片在几十年或几百年以后会值多少钱呢？如今，巴掌大的一块碎片售价已高达十个西德马克，谁知道以后会升值多少？除此而外，用小小的碎片做成的精致耳环和胸针，已在柏林墙前出售。不难想见，以柏林墙的碎片做成的艺术品种类会日益繁多。

人们带着欢庆的心情涌到柏林墙，在这里漫步或敲击碎片。对柏林人来说，这似乎是今年最佳的圣诞礼品。然而，我在著名的布兰登堡门的柏林墙西侧，见到一篇写在大木板上的优美散文。上面的文字告诫人们"柏林墙被掘开了，但是，这并没有伴随着胜利的凯歌，只有沉重的记忆带来的苦涩思索"——为什么这个世界上总有人要筑起高墙把人隔绝开？

为什么人们要用种种意识形态把人类敲成碎片？难道只是在政治领域才有一座座柏林墙？

令人深思的是，把人在地理上、生理上、心理上隔绝开的柏林墙，是由主张整个人类拥有解放和幸福的政治理想筑起来的。这一现象绝不仅只具有讽刺的意味。值得庆幸的是，如今神话在其帷幕之内已变成了碎片，这些碎片不知与多少活生生的人的肉体碎片和精神碎片掺和在一起。柏林墙文化是人类耻辱的符号，柏林墙的碎片亦是人类耻辱的记忆。作为一种艺术品，柏林墙的碎片非常独特，它意指的或蕴藏着的绝不是人类的欢悦，而是人类永远洗刷不净的污秽和永远消退不了的悲哀。

柏林墙绝不是一种仅在德国出现的现象，它不过是世界之中处处可见的各种隔绝人身、诋毁人身的有形和无形切割的显著标志。柏林墙用钢筋和水泥铸成，这意味着现代技术可以构筑隔绝、诋毁人身的切割的原材料。墙在这个世界的任何一个地方都无处不在、无处不有。柏林墙作为一个普通的象征绝不仅只具有政治意味。

唯一能穿透那隔绝、诋毁人身的墙的是受苦的爱。然而，令人悲哀的是，如今爱本身也成了碎片，甚至也经常成为一种墙——人的爱不是神的爱。一旦人的爱与那自我牺牲的上帝之爱相分离，就必然变成碎片，这难道不是我们的现实？

我也来到柏林墙前，用铁锤敲下几块碎片，把它们收藏起来——对我来说，我收藏的不仅是柏林墙本身，更是这个世界本身，这个时代本身，以至于我自己。不管这个世界还是我自己，都是碎片——涂有各色油料的碎片。当我敲下几块碎片收藏起来时，我收藏了我自己。

1989 年 12 月　西柏林

记恋冬妮娅

二十多年前的初夏,我恋上了冬妮娅。

那一年,"文化大革命"已取得了决定性胜利,但革命没有完,正向纵深发展。

恋上冬妮娅之前,我认识冬妮娅已近十年——《钢铁是怎样炼成的》是我高小时读的第一本小说。

1965年冬天,重庆的天气格外荒凉、沉闷,每年都躲不掉的冬雨,先是悄无声息地下着,不知不觉变成令人忐忑不安的料峭寒雨。

强制性午睡。我躲在被窝里看保尔的连环画。

母亲悄悄过来巡视,收缴了小人书,不过说了一句:家里有小说,还看连环画!从此我告别了连环画,读起小说来,而且是繁体字版的。

奥斯特洛夫斯基把革命描写得引人入胜,我读得入迷。回想起来,这部小说之所以吸引人,是因为它描写伴随恋爱经历的革命磨炼之路:保尔有过三个女朋友,最后一个女友才成为他的妻子;那时,他已差不多瘫痪了。质丽而佐以革命意识的达雅愿意献身给他——确切地说,献身给保尔代表的革命事业。革命和爱欲都是刺激性的题材,像时下警匪与美女遭遇的故事,把青春少年弄得神情恍惚、亢奋莫名。但革命与爱欲的关系我当时并不清楚：究竟是革命为了爱欲，还是爱欲为了革命？革命是社会性行为，爱欲是个体性行为；革命不是请客吃饭绘画绣花不能那样雅致那样温良恭俭让，革命是……而爱欲是偶在个体脆弱的天然力量，是"一种温暖、闪烁并变成纯粹辉光的感觉"……

像大多数革命小说一样，爱欲的伏线在《钢铁是怎样炼成的》故事中牵动着革命者的经历，但革命与爱欲的关系相当暧昧，两者并没有意外相逢的喜悦，反倒生发出零落难堪的悲喜。在"反"革命小说中，革命与爱欲的关系在阴郁的社会动荡中往往要明确得多。帕斯捷尔纳克写道，拉娜的丈夫在新婚之夜发觉拉娜不是处女，被"资产阶级占有过"，于是投奔革"资产阶级"的命——日瓦戈与拉娜的爱情被描写成一盏被革命震得剧烈摇晃的吊灯里的孱弱烛光，它有如夏日旷野上苍凉的暮色，与披红绽赤的朝霞般的革命不在同一个地平线。

爱欲在《钢铁是怎样炼成的》中处于什么位置？它与那场革命的关系究竟怎样？

从一开始我就下意识地关心冬妮娅在革命中的位置。我老在想，为何作者要安排保尔与冬妮娅在冰天雪地里意外重逢？在重逢中，保尔用革命意识的"粗鲁"羞辱初恋情人的惊魂，说她变得"酸臭"，还佯装不知站在冬妮娅身边的男人是她丈夫……

这样叙述自己的初恋，不知是在暗中抱怨革命对初恋的阉割，还是在用革命肥皂清洗初恋中染上的资产阶级蓝色水兵服和肥腿裤上的异己阶级情调。出逃前夜，保尔第一次与冬妮娅搂抱在一起好几个小时，他感到冬妮娅柔软的身体何等温顺，热吻像甜蜜的电流令他发颤地欢乐——他的那只伙夫手还

"无意间触及爱人的胸脯"……要是革命没有发生，或革命在相爱的人儿于温柔之乡紧挨在一起时戛然而止，保尔就与资产阶级的女儿结了婚，那又会是另一番故事……

他们发誓互不相忘——那时保尔没有革命意识，称革命为"骚乱"。

热恋中的情语成了飓风中的残叶，这是革命意识造成的吗？

这部小说我还没有读完第一遍，大街上、学校里闹起了"文化大革命"。我不懂这场革命的涵义，只听说是革"资产阶级"的命。所有资产阶级都是"酸臭"的——冬妮娅是资产阶级的人——所以冬妮娅是"酸臭"的。

可是，为什么资产阶级的冬妮娅的爱抚会激起保尔这个工人的孩子"急速的心跳"？保尔怎么敢说"我多么爱你"？

我没空多想。带着对冬妮娅"酸臭"的反感，怀揣着保尔的自传，加入"文化大革命"的红小兵队伍，散发传单去了。

其实，一开始我就暗自喜欢冬妮娅，她性格爽朗，性情温厚，爱念小说，有天香之质——乌黑粗大的辫子，苗条娇小的身材，穿上一袭水兵式衣裙非常漂亮，是我心目中第一个具体的轻盈透明的美人儿形象。但保尔说过，她不是"自己人"，要警惕对她产生感情……我关心冬妮娅在革命中的位置，其实是因为，如果她不属于革命队伍中的一员，我就不能（不敢）喜欢她。

"文化大革命"已进行到武斗阶段。"反派"占据了西区和南区，正向中区推进；"保派"占据了大部分中区，只余下我家附近一栋六层交电大楼还在"反派"控制中，"保派"已围攻了一个星期。南区的"反派"在长江南岸的沙滩上一字儿排开几十门四连高射机关炮，不分昼夜炮击中区……

不能出街，在枪炮声中，除了目送带着细软、扶老携幼出逃的市民，我读完了《钢铁是怎样炼成的》。

就在那天夜里，自动步枪的点射和冲锋枪的阵阵扫射通宵在耳边回荡，手榴弹的爆炸声不时传进我阵阵紧缩的恐惧中：总攻交电大楼的战斗在我家五百米远的范围激烈进行。清晨，大楼冒起浓烟。"保派"通宵攻击未克，干脆放火，三面紧缩包围——死守的"反派"战士们终于弃楼而走。

我家门前的小巷已经封锁，四个与冬妮娅一般大的女高中生手持冲锋枪在这里戒备。时值七月，天气闷热，绷紧的武装带使她们青春的胸脯更显丰实，让我想到保尔"无意间"的碰触。草绿色的钢盔下有一张张白皙、娇嫩的脸，眼睛大而靓丽——重庆姑娘很美……她们手中的五六式冲锋枪令我生慕，因为保尔喜欢玩勃朗宁。

她们的任务是堵截散逃的"反派"队员。对方没有统一制服，怎么知道那个提着镜面二号驳壳枪、行色匆匆穿巷而过的青年人是"反派"还是自己人？唯一的辨识依据是同窗的记忆。提镜面驳壳枪的青年男子被揪回来，驳壳枪被卸掉，少女们手中的冲锋枪托在白皙柔嫩的手臂挥动中轮番砸在他的头上、脸上、胸脯上……他不是自己人，但是同窗。

我第一次见了单纯的血。

惊颤之余，突然想起冬妮娅——她为什么要救保尔？她理解革命吗？她为了革命才救保尔？保尔明明说过，冬妮娅不是自己人。

革命与爱欲有一个含糊莫辨的共同点：献身。

献身是偶在个体身体的位置转移，"这一个"身体自我被自己投入所欲求的时空位置，重新安顿在纯属自己切身的时间中颠簸的自身。革命与爱欲的献身所向的时空位置，当然不同；但革命与爱欲都要求嘲笑怯懦的献身，往往让人分辨不清两者的差异。

没有无缘无故的献身，献身总有理由，这种理由称为"这一个"身体自我的性情气质。革命与爱欲的献身差异在于性情气质。保尔献身革命，冬妮娅献身爱情。身体位置的投入方向不同，本来酝酿着一场悲剧性紧张，却因保尔的出逃而轻易地了结。保尔走进革命队伍，留下一连串光辉业绩；冬妮娅被革命意识轻薄一番后抛入连历史角落都不是的地方。

保尔不是一开始就打算献身革命，献身革命要经历许多磨炼。奥氏喜欢用情欲磨炼来证明保尔对献身革命的忠贞，但有一次，他用情欲磨炼来证明保尔对献身情爱的忠贞——在囚室中，保尔面对一位将被蹂躏的少女的献身。同情和情欲都在为保尔接受"这一个"少女的献身提供理由，而且，情欲的力量显然更大，因为，保尔感到自己需要自制的力量，同情显然并不需要这样的自制力。事实上，被赫丽丝金娜"热烈而且丰满"的芳唇激起的情欲，抹去了身陷囚室的保尔"眼前所有的苦痛"，少女的身体和"泪水浸湿的双颊"使保尔感到情不自禁，"实在难于逃避"。

是冬妮娅，是她"那对美丽的、可爱的眼睛"使保尔找到了自制的力量，不仅抑制住情欲，也抑制住同情。这里根本就没有某种性道德原则的束缚，仅仅因为在他心中有"这一个"冬妮娅。保尔的"这一个"身体自我的爱欲只趋向于另一位"这一个"身体自我，冬妮娅是不可置换的。

革命意识使保尔的情欲力量改变了方向。与冬妮娅临别前的情语被革命意识变成瑟瑟发抖的、应当嘲笑的东西。革命意识的觉醒意味着，"我"的身体自我的情欲必须从属于革命，由此可以理解,为什么革命中会有那么充沛的身体自我的原生性强力。

"九·五命令"下达,所有武斗革命团体按照领袖的指示交出各式武器。大街上热闹非凡,"保派"武斗团正举行盛大的交枪典礼。典礼实际是炫耀各种武器,解放牌卡车拖着四管高射炮,载着全副武装的战斗队,在市区徐徐兜圈。

我被一卡车战斗队吸引住了:二十个与冬妮娅一般大的少女端坐车上,个个怀抱一挺轻机枪,头戴草绿色钢盔,车头上还趴着一位女高中生,握着架在车头上的重机枪,眉头紧锁——特别漂亮的剑眉,凝视前方……少女的满体皆春与手中钢枪的威武煞人真的交相辉映。

傍晚,中学举行牺牲烈士的葬礼。第一个仪式是展示烈士遗体,目的不是为了表现烈士的伟大,而是为了证明"反派"的反革命意识的残忍。

天气仍然闷热,尸体裸露部分很多,大部分尸体已经变成深灰色,有些部位流出灰黑的液体,弥散着令人窒息的腐气;守护死者的战友捂着洒满香水的手帕,不时用手中的干树枝驱赶苍蝇。

一个少年男子的尸体……他身上只有一条裤衩,太阳穴上被插入一根拇指粗的锈痕斑驳的钢钎,眼睛睁得很大,像在问着什么……眼球上翻,留下很多眼白。

草坪上躺卧着一具女高中生的尸体,上身盖着半截草席,裸露着的腰部表明她上身是赤裸的;下身有一条草绿色军服短裤。看来她刚"牺牲"不久,尸体尚有人色。她的头歪向一边,左边面颊浸在草丛中,惨白的双唇像要贴近湿热的中国土地——本来,她的芳唇应当期待接纳夹杂着羞怯的初恋之吻……没有钢盔,一头飘散开来的秀发与披满黄昏露珠的草叶织在一起，带点革命小说中描写的"诗意"。她眉头紧锁，那是饮弹后停止呼吸前忍受像摔了一跤似的疼痛表情……一颗（几颗？）子弹射穿她的颈项？射穿胸脯？射穿心脏？

我感到失去了某种生命的维系，那把"这一个"身体自我与"另一个"身体自我连在一起的感觉。我想到趴在车头上紧握重机枪的女高中生的眉头，又突然想到冬妮娅，要是她也献身革命，跟着保尔一同上了那列火车……

武斗团团长向围观的人群发表情绪高昂的演说，"为了……（当然不是为了这些死尸的年轻）誓死血战到底！"然后从腰间别着的三支手枪中拔出一支左轮枪，对着天空——他的战友们跟着举起枪——葬礼在令人心惊肉跳的鸣天枪声中结束。

革命的献身与爱欲的献身不同，前者要求个体服从革命的总体目的，使革命得以实现，爱欲的献身只是萦绕、巩固个体身位。"这一个"爱上了"另一个"的献身，是偶在个体的爱欲的目的本身，它萦系在个体的有限偶在身上；革命不是献身革命的目的本身，它要服从于一个二次目的，用作者令人心血上涌的话说："我的整个生命和全部精力，都献给了世界上最壮丽的事业——为解放全人类而斗争。"

斗争是革命，"解放全人类"是这种革命的二次（终极）目的。为了这一目的，个体必须与自己的有限偶在诀别，通过献身革命而献身到全人类的无限恒在中去。在无限恒在中有偶在个体的终极性生存理由，弃绝无限的全人类，有限偶在的个体身位据说就丧失了活着的理由。无限恒在与有限偶在之间的关系，从来就是紧张的，基尔克果吟哦道："弃绝无限是一则古老传说中所提到的那件衬衫。那丝线是和着泪水织就、和着泪水漂白的，那衬衫是和着泪水缝成的。""反"革命小说

《日瓦戈医生》表达的正是这种"弃绝无限",所以,它充满在为了无限的革命中惊恐得发抖的泪水中。

在基督临世之前,世界上的种种宗教已经星罗棋布,迄今仍在不断衍生;无论哪一种宗教,理性的还是非理性的,寂静的还是迷狂的,目的不外乎要把个体的有限偶在身位挪到无限中去,尽管这无限的蕴含千差万别,有神明、有大全、有梵天、有天堂、有净土、有人民。但革命的无限恒在使魂萦偶在的个体爱欲丧失了自在的理由;弃绝革命就意味着个体偶在的"我"不在了。

在诸多革命中,许许多多"这一个"年轻身体的腐臭不足以让人惊怵,展示许许多多"这一个"青春尸体,不过为了革命的教育目的:这是个体认同"人民"必须支付的代价。保尔与冬妮娅分手时说,"有许多优秀的少女"和他们"一道进行残酷的斗争","忍受着一切的困苦"。他要求冬妮娅加入残酷的斗争,像他的政治辅导员丽达一样,懂得何时拔出手枪。

武斗过后,在军事管制下,中学生们继续进行对个体偶在的灵与肉的革命,到广阔天地大有作为。那时,我已经过了中学生的年龄,广阔天地令我神往。下乡插队的小火轮沿长江而下,驶向巴东。在船上,我没有观赏风景,只是又读了一遍《钢铁是怎样炼成的》。我发觉自己的阅读速度大有长进,识别繁体字的能力也提高了。

我仍然在想,为什么冬妮娅没有跟着保尔献身革命。第一次读时,曾为冬妮娅和保尔惋惜:要是冬妮娅与保尔一起献身革命,成为革命情侣,该多好。现在,这种惋惜感淡薄了许多。但冬妮娅只是出于单纯的情爱爱保尔,仍然得不到我的理解。

高中毕业生聚集的知青点"插"在布满稀疏落寞的灌木

和夹杂着白色山石的丘陵上，折断的崖石和顺着石缝纠结在一起的枝丫，把高中生们领入情爱附属于革命的山麓，如保尔所描述的那样。

知青点的团支部书记是个十九岁的姑娘，算不上漂亮，但眼睛长得好看，性情爽朗、幽默，是个聪明的女孩子。她与身为当地贫农儿子的团支部宣传委员谈恋爱。在月光下，这对令我钦慕的革命情侣（敢于冲破城乡隔离的恋人）常常离开大家，在铺满露水的丛林中谈革命工作，交流玫瑰红的革命体会。他们从树林中回来，总会带给我们充满遐想的革命指示。在他们的革命热情（爱欲？）支配下，知青点的政治活动搞得有声有色。宣传委员虽识字不多，却能言善辩，做政工很有魅力。像保尔一样，他也喜欢读革命小说：《烈火金钢》《林海雪原》《敌后武工队》……

一个初夏的傍晚，我从工地回来，看到团支书浑身湿漉漉地躺在谷场的木板上，尽管面无血色，略带微笑的表情似乎还在啜闻田野幽远的夜色空明中轻微的气息——她跳塘自杀了！这怎么可能，她怎么会死！青春的生命才刚刚开始，还有那么多生命的悲欢等着她去拥有。这个姑娘难道不是将来某一天要在新婚之夜撩起脉脉温情，在将来某一天用颤然的手臂抱起自己的婴孩的那个她吗？我不相信她已经死了，那是不可能、不应该的。我不自禁地拉起她的手腕，希望能找回脉动。因为我的举动，在场表演性地恸哭的农妇们的嚎啕戛然而止，好奇地看着我……她没有醒过来，我却一直在等待她那曾经燃起情霞的呼吸；一种无法言表的毁灭感成了唯一漫漫无尽的出路……

宣传委员始终没有在场。后来听说，我们的团支书死于情爱的挫伤。他作为第一个同她发生那种最属己的、欢乐得惊悸莫名的肌肤之亲的人，并没有珍惜她带着革命情愫的献身；为了自己的远大革命前程，他不得不轻薄她。

在猛然碎裂的心绪中，我重读《钢铁是怎样炼成的》。我开始感到，保尔有过三个女朋友都不过是他献身的证明材料：证明忽视个人的正当，以及保尔在磨炼过程中的意志力。

保尔声称，献身革命根本不必有以苦行来考验意志的悲剧成分，他并不想成为革命的禁欲主义者。但情爱必须归属革命，已具有革命意识的保尔对冬妮娅说：

你必须跟我们走同样的路。……我将是你的坏丈夫，假如你认为我首先应该是属于你的，然后才是属于党的。但在我这方面，第一是党，其次才是你和别的亲近的人们。

革命的"我们"成了保尔与冬妮娅个体间的我—你情爱的条件。只有为了党，夫妻情爱才是可能的。

冬妮娅悲伤地凝望着闪耀着碧蓝的河流，两眼饱含着泪水。

冬妮娅的心肯定碎了，寒彻骨髓的毁灭感在亲切而又不可捉摸的幸福时刻突然触摸了她。

可是，多么可爱的冬妮娅！她没有接受自己所爱的人提出的爱的附加条件。她爱保尔"这一个"人，一旦保尔丢弃了自己，她的所爱就毁灭了。

我开始觉得，那些乘槎驭骏的革命者最好不要去打扰薄如蝉翼的爱欲。革命者其实应该是禁欲主义者，否则难免使执着于爱欲的"这一个"成为革命者的垫脚石。爱欲是纯然个体的事件，是"这一个"偶在的身体与另一"这一个"偶在个体相遇的魂牵梦萦的温存，而革命是集体性的事件。社会性的革命与个体性的爱欲各有自己的正当理由，两者并不相干。

我开始懂得冬妮娅何以没有跟随保尔献身革命。她的生命所系固然没有保尔的生命献身伟大，她只知道单纯的缱绻相契的朝朝暮暮，以及由此呵护的质朴蕴藉的、不带有社会桂冠的家庭生活。保尔有什么权利说，这种生活目的如果不附丽于革命目的就卑鄙庸俗，并要求冬妮娅为此感到羞愧？在保尔忆苦追烦的革命自述中，难道没有流露出天地皆春而我独秋的怨恨？

在那革命年代，并不是有许多姑娘能拒绝保尔式的爱情附加条件。冬妮娅凭什么个体气质抵御了以情爱为筹码的献身交易？我想知道这一点——冬妮娅身上有一种由歌谣、祈祷、诗篇和小说织成的贵族气，她懂得属于自己的权利。有一次，面对保尔的粗鲁，冬妮娅说："你凭什么权利跟我这样子说话？我从来就不曾问过你和谁交朋友，或者谁到你家里去。"革命不允许这样的个体权利意识，保尔的政治辅导员兼情人丽达和补偿保尔春情损失的达雅没有这种权利意识。

冬妮娅是"从一大堆读过的小说中成长起来"的，古典小说为她提供了绚丽而又质朴的生活理想。在自己个体的偶在身体位置上，她只想拥有寻常的、纯然属于自己的生活。革命有千万种正当理由（包括讴歌同志式革命情侣的理由），但没有理由剥夺私人的爱欲权利及其自体自根的生命含义。

献身于偶在个体的爱欲的"酸臭"与献身于革命的粗鲁，在《钢铁是怎样炼成的》故事中发生了一场历史性遭遇，并以无产者气的粗鲁羞辱贵族气的"酸臭"告终。它是否暗示，那场被认为"解放全人类"的革命以灭除偶在个体的灵魂和身体用最微妙的温柔所要表达的朝朝暮暮为目的呢？

我很不安，因为我意识到自己爱上了冬妮娅身上缭绕着蔚蓝色雾霭的贵族式气质，爱上了她构筑在古典小说呵护的惺惺相惜的温存情愫之上的个体生活理想,爱上了她在纯属自己的爱欲中尽管脆弱但无可掂量的奉献。她曾经爱过保尔"这一个"人,保尔却把自己并不打算拒绝爱欲的"这一个"人身抽出来,投入"人民"怀抱——这固然是保尔的个人自由,但他没有理由和权利粗鲁地轻薄冬妮娅仅央求相惜相携的平凡人生。

我读《钢铁是怎样炼成的》伴随着自己的"文化大革命"经历和对这场大事的私人了解——我的经历和了解当然是片面的,世上一定有过另一种不同的革命,可惜我没有经历过。"史无前例"的事件以后,我没有再读《钢铁是怎样炼成的》。保尔的形象已经黯淡,冬妮娅的形象却变得春雨般芬芳、细润,靓丽而又温暖地驻留心中,像翻耕过的准备受孕结果的泥土。

我开始去找寻她读过的那"一大堆小说":《悲惨世界》《被侮辱与被损害的》《白夜》《带阁楼的房子》《嘉尔曼》……

这一私人事件发生在 1975 年秋天。前不久,我读到法国作曲家 Ropartz 的一句话:Qui nous dira la raison de vivre [谁会告诉我们活着的理由]?这勾起我珍藏在茫茫心界对冬妮娅被毁灭的爱满含怜惜的这段经历,我仍然可以感到自己的心在随着冬妮娅飘忽的蓝色水兵衫的飘带颤动。

我不敢想到她,一想到她,心就隐隐作痛……

1996 年 3 月　香港

"作家"原义

当今时代,写作愈来愈大众化,令人兴奋、让人着迷的作家层出不穷,作品几乎成了消费品。

令人崇敬的作家,一如既往地少……

十年前,基斯洛夫斯基的《十诫》在日本国家电视台播放时,就有日文译本出版——十六开、铜版纸,每折戏除剧照的精当配置,还附有不止一个评论家写的扼要评论。版式设计之讲究,用纸之精良,可以见出译本制作洋溢着编制者对作者的崇敬。

大约四年前,台北一家影视公司出版了《十诫》影碟。文艺片影碟通常装在塑料盒里,精致些的至多再套个硬纸壳。这套《十诫》影碟不同,是装在特制的淡黄色小木盒子中的,封面设色雅致,印有一幅基斯洛夫斯基歪着头抽烟的照片;盒内附有简介剧情的小册子,排印疏朗,间或插入悉心挑选出来的基斯洛夫斯基谈《十诫》创作体会的片言只语。拿起这小小的木盒子,你就会掂量到制作者们的崇敬有多深。

从前,我对朋友或熟人提起《十诫》,对方马上说:"哦,我看过,就是那个讲摩西的古装片。"我只得不好意思地笑,直到对方明白自己搞错了。名叫《十诫》的电影和电视片的确有好多,讲的确实都是《旧约》中那位颁布"不可……"

诫命的先知摩西。基斯洛夫斯基的《十诫》不是古装片，也没有先知摩西在传上帝的诫命。《十诫》讲述的是波兰的日常生活——同我们从前和现在的日常生活差不多，人物都是普通的当今男女。

既然如此，何以要题为"十诫"？

当看到康德把天上的星空与人心中的道德律令对举时，我们的心情曾激动不已。康德的话无异于公布了这样的启蒙理想：从前的道德律令是外在给予（或强加）的，如今，道德律令被宣称是人心自立的。上百年来，我们热望、追求"人心自己给自己立法"的道德理想，从未回过头来想一想：作为个体的人，谁会自愿主动给自己立上几条"不可……"的诫令？

基斯洛夫斯基的《十诫》并非"故事新编"，而是在讲述十个现代——或者说后现代——活生生的故事。故事都是编出来的，无非某个（些）人的生命经历或者这经历中的某段难以释怀的片断——重要的是如何"讲述"、为何"讲述"。

我老想，基斯洛夫斯基编这些故事干什么？

人生性脆弱，以至于人心中难以竖起"那杆 [道德律令的] 秤"，遑论用它来裁量自己生命中的善善恶恶。基斯洛夫斯基以"十诫"为题编故事，兴许是要询问我们现代人是否有能力自己给自己立法，我们"心中的那杆秤"——康德所谓"心中的道德律令"，是否能称量（遑论裁量）自己的偶在生命的重负。

我说基斯洛夫斯基是"作家"，有人一定会感到奇怪：他不是电影导演吗？"作家"是相当古老的行业——通过编故事讲给人听，履行寓教于乐的教养教育，而非如今的"消费性写作和阅读"。至于用什么语言及其技巧来讲故事，是另一回事情——从前的作家有用诗行的，有用戏剧体的，也有用叙述体的；而今的电动声像语言，不过是技术时代的衍生品，并没有改变作家"创作"的本来含义。谁要用这电动声像语言来讲故事，首先得是原本意义上的"作家"——真正的电影大师，仍然置身古老的"作家"行当——自己编故事来讲（编剧），然后才是执导的事情。运用声像语言讲故事，需要懂些特别技术，但仅仅懂这些［导演］技术，却不一定是"作家"。与伯格曼、塔科夫斯基、费里尼、黑泽明等电影大师一样，基斯洛夫斯基总是自己编剧（而非借用别人的小说），其作品首先是文字的。

曾有朋友对我说，要是《十诫》写成小说，也会是精品。如今读到《十诫》剧本，真觉得此言不虚。

《十诫》中"爱情"一诫有电视版和电影版，我一直好奇两个版本有什么不同。电影版中文影碟上市后，我才知道，电视版少了二十来分钟。

这些多出来的时间讲什么呢？

电视片的收尾定格在欲望的平衡上：故事以多米克欲望地偷看玛格达开始，以玛格达欲望地看着多米克结束，多米克不再有欲望，玛格达却充满了欲望——欲望的此起彼伏，有如生活的逝者如斯。电视版收尾干净利落，但故事完结得很冷。电影版的收尾颇长，多的二十分钟讲的几乎都是多米克从医院回来后的事。

多米克割腕入院后，玛格达魂不守舍，迫不及待想看到他、听到他的声音。多米克从医院回家那天傍晚，玛格达走进他房间，当时，多米克因失血过多仍在昏睡。玛格达看到桌上多米克用来偷看她的欲望的望远镜，想起多米克曾问自己："我看见你一个人在哭……为什么你在独自面对自己时哭？"

玛格达坐到桌前，像多米克那样从望远镜捕捉自己的窗户……玛格达眼前出现了在哭的玛格达，哭得那么伤心，身子趴在桌子上不停地抖……多米克突然出现了，伸出手臂抱住她……故事就在这番场景中结束。

就这么一点点事情是多出来的，却用了近二十分钟；基斯洛夫斯基用了何等细腻的笔触来叙述生活中很难遇到的——温馨抱慰。

基斯洛夫斯基曾说，电影版的收尾虽然温馨，但电视版冷淡的收尾更接近生活实际。如今，他宁愿让人们更接近生命的真实，所以，自己更喜欢电视版的这个收尾。

基斯洛夫斯基是原本意义上的作家，只不过他碰巧在运用电影语言方面极有天赋。

声像作品有其长处：活灵活现，令观者身临其境；但也有短处——不方便随手翻阅，或者在某个细节处停下来，让心绪随意徘徊良久——你得不停跟着放映机的转动走。电影艺术诞生之初，就有电影大师交待得很清楚：看电影其实是最不自由的阅读方式。

即便看过《十诫》影碟，读剧本依然是不可替代的享受——更引人思索……自己心中是否有"那杆秤"……何况，文字而非影像才是真正有质地的教养艺术的基石——文字的世界更让人回味再三。

2002 年 7 月　广州

愧对蓝色的死亡

—— 献给八十年代的情谊

"不愧于人，不畏于天"（《诗经·小雅》）——对我们而言，这中国君子（最早的汉语诗人）的原初精神感觉是远古的漫夜，深邃得有如——借用特拉克尔喜欢的语词——"纯粹的蓝色"。面对这已然如蓝色灵光的远古精神感觉，现代诗人若有所失，难免会寻问属于自己的——亦即现代的所在——死亡。

如果死亡属于人，"不愧于人"则不够，应愧对死亡吗？

1914年，第一次世界大战刚刚爆发，27岁的现代德语大诗人特拉克尔在战争前线因服毒过量而死。这死恐怕不能算自杀，兴许是意外；可是，从特拉克尔留下的诗作来看，诗人似乎早已踱入死的国度——不是有一首诗的标题就叫"逝者之歌"吗？

"逝者"在哪里？他"栖居在夜的蓝色灵光里"，"周围凛然环绕着清凉的蓝光和秋天的余晖"——这个"他者"想必是诗人自己。

二十世纪刚过去那年（2000年），德国一位资深文学史家出版了一本书叫做《二十世纪五大德语诗人》，似乎要为二十世纪的德语诗界确定谁获得了历史的迷离目光的挽留——五个诗人的名额不是事先定下来的，而是有多少算多少。经过时间的"紫色痛苦和一个伟大民族的哀怨"（特拉克尔句），许多显赫一时的诗人随"冰凉"的时光而去，里尔克、特拉克尔、霍夫曼斯塔尔、本恩、策兰经这位文学史权威认定成为二十世纪历史所挽留的德语五大诗人。

特拉克尔死得很早，留下诗作不多。笔者九十年代初在巴塞尔旧书市场捡得《特拉克尔文迹全编》（含所有诗作、散文和书信），不过一册300页的书而已——诗人能否被历史挽留，不在写得多，而在是否以尖利的文字刻写下让历史刻骨铭心的感觉。

特拉克尔给历史刻写下了什么样的刻骨铭心的感觉？

诗就是诗，非任何什么"学"可以把握——诗只能以诗的感觉去读，换言之，大诗人的诗只能通过大诗人的诗才能得到较为恰切的理解。博尔赫斯有一首诗让世上好些诗人自愧竟然还在写诗——这首诗题为"愧对一切死亡"。

据说，成为诗人的感觉首先在于内心生发出愧对感，尤其愧对自己的死亡。可是，博尔赫斯没有说愧对"自己的死亡"，而是说愧对"一切死亡"。

什么叫"一切死亡"？为什么是愧对"一切死亡"？

语词"死亡"对于诗人乃是一个身体的所在——在那里，身体已然不在。"一切死亡"意味着死对于诗人而言不是"一个"自己，"死者不是一位死者：那是死亡"（博尔赫斯句）；因为，在"一切"死亡中，连纯粹的颤抖也隐没在"蓝色的幽暗笼罩着的家"（特拉克尔句）。也许，按博尔赫斯的感觉，一个人自己的死亡仍然实在，"一切死亡"却不实在而又无处不在："死者一无所在，仅仅是世界的坠落和缺席"，就像"日子是百叶窗上一道流血的裂口"（博尔赫斯句）。

我们的远古先贤说过，"不以人之所不能者愧人"（《礼记·表记》)。愧对死亡是"人之所不能者",博尔赫斯为何要以人之所不能者愧人?——因为他是现代的诗人。

何为现代的诗人?

据西方的思想者说,现代诗人的身份标志是已然进入纯粹死亡,置身于所谓"一切死亡"之中。纯粹死亡无异于现代诗人的自我感觉,现代诗人正是通过这纯粹的眼睛来看历史具体的生命:

我们夺走它的一切,不给它留下一种颜色,一个音节:这里是它的希望不再注视的庭院,那里是它的希望窥视的人行道。

作为现代诗人的"我们像窃贼一样已经瓜分了夜与昼的惊人财富"(博尔赫斯句)。

没有进入纯粹死亡并进而用这纯粹的眼睛看生命,就还算不上是真正现代的诗人——有人是诗人,但不是现代的,尽管他生活在现代;有人是现代的,但不是诗人,尽管他"写诗"——如今我们有太多的"诗人",甚至有拥抱别人和自己死亡的诗人,他们在沸腾的文化街市之上或之下去寻找装模作样的天空,却丝毫没有"愧对一切死亡"的感觉。

"不愧于人,不畏于天"——高古的汉语诗人看重对当下生活的纯粹愧然,而非对纯粹死亡的愧然。为什么非要从对当下生活的纯粹愧然转向对纯粹死亡的愧然?——因为,博尔赫斯回答说,生命的嘴唇满含回忆,生命迟缓的强度是珍惜痛苦的希望。"不愧于人,不畏于天"与"愧对一切死亡"的差异,俨然刻写了古典诗人与现代诗人的生命感觉差异,但在博尔赫斯的感觉中,纯粹死亡的愧然恰恰源于古典的纯粹生命的

愧然,这古典式的回忆和希望乃"现代"生命的"夜与昼的惊人财富"——难怪特拉克尔的《逝者之歌》最后两行写道:

> 寂静的家园和森林的传说,
> 规范,律法和逝者洒满月光的小径。(林克译文)

特拉克尔用自己极富色彩感的文字所呈现出来的正是"一切死亡"这样的现代感觉——特拉克尔喜欢写"梦",梦在他的诗笔下有如纯粹死亡。奇妙的是,这"一切死亡"的感觉虽然纯粹,在特拉克尔诗语中却色泽斑斓——主色为"蓝色"和"紫色"。

下面这首诗并非特拉克尔之作,而是我从他的散文《梦魇与癫狂》中挑出的色彩句随意组合而成的一首拟作,不妨题为"愧对蓝色的死亡":

> 从蓝色的镜湖步出妹妹瘦削的身影
> 夜里他的嘴破裂像一枚红色的果实
> 他窥视幽幽停尸间的尸体,美丽的手上腐烂的绿斑
> 他走进褐色的河谷草地,哦,狂喜的时辰
> 绿色河畔的傍晚,灵魂悄悄吟唱泛黄的歌谣
> 他以紫色的前额走进沼泽,死亡踏出紫色的花朵
> 妇人的长裙发出蓝色的窸窣声,红色的猎人走出森林
> 他继续坠入黑暗,惊奇地望着金色的星空
> 在院子里渴饮蓝色的井水
> 哦,神采奕奕的天时被紫色的夜风吹散
> 蓝色的幽暗笼罩着家。

特拉克尔特别喜欢蓝色，大概与他喜欢的前辈"蓝花诗人"诺瓦利斯有什么关系——这里不便谈论诺瓦利斯，他的生命本色就是"蓝色的幽暗"本身……

2004 年 5 月　广州

附记

差不多二十年前，我为"新知文库"做选题时，挑选了德国 Rowohl 版的《特拉克尔小传》，委托林克兄翻译。林克和我是大学同学，比我高半个年级。读书的时候，我仅仅听说他嗜酒、好游山玩水，从没听说过他念书用功和偷偷写诗。没有想到，毕业时他竟然是留校的高才生——才子就是才子。以后的岁月，他在北京大学德语系继续念了学位，到维也纳进修，随身不离的仍然是两品所好：德语现代诗和重庆醇老的酒。

《特拉克尔小传》翻译出来后，我的审读无异于享受：对照德文原文读《特拉克尔小传》中辑录的特拉克尔纯粹蓝色的诗句和散文，有如踏进"褐色的河谷草地"——可惜译稿在 1990 年流落别处，一直未见问世，迄今仍为憾事。

如今，林克兄终于完成了我念念不忘要他译的这部特拉克尔诗文集，并问序于我——我心中涌出的尽是二十世纪八十年代的那段情谊……

萌萌的线团

——写给萌萌忌辰十周年

亲爱的萌萌:

  十年间没给你写信了,这边有些好玩的事情,应该告诉你。不过,这次仅告诉你:你的六卷本文集出版了——这让我想起一些过去对你没说完的话。

  1993年,我在欧洲完成学业刚回国就收到你的来信,你在信中说:

  我希望我的每一种经历都能成为财富,即我视之为生命的文字、声音。如果不能,我没有能力,那么我希望我用我的经历把自己变成作品。它只需要在我的朋友的目光中得到印证,哪怕这目光转身就会过去。

  在我们这代人的历史感觉中,"93年"是个特别的历史记号。我指的当然不是1993年的"全民下海",而是雨果让我们刻骨铭心的《九三年》(郑永慧译,1957年初版)。小说的结尾一卷题为"封建和革命",我们在亲身经历的一场针对"封建"的大革命时代读到这部小说,怎么会不刻骨铭心。

  现在或将来的年轻人还会读雨果吗?没读过雨果,可能理解你用自己的经历把自己变成的作品吗?或许,你这部作品有助于现在或将来的年轻人读雨果的《九三年》？如今谁还会有需要或热情了解、认识——遑论反思——"九三年"这个特别的历史记号？这些问题统统与我们无关……你一定会同意，对我们来说，唯一重要的是我们自己重新认识——如果可能的话——和反思我们自己的经历。

一

我跟你第一次见面是在 1984 年……那年出版的《美学》辑刊上有一篇署名"墨哲兰"的文章，写的是论马克思的《1844 年经济学—哲学手稿》中的"美学思想"。文章讲的思想我并没有看懂，文风已经俘获了我——即便 30 多年后的今天，如此满含激情的哲学论文仍属罕见。文字中的哲学激情也可能是一种哈姆雷特式的"装疯"，当时的我仅隐隐约约听出其中隐匿着的理性声音。

受这种激情支配，我向社科院哲学所朱狄先生打听墨哲兰是谁，他告诉我是武汉社科院的。于是，我给墨哲兰写了封信，没想到回信人说自己叫"张志扬"——信很短，仅仅说你下周要来北京，你会找我，一切见面详谈……

张志扬在信中没有说你是谁，好像我已经知道你是谁，径直告诉我下周五上午 10 点在 332 公交的北大站与你接头。一周后，我按时到达公交站，用目光在熙熙攘攘的人群中寻索，很快就看到一双同样在寻索的目光——那双眼睛很奇特：焦虑、不安与淡定和沉稳的神色交织在一起……焦虑和不安明显来自这片土地的晚近历史，淡定和沉稳则出自一种信念：坚信要相认的朋友一定会出现在历史的这个片刻——这是在革命电影中的地下工作者脸上才可以见到的眼神。

在北大25楼的宿舍,我们聊了近两个小时。你告诉我,你姓"鲁",叫"鲁萌",朋友们都叫你"萌萌"……原来,你是"文革"后的第一届欧洲文学专业的硕士研究生,差不多比我高三届。你不断说到"朋友们",我有些激动。我还不认识你说的"朋友们",我就已经认为他们会是我的朋友。

那个年代渴求朋友。所谓"朋友"就是喜欢读西方哲学和文学书的年轻人——更确切地说,是读过《九三年》而且被震慑、被感动过的年轻人。如今,历史已经不需要我们再寻找这样的人做朋友,历史难道真的没有一点儿"进步"?

半年后,我途经武汉打算住两天。火车到武汉时已经是傍晚,志扬到火车站接上我,在夜色中用吱嘎作响的自行车驮我到他家,你则去召集武汉的朋友们前来聚会——你说,自己的新朋友来了得让所有老朋友认识,不能据为私有,这是规矩。

通过张志扬,我仅认识了你这个朋友——通过你,我认识了许多朋友。那天晚上,在志扬家里,朋友们谈的都是各自的经历。我们都来自刚刚经历过大革命的土地深处,各有各的故事,这些故事不约而同地交织在了一起。你后来在一封给朋友的信中曾这样概括"我们"的灵魂经历:

我曾经梦想成为一位革命者——我有多少同龄人曾这样梦想过——那时我并没有真的经历苦难。也许正是俄国文学的熏陶,是俄罗斯的草原、白桦树林、倒映着星光的闪亮的河流以及一切能与大地相关联的东西沉积到我的心底,成为一种终生不能褪去的背景,一种母性的、包容性的情怀。它并不关注对象,它没有对象性的意识,它甚至就只是一种朦胧的、自我感觉着的献身的热情。它曾整个为革命所鼓动,在革命成为时髦的年代。但与其说是革命，不如说是社会动荡中尖锐化的各种问题，使我渴望能像革命者一样有着自我承担的意志去承担超出平庸的尖锐和敏感。(《致友人书·我的窗外没有风景》)。

谁读过这段文字后在自己心里说"我也曾经这样梦想过"，谁就会成为你的朋友，或者读懂你这部作品吗？看似如此，但未必如此。你其实说到了两种不同的梦想："成为一位革命者"的梦想和某种灵魂爱欲的梦想——前者产生于"社会动荡中尖锐化的各种问题"，后者则出自对"超出平庸的尖锐和敏感"的灵魂爱欲本身。由于都需要"自我承担的意志去承担"，在大革命的时代，这两种梦想就不容易区分。从夏多布里昂的《论古今革命》中可以看到，历史上的革命何其多，形形色色的革命者何其多——对"超出平庸的尖锐和敏感"的灵魂爱欲却向来世所罕见！一旦这种天然的灵魂爱欲遇上一场突如其来的革命，就可能把"成为一位革命者"的梦想当作自己的梦想。

我们这代人的灵魂经历其实是充满含混的"曾经"，或者说，我们的"曾经"充满历史的含混。如果我们觉得自己的经历带有某种命定的东西，那么，要认识这种命定首先得澄清我们所经历的"曾经"的含混。作为你的朋友，我还记得自己的"曾经"的含混需要澄清吗？你的硕士论文完成于1982年，两年后定稿——整整20年之后（2004），也就是在你病倒之前一年，你还在一篇文章中写道：

一个人，或一个民族，在日常中究竟怎样或应该怎样面对"曾经的欠负"？比如，我（或我们）曾经遭受的伤害与苦难，在我（或我们）身上沉积为怎样的"曾经"或"记忆"？而每一个活生生的当下，与"曾经"发生着怎样的关联？是遗忘，是怨恨，是沉重的惰性，是看穿人生以致玩世不恭的世故，是急功近利的现得，是自欺的化解，是所谓升华为事业的"成功"，是积聚强力意志的报复、复仇、以牙还牙、以其人之道还治其人之身，还是于拯救平和（福祉）中获得救赎？……（《记忆中"曾经"的承诺》）

你在提醒我，不要忘了澄清我们所经历的"曾经"的含混，否则，与自己的"曾经"必然有关联的现在和将来仍然含混。

二

认识你的时候，你已经硕士毕业。第一次见面，你就迫不及待给我谈"莪菲丽雅的线团"，当时我听得一头雾水。你回到武汉后，给我寄来了你的硕士论文打印稿，论文题为"《哈姆雷特》的结构和性格悲剧"。读完论文我才明白，"莪菲丽雅的线团"牵涉到你自己的记忆中的"曾经"。

哈姆雷特这个戏剧人物的性格极其复杂、矛盾，或者说极其含混，自18世纪以来，如何理解这个戏剧性格就成了欧洲读书人的话题——差不多两百年后，也成了中国读书人的话题。对于众说纷纭的哈姆雷特的含混性格，你说，"人们面对的并不是一个无法猜破的难题，而是一个历史之谜"。你颇有把握地认为，你已经透过莪菲丽雅的目光解开了这个历史之谜。

通过莪菲丽雅的眼光,感受着一个恋人的感受,哈姆雷特就仿佛站在我的面前。他那不能离异又不得不分手的矛盾痛苦,他那在矛盾痛苦中对象征着理想的纯洁爱情的苦恼而执着的追求,化作不可遏止的灵魂呼喊,透过表面的忧郁、冥想和延宕,扣动着我的心。

我终于站在了哈姆雷特内心世界的入口。

随后,莪菲丽雅丢下的线团,牵出迷人的心理活动的线索,给我展现出一个超出悲剧情节线索的世界。(硕士论文)

好长一段时间我都在想:你真的"站在了哈姆雷特内心世界的入口",并凭靠"莪菲丽雅丢下的线团"走出了哈姆雷特的性格悲剧这座迷宫?如果哈姆雷特"是一个历史之谜",这个"谜"与我们中国人有什么关系?哈姆雷特是都铎时代的英国诗人笔下的戏剧人物,如果这个人物的性格"是一个历史之谜",那也是英格兰王国崛起时的一段精神史之谜。我们有必要为解开这个"历史之谜"费神吗?

很多年后我才渐渐明白,你想要解开的其实是在自己的土地上经历的一段独特的个体精神史之谜——或者说你在这片土地上的"朋友们"的性格悲剧之谜。当我把你笔下的哈姆雷特这个戏剧人物读作你的"朋友们",难以理解的一些关键表述就变得不难理解了。比如,"他那不能离异又不得不分手的矛盾痛苦"指的是什么呢?与谁"不能离异又不得不分手"?不就是"曾经梦想"的革命理想吗?毕竟,"我曾经梦想成为一位革命者——我有多少同龄人曾这样梦想过"……这种理想绝非仅仅"象征着理想的纯洁爱情",对于你以及你心目中的"朋友们"来说,某种历史性的理想"曾经"就是"理想的纯洁爱情"本身——这"爱情"是对中国的"爱情",或者说"中国人向西方寻求民族文化复兴"的爱情！你始终相信，正如任何历史事件都有多个层面，你所经历过的大革命历史也有多个层面。如果把这场"社会动荡"仅仅视为"夺权斗争"，势必会抹杀经历这场革命的"不同阶层丰富多样的经验"（《汉语作为民族语言表达如何可能》）。

你把自己归属为大革命时代中的"青年左派"，你本来以为，凡这类"曾经"的"左派"中人都会是你的"朋友"——但你发现，历史刚刚拐弯，好些"青年左派"就与曾经的"理想"离异，并没有"不得不分手的矛盾痛苦"，更没有陷入"忧郁、冥想和延宕"。他们成了新的理想主义者，断然否认自己曾经有过的对"理想的纯洁爱情的苦恼而执着的追求"。莎士比亚让他笔下的哈姆雷特悲叹："时代整个儿脱节了；啊，真糟，天生我偏要我把它重新整好！"——按照我的理解，在你笔下，"时代整个儿脱节了"具有完全不同的含义。"时代"是你这类"青年左派"的灵魂经历的代名词，所谓"时代整个儿脱节了"，指的是自己的灵魂爱欲所经历的"偏离、脱轨"，由此才会生发出"不得不分手的矛盾痛苦"。你解读的与其说是都铎时代的诗人笔下的人物，不如说是你自己经历的时代所造就的仍然挣扎着的那类灵魂爱欲。因此，哈姆雷特的性格悲剧不过是你心目中的某种灵魂类型的命运之歌，即对"超出平庸的尖锐和敏感"的灵魂爱欲的命运之歌。在任何时代，这种爱欲都可能因各种彼此矛盾的历史要素而成为性格悲剧。由于这种灵魂的命运不仅受外在的历史事件规定，而且也受——甚至更多地是受自身的爱欲品质的内在规定，这种性格悲剧绝非仅是社会性或政治性的命运悲剧。正是出于这样的内在规定，你坚持要澄清记忆中"曾经"的含混。在修订完硕士论文 10 年之后（1994），你还固执地这样来界

定自己的历史"记忆":

　　被设定的期待的偏离、脱轨,也许是在某一个明媚的早晨或温馨的夜晚一次发生的,对于某一个真实的个人来说,却只有真正经历过内心痛苦的咀嚼,于彻底的否定性中建立起在审视世界的同时自我审视的眼界,断裂和悖论才可能成为个体生命的直观和刻骨铭心的记忆。(《汉语作为民族语言表达如何可能》)

　　由此可见,在你那里,灵魂悲剧具体呈现为把革命者的梦想当作对"超出平庸的尖锐和敏感"的爱欲之梦。大革命时代之后,你笔下的悲剧人物仍然不能区分两类梦想,才会陷入与梦想"不能离异又不得不分手的矛盾痛苦"——于是,肯定、否定、自我牺牲和自我斗争的"情绪"力量在这种灵魂中错综交织成一个个难解难分的情结,灵魂的爱欲在既认命又不认命中挣扎,从而有了自己的性格悲剧。

三

　　在你对《哈姆雷特》的解读中,凭借"莪菲丽雅的线团"牵引,哈姆雷特的性格悲剧作为"一个历史之谜"最终指向了"主人公超出事件制约影响的、充满着矛盾的心理历程"。这意味着,早在你写作硕士论文的时候,你就决意要搞清自己所属的"青年左派"灵魂的性格悲剧的历史真相。你当时并没有明确意识到,在自己要搞清的历史真相背后可能还潜藏着某种灵魂爱欲的性格悲剧的政治哲学真相。对"超出平庸的尖锐和敏感"的灵魂爱欲是天生的，与特定时代的革命理想无关。因此，从本质上讲，灵魂爱欲的性格悲剧是超历史的。然而，你却希望搞清自己的灵魂爱欲的历史真相：

> 我审视着我的感受，既在我面对的作品里，也在历史的意向和情绪里，寻找这感受的真实依据。（硕士论文）

这里的所谓"历史"显然指你亲身经历过的历史。你修订完硕士论文时已经35岁，在此之前，你经历过何其独特的传奇般的个人历史！但是，在你的同龄人中，有过类似独特的传奇般经历的人何其多！由于在你的"青年左派"理想中曾经充盈着的是你的灵魂爱欲，你与"曾经"的理想"离异"时始终无法化解"不得不分手的矛盾痛苦"。于是，你固执地要在随后的生涯中继续"寻找这感受的真实依据"。然而，是什么样的"感受的真实依据"？是"青年左派"理想的"感受"，还是对"超出平庸的尖锐和敏感"的灵魂爱欲的"感受"？由于两种"感受"已经历史地交织在一起，你"寻找这感受的真实依据"的心理历程就命定继续"充满着矛盾"。

对你来说，"寻找这感受的真实依据"首先体现为继续寻找自己的"朋友"——你的灵魂爱欲驱使你不断寻找"朋友"：既在现实中寻找，也在文学和哲学作品中寻找。在你解读易卜生的《罗斯莫庄》时会出现这样的文字，让今天或后世的读者难免感到突兀：

> 这也是我们这一代的生活。
> 在惊心动魄的往事的回忆中，也许我们永远也无法弄清楚那许许多多的事情是如何发生、为什么发生的。因果联系或许

从来就没有存在过,或许存在过而早已退隐了,像无数生长的枝蔓,只有孤零零的事实突兀在那里,以致无论多少岁月已逝去,每一次记忆都仍然如同是尖锐的呼啸从脑际掠过,留下一阵阵心的悸动。(《错位》)

《罗斯莫庄》中的故事也成了"我们这一代的生活"写照,因为易卜生的叙事让你想起你自己及你的"青年左派"朋友的经历:"易卜生将吕贝克置于社会变革和变更传统的漩涡中",你看到的却是自己和你的"青年左派"朋友们被置于社会变革和变更传统的漩涡中。于是,易卜生成了你心爱的终身朋友。其实,易卜生真正让你心动的是对"超出平庸的尖锐和敏感"的灵魂爱欲的"感受":

"众"是怎样的,它和"个人"处在怎样的关系中?才是问题的关键。(《关于〈玩偶之家〉的采访》)

我觉得自己的感觉没错:你把哈姆雷特当作"青年左派"朋友们的代称,并把自己视为这个"哈姆雷特"的"恋人"。你把莪菲丽雅视为走出哈姆雷特性格迷宫的线团,意味着你把自己视为走出"青年左派"性格迷宫的线团。莪菲丽雅是女人,你也是女人。为了获得莪菲丽雅的目光,你阅读各种各样看似具有性格悲剧的中国女人,继续寻找自己的灵魂爱欲的朋友(《我读女人》)。可是,从你的这些阅读中,我看到的仍然是你自己的"青年左派"的性格悲剧:与"曾经"的理想"不能离异又不得不分手"的"矛盾心理"。

也许重要的不是把理想坚持了多久,而是在理想成为问题时重提理想的勇气和关注方式。

它不是一个可以归属到终极尺度的消逝着的环节。

它纯然是一个人直面悖论和界限的自省,是在断裂中突兀的自省。

因而与其在连续性中沿用理想的概念或在中断后在新的语境中借用"理想"的字眼,还不如用想象。尽管想象这个字眼同样需要澄清,即它不是在现实之上浪漫地漂浮的,而是因固守个体性连同脚下真实的土地而穿透着的。

如果我们还是要用"理想"这个字眼,那我毋宁把它看作一种追求者的精神状态,一种经历,一种气质。(《我读女人》之一)

可以看到,你模模糊糊感觉到"曾经"的"青年左派"理想与对"超出平庸的尖锐和敏感"的爱欲理想的差异。"青年左派"的理想很难说完全是"个体性"的,灵魂爱欲的理想却绝然只会是"个体性"的,其尖锐和敏感同样会穿透"脚下真实的土地"。灵魂爱欲是出自天素的"一种气质","青年左派"的"气质"则更多是一个历史性事件的结果。在"曾经"的历史处境中,这两种"气质"可能呈现为同一种"追求者的精神状态"。尽管如此,作为"一种气质"的灵魂爱欲可能具有某种历史性的政治理想,却不能反过来推论,所有"青年左派"都具有这种"超出平庸的尖锐和敏感"的灵魂"气质"。

我因此理解了你所说的"悲剧意识和个体的自我意识"的关联:"悲剧意识"的品质是"平凡的个体性"中的"崇高"精神(《应提升到精神的精神现象》)——你心目中"真正的崇高概念"与"超出平庸的尖锐和敏感"是同义词。

悲剧意识：
在失败中生成的超越有限性的自我发放。
目的并不明确。
无目的的目的性。
追求而失去目的，即失去追求的外在目的，而向人自身回复——将自我发放到无限的即虚无的世界。(《应提升到精神的精神现象》)

倘若如此，我觉得，你面对的是亘古以来的灵魂爱欲都会面临的无解难题：高贵与平庸、历史与天性、常人与非常人的关系问题。"超出平庸"的灵魂爱欲只会出现在"平庸"的世界，由此才会有"超出平庸"的"追求者的精神状态"。因此，在任何历史条件下，灵魂爱欲面对的问题都仅仅表现为在个体的处身性痛苦中诞生的灵魂形式。

四

你继续"寻找这感受的真实依据"的心理历程"充满着矛盾"，尤其体现在你提出了一个形而上学式的问题："女人是什么，能是什么？"这个问题基于对自己的个体性的"断裂中突兀的自省"，其中带有的矛盾难免会暴露你的灵魂爱欲的真相。

为了解答这个形而上学式的问题，你把"情绪"确认为形而上学的本体之物：

情绪即人的内在自然,像自然一样混沌,一样不可穿透,一样收容一切创造物融于一身。所谓人类的全部文明或文化,其最初的冲突、冲动都源出于它。(《情绪是渊薮也是希望》)

你说,这个形而上学的出发点来自你的女人感觉:

几年前我曾这样表达:人们常说,女人是情绪的,而一个除了经历和这经历在内心中的沉积以外一无所有的女人,就更是情绪的了。(《断裂的可隐匿的声音》)

这样的形而上学规定可能会遭遇两大思想难题。首先,基尔克果和海德格尔不会同意:男人只有"情感",女人才有"情绪"(《情绪是渊薮也是希望》)。事实上,基尔克果的"不安"和海德格尔的"处身性"说到底都是"情绪"。何况,现象学派的男性哲人们几乎无不拒斥施莱尔马赫式的"情感主义"。其次,更大的思想难题在于,如果"情绪"也有性别之分,能够被视为形而上学的本体之物吗?在我看来,如果"情绪"可以被视为形而上学的本体之物,那么,你所说的"情绪"应该指的是一种超出性别差异的灵魂爱欲。用你自己的话说就是:

一个女人,如果在拥有女人天性的同时,又拥有男人的视野和反省能力,她就注定了承受撕裂肌体的痛苦。(《女人是男人心中袒露的秘密》)

严格来讲,灵魂爱欲并没有性别之分。不然的话,我很难理解,苏格拉底的灵魂爱欲是由一位女人来开导的。反过来说,并非所有具有智性天赋的男人都拥有你所说的"男人的视野和反省能力"——否则,苏格拉底与那么多的男人交谈,是在谈什么呢?你自己在沉思"情绪"时也说过:

> 每个人都有情感,也都有情绪,但事实是,有的人恐怕一生都沉不下去也升不起来。(《情绪是渊薮也是希望》)

这里的"每个人"或"有的人"都不会有性别之分,只会有灵魂类型之分。具有某种灵魂爱欲"气质"的人,才会有"沉下去"和"升起来"的问题。这个问题不仅与性别差异无关,甚至也与历史事件无关——或者说与大革命时代无关。但是,当你审视"情绪"的形而上学性质时,不仅与性别差异相关联,而且与历史的处身性相关联,或者说与自己的"青年左派"激情黏在一起。如果我没有记错,"情绪"这个关键词已经出现在你的硕士论文之中。于是,你的"情绪现象学"带有这样一个矛盾:一方面,你要审视的"情绪"来自"一代人甚至几代人"所经历的"外在的、强迫性的经历",来自时代的"偏离、脱轨"(《语言问题何以对我成为问题》);另一方面,你又把"情绪"视为纯粹的灵魂爱欲本身——你甚至用黑格尔式的方言说,"情绪"是我们"透视着意向与反思的直观"本身(《情绪与语式》)。

你对"情绪"的形而上学式关注,说到底是对你自己与生俱来的绝然个体性的灵魂爱欲本身的关注,由此才会有绝然属于你自己的"断裂中突兀的自省"。事实上,完成硕士论文之后不到两年,你就写下了《女人是什么,能是什么?》(1986)。这篇文章堪称你的标志性作品之一,它标志着"蓉菲丽雅的线团"开始成为你的线团。标题中的"女人"不是泛指，而是你这个女人自己。你用了自己的两行诗句作为题词：

> 谁在灵魂中经历过生死的冒险，
> 而不是在直观的哲理中将升华当作逃避。

这诗的句式读起来像是疑问句，其实是个肯定句，甚至是表达对自己的期许的祈使句。你用这样的诗句给自己的灵魂爱欲画了一幅自画像：这个女人命中注定应该在自己的灵魂中去经历生死冒险。这让我想起你在一年之后阅读一位当代美国女作家时写下的一段话，它呈露了你的个体灵魂爱欲的"气质"：

> 这个世界上有多少人在常态的、死水一般的生活中活着。这是一种沉沦。纯粹的、没有任何期待和冒险的沉沦本身就是活着的死亡。而连在回忆和想象中都失去自由的沉沦，就更是一种活着的死亡了。（《爱与死，或被死亡惊醒的爱的回忆》）

"冒险"的含义带有双重性：既是历史现实中的"生死冒险"，也是哲学意识形态中的"生死冒险"。前者指的是你仍要不断扩大"朋友"圈，不断寻找新的"朋友"；后者指的是：你不得不进入一个在你看来属于男人的理智世界——专业化的语言哲学和现象学哲学领域。这种双重性的"生死冒险"最终要确证的本来是你的个体灵魂爱欲，由于你的个体是女性，你就让自己的灵魂爱欲置身于纯粹的智性世界的对立面。

你以下面这句话来结束《女人是什么，能是什么？》：

> 当人们如此沉溺在理性的狂欢中时，夜已升起。曙光也会

升起的。我在夜中祈祷：即使我什么也不是，也要用这什么也不是的拒斥显示于理性的世界。(《女人是什么，能是什么?》)

这里的"理性"指男人的理智天性，所谓"理性的世界"则指属于男人的思辨哲学世界。这样一来，你难免会感到，你的"情绪"一直在寻求表达的语言，却又苦于找不到自己的语言——"只是后来举步维艰的困境才逼迫我转向现代哲学寻求启示与表达"(《情绪与语式》)。对你来说，关注语言哲学问题，"更多地不是学术的趣味，而是生存的需要"(《语言问题何以对我成为问题》)。事实上，你把现象学、解释学、语言哲学之类的现代哲学思辨当作让自己受苦的材料来折磨自己，以期赋予自己的灵魂爱欲一种确定的精神形式。

我常想，即使顷刻间把西方世界的精神财富一起堆到我们的面前，中国人，也能在这块土地上，凭借独特经历带来的情绪、感觉，走出一条自己的思路。(《应提升到精神的精神现象》)

这是不是"青年左派"气质的真正底色呢？如果是的话，我就可以理解你的灵魂爱欲为何给你所接触到的各色西方哲人烙上了自己的灵魂"情绪"的印记：要么是基于"苦难"权利的批判印记，要么是带着"自我撕扯"的否定印记——你对本雅明的《论历史的概念》的识读最为细致深透，你的灵魂"情绪"的历史印记因此也呈露得最为深心追往——本雅明的灵魂毕竟带有"左派"气质(《复活历史灰烬的活火》)。这些印记无不属于你自身甘愿"冒险"的灵魂爱欲，这种爱欲让你自己的灵魂命定要承受你所说的"充满着矛盾"的

"自居性"受苦。

即便在这个时候,你的形而上学化的"情绪"也没有与自己的历史"情绪"离异:

> 也许可以说,我们是天生为意义而活着的一代人。我们学习语言的过程,同时也是学习希望、目的和意义。(《断裂的可隐匿的声音》)

这里的"我们"指谁?无论这里的"语言"指的是哲学或文学或绘画或其他什么精神性语言,"我们"都是一个过于含混的语词。它指的是"曾经"的"青年左派"吗?难道每个"曾经"的"青年左派"都是"天生为意义而活"的灵魂爱欲?——记住:你说的是"天生为意义而活"!如果是的话,他们与曾经的"理想"离异时怎么没有像你那样感受到"不得不分手的矛盾痛苦"?从古至今,有多少人天生"学习语言"同时也是在"学习希望、目的和意义"呢?在这世上,有多少人"天生为意义而活"啊?

我能够理解,你最后不得不说:

> 也许我永远无法说清情绪是什么,就像我无法说清那飘落而混迹于泥土里的种子是什么一样,除非我看见了花朵、果实。(《情绪是渊薮也是希望》)

完全正确!然而,从"青年左派"们后来的经历中,你看到了什么样的"花朵"和"果实"呢?

自完成硕士论文以来,你从未间断审视你自己的来自土地的经历的"情绪"目光——你的文集让我看到了你的"飘落而混迹于泥土里的种子"生长出的"花朵"和"果实"。你始终在阅读和思考,你对纯粹的精神充满爱欲,越是"文字缠绕难懂"越让你着迷。你拒绝学院中人的"哲学家"命名,完全正确——但这并非因为你是女人,而是因为你是狄俄尼索斯式的热爱智慧者。你以诗的形式思考,而非仅仅文字是诗性的:你的"情绪"在思考中一会儿沉入字里行间,一会儿从文本中升腾而出。由于你自己的灵魂爱欲主动受苦的"期待和冒险",你的"种子"生长出的"花朵"和"果实"带有"超出平庸的尖锐和敏感",它们最终成了充满想象的母腹,孕生出令人惊讶的对"痛苦着的'荒诞'"之美的肯定。

五

你在硕士论文中说,你的主人公"意识到了他力不胜任却不能不勉力为之的使命,第一次脚踏实地地站立在了苦难的现实土壤上"——这个"他"不就是你自己吗?即将结束硕士论文时你说过:

我们幸运地处在一个走出了或有可能走出各种片面性的狭窄天地,而富于系统精神的时代。(硕士论文)

既说"走出了"又说"或有可能走出",明显自相矛盾,经不起语言哲学家的语义分析。可是,对于灵魂爱欲的"情绪"来说,这种自相矛盾的表述再真实不过。我仍然记得,当时的我们何其刻骨铭心地体会到这种时代的"幸运",感觉到自己走出了某种意识形态的"片面性"。但我真的能够"走出各种片面性的狭窄天地"吗？后来的历史你也看到了，"我们"不是又分别各自走进了自己新的片面性的"狭窄天地"吗？

记得我那篇论俄国现代知识人的长文《圣灵降临的叙事》发表时，你看了后非常兴奋，马上打电话给我。你在电话那头自信地认为，只有你看得出来，文章实际上写的是20世纪80年代以来中国知识界的精神状况。你还记得我当时如何回答你的吗？——我笑了，仅仅说：我是在模仿你解读《哈姆雷特》和《罗斯莫庄》，你不是说过你是线团吗？你笑了……你赞同梅列日科夫斯基的提问方式：八十年代过去之后，我们经历的是"何等突如其来的断层、何等的精神塌方！有意识的文化的历史继承性何在？能够把我们的今天和这样的昨天联系起来的活生生的血脉联系何在？"（梅列日科夫斯基语）——你还说，你要去读梅列日科夫斯基的《病重的俄罗斯》……

其实，你早就开始意识到，"我们这一代"的集合性精神并无和谐可言，内部四分五裂……精神的集合性不过是特定时代"外在的、强迫性的经历"的结果，表面上明澈，实际上极其含混。以前我们喜欢说"我们这一代"如何如何……1993年，也就是我从欧洲回来那年，你在给一位朋友的信中写道：

"我们"从来就是一个价值尺度，是主观的意义之源。我以我的不可抹杀的"身体性"成为"我们"的缺陷。一旦我这样地站在"我们"之中，"我们"就成为我的"身体性"在断口上纠缠的事实——我只是我，我因而得离开"我们"，而这"离开"恰好使"我们"同"你"同"他"一样成为我的不可缺少的参照。"我"成为痛苦着的"荒诞"……（《致友人书·无题》）

你让自己的灵魂爱欲退出了"我们这一代",如果我没有记错,这一转变的明确时间标记很可能是那次我并不在场的"平顶山会议"——在那次会议期间,你说出了"许多年来"自己"在一次又一次的失望后仍然坚持的信念":

人和人几乎是无法理解和沟通的,但当我面对着你时,我仍然相信——(《断裂的可隐匿的声音》)

我不知道你在"平顶山会议"期间究竟有过怎样的经历,仅仅知道那次学术会议算是朋友们的聚会。让我惊讶的是,这样的聚会却让你坚信,即便朋友之间也"无法理解和沟通"——你不再寻找"朋友",尽管你继续结交新朋友。你把自己的"失望"深深隐藏起来,让朋友们无法觉察——我仅仅通过一次极为偶然的事情才有所觉察。你很可能已经忘记唯一的一次生我的气:当时你说,你特别喜欢勃拉姆斯的大提琴作品。我漫不经心地回答说,我一点儿不喜欢……你马上一脸不高兴地沉默不语。好多年之后,我从马勒那里读到一段关于勃拉姆斯的回忆,突然明白你为什么生我的气。马勒说他有一次陪勃拉姆斯在森林中散步,走到小溪的一座桥上,勃拉姆斯突然停下来,对着流逝而去的溪水自言自语地说:从此以后再也没有人懂得古典音乐——马勒看出,勃拉姆斯非常痛苦,因为他觉得自己十分孤独。你特别喜欢勃拉姆斯的大提琴作品,很可能是因为你从中听出了他的古典的孤独。

我意识到,我也不幸成了你"在一次又一次的失望后仍然坚持的信念"的证明。这时我才想起,你在 1993 年写给我的那封长信中有这么一句突兀的话:"我能说我是一个谜么?"

我当时既没有懂也没有去细想这句话的含义。现在想来，你的意思兴许是：本来你想要成为走出"青年左派"的性格悲剧这个"迷宫"的线团，现在，你却要成为这性格悲剧的"迷宫"本身。由此可以理解，在你的文字中，为何最孤独、最个人化的东西和最历史化的东西可以合而为一。为了一种几乎不可能的德性，你的灵魂爱欲悲剧性地折磨自己，这种折磨把自己的灵魂本身推向了一个绝然孤独的高度，成了一个充满"断裂"和"隐匿"的精神迷宫。这个迷宫不需要谁来成为你的朋友们走出迷宫的线团，你的作品已经让自己的内在灵魂的戏剧成为线团：你在那里，迷宫就是线团，线团也是迷宫。

2005年11月，我到海南开会，与你有过一次长谈——这是你离世之前我们的最后一次闲聊。你非常坦率地告诉我：由于我引介施特劳斯，好些朋友都不理解……但你并没有因此为我担心。你心里知道，对"朋友们"又能解释什么呢？

大革命时代之后，你一直在致力于把自己的经历变成你视之为生命的文字，这些文字有如在一把六弦琴上拨响的各色音调：或坚硬，或温柔，或明快，或压抑……总之是"断裂的可隐匿的声音"。这些声音是你用自己的经历给"一代或几代"中国人的一段具有性格悲剧性质的精神史迷宫丢下的线团。由此牵出的一条谜一般迷人的性格悲剧的线索，使得这线团本身也成了迷宫。但它最终呈现出的是一个超出悲剧情节线索的爱欲生命的纯净世界，并将成为未来历史中时不时都会有的某类灵魂的"永恒伴侣"。

我这样理解你的文字和声音，你觉得对吗？……我看见你笑了……

2016年5月

缘 分

我在的呢喃

——张志扬的《门》与当代汉语哲学的言路

一

九年前，我在北京大学修硕士课程时，一位教授指着张志扬的一篇文章恼怒地对我说：什么文风？不知所云，莫名其妙！

如此非议在大陆"搞"哲学的人或哲学教授中不是绝无仅有，因为，他们习惯了四十年来在汉语学界中唯一的一种语式以及相关的思的方式。

张志扬富于个性和穿透力的哲学语式属于直显心性一路，并带有明显的黑格尔、海德格尔语式的痕迹。如此形而上学言路在泛科学化的时代会遭遇到理解上的困难——在某些德语哲学教授那里，阿多尔诺、布洛赫、海德格尔的哲学语式有同样的际遇。不过，张志扬的哲学语式在汉语哲学语境中还遇到一种特别的反应：不仅扞格难通，而且让人恼怒，原因何在？

四十年来，汉语哲学发生过一场语式革命——当然首先是思式革命。纯粹心性式和纯粹学术式的哲学言路被视为有闲阶级的标志，取而代之的是一种姑且名之为"社论"式的哲学言述。"社论"语式在汉语学界成功地颠覆了传统的种种自在语式，进而独占全语域，哲学言路的社论语态化只是这种泛化的言语场之一。正如当代言述史所表明的那样,甚至像抒情诗这种最富私人心性的言式,亦曾"社论"语态化。

"社论"语态是一种道义—权力诉求,这种特定的言述形式比其指述内含——道义权力本身更有制约性。支持这一判断的事实是:在当今某些已不同程度地解除了道义—权力诉求的文人学者那里,"社论"语态语式(表现于某些特定的选语造句)依然不同程度地健在。

当代欧洲哲学的言述方式尽管已经相当学究化,对心性语式的排斥几乎制度化,但这种排挤并不具有道义权力。心性语式自有其言述域,在法语哲学界,心性语式甚至在学院中仍然占有一席之地。

张志扬的哲学语式背逆有四十多年习惯的"社论"语式和在汉语学界中正逐渐复出的学究化语式,有人对此感到理解上的艰难甚或恼怒,还有一个更为深远的原因——就言路和思路而言,其源远流长均非"社论"语式可比。

二

爱智行为(哲思—哲言)是一种知识性言述活动,智与知原初地不可分。此知为意义性之知,而非技术性之知。《说文》解"哲"为:知也,从口或从心,心性、言说、知识的原初统一为"哲"。

在"哲"的原初统一中隐含着一种亘古未解的张力:身心与知言的张力。哲学的知识性言说出于身心却有可能损害身心健康。这并非指"祸从口出"——苏格拉底自由言论,被迫饮鸩自杀。有损身心健康在此主要不是指有损言述者哲学家本人的身心，而是他人的身心。

古罗马哲人塞内卡（Seneca）在一封信简中引用卢克莱修一言，涉及这一问题：

Postquam docti prodierunt, boni desunt; simplex enim illa et aperta virtus in obscuram et sollertem scientiam versa est docemurque disputare, non vivere. ［自从有了博学之士，好人就没有了。单纯、质朴的德性已经变成了晦涩、精巧的知识，我们学会的是怎样辩论，而不是怎样生活］(Epist. 95, 13)。

知识性言说带有某种强权性——福柯对此说了许多。其实，倘若哲人所构造的话语仅供自己享用，或供哲人们交互欣赏、辩难和闲谈，不至于那么有侵犯性。问题在于知识的创构也被用来出售。

柏拉图在《普罗塔戈拉》中记述过，苏格拉底与他的年轻朋友希珀克拉底谈论到 Sophistes［旧译智者，实指专家］的讲学时，论及知识的买卖。苏格拉底认为，滋养心灵固然靠的是 Μαϑήματα［知识、学问］，但苏格拉底抨击那些智术师有如卖食品的商贩，不管卖的什么食品，总大肆吹嘘食品有益身体，其实他们自己并不懂所卖食品对身体有害还是有益——Sophistes 们并不知自己卖的知识对心灵有害还是有益，买的人当然也不知道（《普罗塔戈拉》,313c - e）。

苏格拉底要说的是：哲思哲言首先而且主要关涉的是个体的自我理解和世界理解，此谓心灵的滋养——随后是关涉交互个体的自我理解，世界理解只有在个体的自我理解中形成，哲思—哲言原初地是个体生成性的。

个体的自我理解和世界理解在言述行为中呈现为我在的言

语生成——我在的呢喃。无论柏拉图、亚里士多德诸先贤，还是康德、黑格尔、马克思、海德格尔诸后贤说过多少宏言，构造过多少语汇，其言述原初地是个体性的。作为个体言语生成的我在的呢喃比哲学言述更为源始，因而是在体论上的规定。当我在的言语生成的在体论结构遭到破坏，我在的言语生成在哲学言述活动中就失去了自己的位置。汉语哲学界四十年来的基本语境即是我在言述之失位：个体我在之身位在理念上被历史理性抹去，在实存中被社会变革取缔。

对我在言说在当代汉语学界中的丧失，张志扬感受颇深，他在《门》一书的前言中说：

"我说"，别提我说前的战栗——那真是一种发抖："我要说了""我能说吗""凭什么说"……直到我冲口而出，仍是一面抗争地说，一面还恐惧地听。（第1页）

"我说"如此尴尬和惶恐证实了个体言说的本然结构被摧毁的程度。我曾经简要地说明过这种摧毁的发生过程：全权话语对我在呢喃的道义性剥夺。不过，另一种道义性剥夺已早于全权话语而发生过了。

三

现代中国社会结构几经失序，相当多的哲人因此转而致力于社会哲学或历史思想；这种转向伴随着言述结构的转位：由个体之位转向民族或国家之位。

现代汉语哲学言路一再转位有其历史原因：肇始于清末的

民族危机感至今是汉语哲学语域上空的一团闷云。

但民族危机本身并不构成个体言说在哲学语域中失位的决定性因素。从欧洲哲学史上可以看到，在民族危机中依然呢喃我在的哲人并不少见——现代汉语哲学中呢喃我在者也非绝无仅有，尽管在言路的进度和广度上颇为踟蹰。

个体言说在现代汉语哲学中的失位，不在于呢喃者的多寡，失位的原因也并非民族危机本身，而是汉语思想传统中的民族理念对个体的道义要求。民族理念对个体理念的剥夺在古代哲学中甚至浸淫到我在的呢喃中。然而，这毕竟是理念性地制约着个体言说，何况儒家之心学言路、道家之无学言路以及佛学之空学言路各自设置的自为语域毕竟维系着个体言说。

个体言说的失位转换为民族性或国家性言说，为民族和国家立言，对他人身心健康有害还是有益，我们的哲学迄今还没有认真检审过。

民族政治论题占据着现代汉语哲学的主要题域，即使是一些传统的哲学题旨的言述，常隐含着为民族政治问题开药方的意图。但二十世纪的思想经验是：为社会—政治言述确立专门的语式，其规范为可论辩—可证伪性。社会学言述的形成使社会—政治题旨从传统的哲学言述中分离出来。当然，哲学与社会学的彻底分离尚悬而未决，社会学言述是否真能做到完全的价值中立——倡导者韦伯本人也并未完全做到，是否能完全不带个体因素，仍然是个问题。

在现代汉语哲学中，社会性言述与个体性言述的分离尚未完成。民族理念对个体理念的道义性剥夺仍是一个无意识情结。

张志扬的哲学言述是纯粹个体性的我在呢喃，个体言说的我属性极为明显。哲思在此决意要重返我在之位，寻回个体性在哲学言说中的本位。

返回我在、言说我在不等于否弃政治言述，毋宁说，政治言述必须是另一种与哲学不同的语式和言路。

四

Errare, mehercule, malo cum Platone, quam cum istis sentire.［我宁愿与柏拉图一起犯错，也不愿同那伙人（指毕达哥拉斯信徒）一起正确。］（*Disput.* 卷一，17，39）

西塞罗的这段话表明，哲学言述具有极端个体性和我属性。其恰切性限定在个体性言述之域，不能伸展到社会性言述中去。两种言述的实质性区别之一在于：前者无对错可言，后者涉及论断的对错。哲学终归是一种个体信念的表达，个体心性的言语生成。

舍勒读完《存在与时间》说：海德格尔的哲学是日常的哲学，我的哲学是礼拜天的哲学，礼拜天把光亮投向平常的日子。对此，海德格尔也许会说，没有日常的日子，哪有礼拜天的来临？

这里显明的差异不涉对与错，而是心性、气质的差异。如舍勒所言：海德格尔性近希腊智者，他自己性近希伯莱先知。

社会性言述从哲学中分离出去后，哲学言述中的文学方面便突显出来。指向自我理解及个体间交互自我理解的个体言说，需借助文学表达来推进理解。

指出哲学言述活动的个体性本质并非在为相对主义作证。真并非是言说者的所有物，而是诸个体言说在言说中所趋之他在地域——在之真是个体性的倾身所向。

五

寻回个体性之我在，在当代汉语哲学语域中难免为一场在体论上的角力。张志扬不仅意识到民族理念在汉语思想中对个体之在的删除，而且感到当代汉语哲学中作为理念来使用的"中西方文化"对个体之在的在体论索回的删除。他不得不"在中西两大文化壁垒的夹缝里寻找现实的立足点"，即个人的真实性及其限度。

问题是：谁使他"不得不"。

中西文化二元景观百年来一直是汉语哲学的一根束身绳索。束这根绳索的哲学言说固然受到民族理念的道义压迫，但毕竟是言者自束。换言之，中西文化二元景观并非哲学言说返回我在的决定性障碍。哲学言路一旦重返我在的在体论，这根绳索会自行解缚。

在哲学言路中寻回我在之所以"乃是一个几近生存悖论式的难题"，张志扬提供的最终证据是：形而上学地加以理解的文学和意义——书本剥夺此在。

每翻开一本书，我总是发觉意义飘浮在文字之上，就像人生飘浮在我之上一样。我飘浮得厌倦了，想抓住人生，但抓住的却是书本，却是意义，却是文字，结果，还是光秃秃来去无牵挂的我。（第20页）

"中西两大文化壁垒"不过是由书堆砌起来的卡夫卡式城堡。在形而上学地来理解和使用的"书"中，张志扬看到了他以为根据并不充分的对我在的应然要求——"书",就是上帝虚荣的使者。上帝说:"你必须"——于是,书就把"你必须"变成"我应该"(第19页)。

令人感兴趣的是,张志扬如何对此在作在体论的描述。他的描述很简扼,我在即残缺:

> 我,归根到底是残缺的……我上升不到类,我走不到彼岸,我只是向无限的他者无定向地敞开。(第3页)

但残缺还只是那个显示出我在实存的表征。我在的在体论身份最终由虚无来验明或确证。我在在,恰是虚无在,"虚无即生成的属性"(第34页)。如果人们没有忘记上面提到的我在与意义——文字的在体论紧张,张志扬的如下诘问就为这种对立提供了说明:

> "无",为什么不是一个问题?为什么不能进入语言?人工语言或者理想语言对它的否定,只不过是人工语言或理想语言的自我否定,从而显示了它——"无"的存在。(第35页)

有鉴于此,张志扬在生存释义现象学上展开的哲学攻击集中指向生存的虚假性,就是可以理解的了。生存的虚假性即遮蔽、逃避、回避(反正是一码事)虚无之我在或我在之虚无——即自我欺瞒。自我欺瞒是意义—文字遮蔽我在的虚无性由"被迫转为自觉"的结果。在《门》一书的下篇,张志扬为此提供了诸多精彩的现象学分析个案。

个体性之在的虚无—虚假构成了张志扬的哲学言述的基本论题,哲学言路在他那里坚定地要走向对我在之虚无的在体论证明。据称，哲学言述要"担当起虚无使命"，这是他的哲学信念。由此得到规定的哲学使命为：揭示——与自我欺瞒较量——虚无，因为，"没有语言及思对虚无的揭示，现有而充实的存在恐怕使行动的超越连插脚的地方也找不到呢"（第284页）。

在此哲学景观中呈现的心性显得颇为紧张。个体心性的在体论结构被描述为"内在虚无性和外在超越性"的冲突场，这是张志扬"努力寻求的出发点和归宿"（第87页）。

这位哲学家自称为"不得其门而入者"。何谓"门"？"门"是"存在与虚无的界面"（第282页）。由于存在即虚无，虚无即存在，"门"有如舞台上的道具，入门与否都在同一个地面上。

六

将我在的在体论定位设想为虚无，古今皆有同道，德莫克利特有言：$M\eta\,\mu\tilde{\alpha}\lambda\lambda o\nu\,\tau\grave{o}\,\delta\grave{e}\nu\,\check{\eta}\,\tau\grave{o}\,\mu\eta\delta\grave{e}\nu\,\varepsilon\tilde{\iota}\nu\alpha\iota$ [如此不在简直就像是我的在]（*Diels*，156）。在现代存在哲学中，我们也遇见过诸如此类的规定。对我在之残缺的确认，其实是诸多思想传统的一个基点：希腊思想传统称为人的有限性，基督教采用了一个多引致误解亦被不恰切地解释的"罪"概念——在佛教、道家思想中也可以见到我在之残缺以致虚无的体认。

分歧在于：如何安置我在的残缺和虚无。在张志扬的哲学言路中，一切与"完满"相关的可以填补残缺和虚无的东西，都遭到作为虚无的我在的坚定拒绝：无论是理念、精神、上帝，还是爱或温情。这位哲人打算固守残缺或虚无，因为"残缺本是向无限的无中心无时间的敞开，它根本不知道完满为何物"(第4页)。值得询问的是:所谓"无中心无时间的敞开"究竟什么意思?"残缺"与"敞开"是什么关系?

为什么拒绝完满?

张志扬给出两个根本性的理由,一是否定性的,一是肯定性的。

否定性的理由是:

完美如上帝一样,是人对自己的缺陷和暂时性的一种自我补偿,或不如说自我欺瞒。……是后者因惶惑于自身的虚无而创设出的理想。(第101页)

肯定性的理由是:

虚无本身的否定力量具有生成的意义,虚无是生成着的,反过来说也一样,生成着的是虚无。(第35页)

那把存在化为虚无或在巨大的存在面前显示其虚无的力量,才是意义生成的泉源或根据。(第72页)

西方哲学中"虚无"一词的用法有三义:本体论的(无)、逻辑的(否)和生存论的(虚)。张志扬的用法属后一种,是对一种个体性的实存感受的描述。

哲思—哲言对虚无的揭示不仅仅是对生存中的自我欺瞒的现象学分析(见该书下篇诸文),也需要对一切在张志扬看来企图掩盖虚无的现存哲学谜展开抨击(见该书上篇诸文)。这位哲人将此视为对"本体论残骸"发动的攻击。在对现存哲学的诠释中,我在的虚无在性呈现为抵牾(德文所谓 Widerstand)。任何想要知悉伽达默尔或海德格尔对艺术说过些什么的人,看来不宜读张志扬的诠释,正如要认识尼采,不宜先听海德格尔的"尼采讲座",在那里只会听到海德格尔自己的思绪。

如果没有忘记张志扬确认的个体之在与意义—文字(书、学说)的在体论紧张,他的哲学攻击就显得可疑,其可疑性甚至波及他对我在的在体论规定和对哲学使命的规定。麻烦主要在于,个体性之在对本体论残骸的抵牾采用了同样的手段——文字和意义。我在的虚无是由虚无的哲学来设定并给予意义的,这种哲学可能同样隐藏着"本体论的残骸"。

至少,虚无的实存在抵制理念、理性、意义或学说时,也经常借用思想史上的残骸。例如,对上帝的抵牾——"上帝的绝对与圣洁本来就是人的有限与不洁的一种伪装转移"(第252页),采用的就是由费尔巴哈提出、马克思复述和弗洛伊德改装的补偿—投射说,哲人并未因为这亦只是一种学说就抵牾它,而是作为一种论据来引用(参见第101页)。

由此来看,个体之在与哲学言述之间的在体论关系这一自苏格拉底始就是问题的问题——苏格拉底始终惶然于"我说"——尚未了结。

七

阿伦特念研究生时恋上海德格尔。海德格尔的思与言极具个性魅力,阿伦特的心意难抵他的吸引。海德格尔同样在阿伦特身上感受到一种如意的心性契合,尤其她具有的死感常随的哲学性忧郁。为完成博士论文,阿伦特不得不转学,但她以为(当然也指望)海德格尔会弃妻与她私奔,此念的根据是,她看出海德格尔的哲学骨髓里是浪漫的。

阿伦特在哲学上有敏锐过人的判断力——其哲言证明了这一点。在爱情中她的判断失误,此在的实存迷惑了一次哲思。海德格尔是天主教徒,在阿伦特现象学的意向中的那个火车站,海德格尔并没有拎着书箱出现在她面前。

哲学的言述与哲学言述者的我在,并不总是一致的,文学言述同样如此——写《局外人》的加缪,整个心性都是局内人。

自现代社会职业分化以来,哲学也成了一门职业,对哲学生活来说,这恐怕终会成为一个历史的麻烦。哲思—哲言本身的生存论定位更加困难,哲学的职业性与实存的个体性是矛盾的。可以问的是:哲人究竟活在什么之中?哲人在自己的言语生成中寻回还是丢失了我在?进一步可以问,哲思—哲言活在什么之中?此思此言为何而活?

当代汉语哲学已忘掉或从未记起过哲学言述关涉我在的自我理解这一内在要求,哲学言路被两大主义——文化民族主义和历史理性主义领向忘己的宏论。倘若汉语哲学言路没有一个内在的转向,只会滞留在复述维特根斯坦们、海德格尔们、福柯们、德里达们的亦步亦趋之途。

若把哲学言路的内在转向理解为生命哲学或存在哲学式的言述,可能同样糟糕。因为那只会是形式的转向,而非实质性的转向。

汉语哲学言路的内在转向并非不可能,至少在张志扬的哲学言述中,这种转向已然发生,尽管我在的呢喃仍可能是另一番絮语。何况,就转向而言,将哲学的使命规定为揭示虚无,还是不充分的——尽管张志扬的哲学完成了这样一道工序:揭示出当代汉语哲学言述的虚无。

汉语哲学值得重温苏格拉底的意向，并修复纯学术的言述。不然的话，汉语哲学恐怕既难面对维特根斯坦去当花工的挑战，也难抵御昆德拉讲述的诱惑：把书包扔掉，让所有的自然科学和人文科学掉在地上，以便用空出的手臂去抱住他（她）——"生活在别处"。

1992年7月　巴塞尔

湖畔漫步者的身影

——忆念宗白华教授

二十世纪的岁月已逝大半,那些随这个即将成为过去的世纪而逝去的老一辈学者留下了什么样的风尘身影呢?

如今,学术界已开始回顾与这个不那么称心如意的世纪同龄、从大灾大难中过来而又悄然逝去的一代学者。这一代知识分子被冠以"五四"一代的桂冠,由此标识出他们曾经有过的意义追寻。熊十力、金岳霖、陈寅恪、唐君毅、梁宗岱、朱光潜、宗白华……无数"五四"一代知识分子曾经以自己青春的激情,依凭学术研究反抗过在这个世纪中发生的意义毁灭和意义颠倒。对于半个多世纪以后出现的"四五"一代知识分子来说,他们的前辈——"五四"一代知识分子的形象很亲切。然而,这两代知识分子毕竟是两代人。

一个有趣的也是"四五"一代知识分子恐怕无法回避的问题是:现代汉语知识分子在反抗历史中的意义颠倒时,历史颠倒过他们没有呢?知识分子在精神上与历史这个恶魔的搏斗,究竟谁输谁赢?这一问题涉及学术是否应该或必得屈从于历史,是否应该或必得把决定世界的意义形态的决定权拱手让给所谓的历史规律。这一问题当然也不能掩盖或取代另一问题:现代汉语学者在反抗意义颠倒的同时,他们自己是否曾颠倒过意义秩序。

这些都不过是些空话、大话，无聊得很的问题。区区一介书生，怎能与历史相提并论。他们的精神和人格至多不过是历史的点缀，历史走自己的路，不会理睬一介书生的意义追求，尽管糊涂书生也不知道这历史为何许人也。据说，只有那些主宰过几代人的命运，制造过无数人的悲欢离合的人，历史赐予他的身影才最庞大。

比起那些叱咤风云的历史人物来，宗白华教授留下的身影过于淡薄；比起其他著作等身、有鸿篇巨制留世的学者，他的著述明显过于零散，没有哪怕一部部头稍大的作品传世。在书籍淹没灵性的当今世界，诚挚、透明的心性可有一席之地？

宗白华教授留下的身影并不伟岸，对我来说，却非常亲切。宗白华先生已去世一年，他的风尘身影仍然时常倾近我，留伴在我身旁……

一

我刚进北大就听说，宗白华教授喜爱散步，尤其喜爱漫步于啸林湖畔和文物古迹之林。随着清丽飘洒的《美学散步》问世，这位美学大师作为散步者的形象更活灵活现了，仿佛宗白华教授真是清林高士一类人物。

一天，我例行去见他，不巧未遇。宗师母告诉我，他上外面走走去了。我回转去，刚到未名湖，就看到宗老先生身着旧式对襟布衣，肩上搭着个小布袋，拐着手杖，正匆匆往家走。看上去，他显得十分疲累。尽管他对我说出去散了散步，我却看不出一点散步者的心态。

所谓"散步"，不管是从日常生活来讲，还是就隐喻而言,都具有轻松悠闲的意味。无论如何,《少年中国》时代的宗白华绝不是散步者的样子;游欧回国后的宗白华,也不是文物艺品之林的散步者。《少年中国》时代的宗白华对儒道哲学的尖锐抨击,在宗白华成熟后的思想中虽已销声匿迹,此后看到的大多是对孔、庄人格的赞美,这并不意味着他已改宗"散步"哲学。明则"论《世说新语》和晋人的美",隐则"论文艺的空灵与充实",《少年中国》时代的宗白华对生活的充实和深挚的巨大热情,依然不减当年。

如果说,晚年宗白华的形象是"散步者",那么,这种形象是否真实?如果这位曾立下夙愿要"研究人类社会黑暗的方面"的诗人和学者,在晚年改宗了"散步"哲学,那么,这种情形是如何发生的?这些,至今都仍是问题。

作为美学家,宗白华的基本立场是探寻使人的生活成为艺术品似的创造。这与美学家朱光潜先生有所不同。朱光潜乃是把艺术当作艺术问题来加以探究,其早年代表作《文艺心理学》《诗论》以及晚年代表作《西方美学史》——尤其该书的基本着眼点和结束语,都充分表明朱光潜先生是一位学识渊博的文艺学家。但在宗白华那里,艺术问题首先是人生问题,艺术是一种人生观,"艺术式的人生"才是有价值、有意义的人生。宗白华、朱光潜这两位现代中国的美学大师,早年都曾受叔本华、尼采哲学的影响,由于个人气质上的差异,在朱光潜的学术思考中虽也涉及一些人生课题,但在学术研究的基本取向上,人生的艺术化问题在宗白华那里,始终起着更为决定性的作用。

《少年中国》时代的宗白华,面对时代的混乱、人心的离散、民族精神的流弊,深切感到人格的改塑乃是最为首要的问题。要改造"机械的人生""自利的人生",必须从生命情调入手。这些论点明显带有对现代性问题作出哲学反应的意味,恰如本世纪初德国生命哲学(狄尔泰、西默尔、奥依肯)是作为对现代性的精神危机问题作出反应而出场的。

毫不奇怪,本来就重视生命问题的青年宗白华,在接触德国哲学时,很快就与当时流行的生命哲学一拍即合。看得出来,青年宗白华熟悉西美尔的著作,在他留欧回国后的主要论文中,有明显的斯宾格勒哲学思想的痕迹(例如他十分强调的空间意识这一概念)。严格地讲,宗白华先生首先是一位生命哲学家,而且是中国式的。

华夏生命哲学与日耳曼的生命哲学毕竟有实质上的差异,现代华夏式的生命哲学,据我看,王国维之后,非宗白华莫属。

二

五十年代初,全国各主要大学教外国哲学的教授,统统被调集到北大改造思想。北大的哲学系师资,顿时显得极为雄厚。宗白华教授从南京来到北京,从此就再也没有回过他从小生长、学习和从事教育的江南。

最初,宗先生住在燕园南阁,伴着孤灯一盏,潜心研读他喜爱的康德。几年过去,热热闹闹的美学主客观立场大争论开始了。对这场牵动许多美学家的立场的争论,宗白华教授并不那么热心。不过,他也多少采用了一些客观论的说法——看得出来,他觉得客观论并没有什么不好。

让人感兴味的是,就在这个时候,宗白华开始称颂不那么客观的庄子在山野里散步,并表明了自己的散步态度:散步自由自在、无拘无束,可以偶尔拾得鲜花、燕石,作为散步的回念。

给宗白华的思想挂上客观论或主观论的牌子,会显得可笑。对他来讲,这些都是身外之名,与生命无涉。生命是主观的还是客观的,有此一说吗?

宗白华真的开始散步了?

为什么他偏偏在这个要求"统一思想"的时代提出"散步"哲学?"散步"与学术有什么关系?

宗先生家的书房里挂着各种国画,其中有两幅静物。一次,我同宗先生聊起静物。一谈到艺术,他总是滔滔不绝,但也相当简练。他说:

> 静物不过是把感情注入很平常的小东西上;其实,中国早有这种传统和潮流,宋人小品,一只小虫、小鸡,趣味无穷,这发端于陶渊明把自己融入自然的精神,不是写人、写事,而是写表面看来平淡无奇的自然物,在小品、小物、小虫上寄托情思。西人以往重历史和人物,近代才重静物;中国早先重个人,后来就重历史,至今如此。而且,中国历史上不重视文化史,只重政治史,二十四史都是政治斗争史。

"五四"一代学者,许多都在自己的后半生或晚年转回来研究中国的传统文化史(思想史、学术史、美学史、文学史),这里大概多半有某种"移情"心态。虽然他们早年大都受过西方学术的训练,毕竟是中国人——即便毕生主要研究西方美学的朱光潜先生,实际上依然是"现代儒生"。

宗白华先生晚年对中国美学思想的散步式研究,明显寄托了无限情深。《三叶集》中的宗白华曾表示要"仍旧保持着我那向来的唯美主义和黑暗的研究",于是我想知道,唯美主义与对黑暗的研究会以何种方式连结起来。但早在三十年代,宗先生就已经彻底转向了唯美主义——中国式的生命哲学总是高超的……

三

宗先生晚年一直住在北大朗润园,那里有湖光山色,景致清丽。不过,宗先生的居室在楼房底层,光线不足,室内十分黯淡,书房常让我想到卡夫卡在致女友的信中曾赞美过的那间地下室。不同之处在于,宗先生的书房四周,挂着或摆着各种艺术品,使这间昏暗的小屋显出某种神秘的调子。我常思忖:这是否恰是唯美与黑暗的关系的象征呢?

宗先生觉得,通过诗或艺术,微渺的心与茫茫的广大人类之间才"打通了一条地下的深沉的神秘的暗道"。这是中国式的人格美,宗先生没有充分注意到,一千九百多年前的那位拿撒勒人,曾用生命和血启示过另一种微渺的心与茫茫人类的沟通方式。

宗老对中国式的人格精神美的确倾注了巨大的热情。读宗先生论晋人的美和论中国音乐思想的论文,曾使我激动不已。有一次,我专门问宗先生,他何以在那时写论晋人的美。

宗先生毫不迟疑地回答我:

魏晋以前,大多是实用艺术,明清以后,八股束缚,真正的艺术时代是魏晋、唐宋,但魏晋成就最高。这是自由的时代,它改变了儒家的传统。后来儒家不把魏晋人看作正统,我要为他们翻翻案。

"那么,这是否表明你对正统儒家人格论有看法?"我想抓住问题不放。

宗先生没有直接回答我,却说:

> 孔子思想既高超又实际,既讲主义又讲实践。老庄离世、脱世,孔子却入世,但又不俗,而是高超。颜回神秘、境界高,子贡很现实、实际,这两个是孔子最得意的学生。

儒家强调"真"和"诚",但现实和实际却并非那么"真""诚"。入世不俗要做到不"伪"不"欺",并非易事。按照艺术化的人生观,如果不把现实的黑暗艺术化,就得超凡脱俗,在这种情形下,黑暗依然原封未动。

宗白华先生真诚。我被哲学系分派去做他的研究生,他从不给我定条条框框,只在交谈中散步,不讲"指导思想"要正确一类的话。学术自由是"五四"时代的北大传统,宗先生身为北大教授,他在那间阳光不足的小屋里,仍坚持着这一传统,这与他的人格相一致。当我为自己的学位论文能否通过而担忧时,他的话并不使我感到吃惊。当时,他以少有的口吻这样说:

> 放开胆子写,不要怕。现在被视为谬误,以后人们会认出它是真理。

这位超脱者的形象并非真的超脱。

四

宗先生的藏书十分丰富,而且外文书远远多于中文书。每次我去宗先生那里聊天,总禁不住要在书架前随便翻翻。对学术书籍,宗先生极为珍爱。当年日本鬼子侵占南京,他的住宅被日本人侵占,连地板都被撬开,藏书流失惨重。这件事宗先生对我念叨过不止七八次。

宗先生主要研究中国艺术里的精神和境界,但宗先生却对我说,中国的书籍他看得不多,只是闲时翻翻,大量读的是外文书。

"五四"以来,相当明显的学术倾向是,以西方文化的方法、范畴乃至评价尺规来研究和阐发中国的文化。当今,这种趋势有增无减。这是否意味着汉语文化新的发展呢?如果汉语文化自己的方法、范畴乃至评价尺规是自足的,是否有必要借助西洋文化?如果汉语文化形态在上述诸方面不自足,借助于西洋文化是否真能发展汉语文化?

宗先生的书架上陈放着海德格尔的著作《存在与时间》以及狄尔泰的著作,版本均为二三十年代。这使我颇感吃惊。就我国本世纪上半叶的整个学术情形而言,对西方文化的方法、范畴的借用,一般来讲,还比较粗浅,欧洲大陆的学术新进展虽有引介,但深入细致的了解不多,比如,极端重要的宗教哲学就还没有触及过。时代的动荡和社会的变革无疑是重要的外部原因,以致学术研究的纯粹性和学统一再被中断……

宗先生告诉我,四十年代以来,他在南京中央大学曾讲过一点海德格尔。这件事令我很感兴趣。在宗先生看来,海德格尔与中国人的思想很近,重视实践人生,重视生活体验,强调哲学家要有生活体验,这很合中国人的口味。但海德格尔的思想很玄,他自己都不能把自己的意思表达清楚。

这一看法我不能全部同意。并非重视实践人生的哲学在旨归和根基方面都是同趣的,其中隐含着的差异恰恰极为重要。海德格尔的操心和对不可言说者的言说,表明了另一种情怀。

但我完全赞同宗先生的另一看法:汉语学界对西洋的了解还很不透,一切评判都应暂时搁起来。只不过,恐怕还得考虑的是,为什么了解不透。

宗先生对海德格尔确有厚爱。在"文革"后期那些苦寂的日子里,宗先生还翻译了关于海德格尔的一些资料,可见他对人生哲学总不能忘情。

五

宗先生的学术探究指向,留欧前后有重大改变。留欧前,宗先生主要关心欧洲的哲学和科学,以图为解决人生问题找到根据。留欧回来后,宗先生更多关注中国的艺术精神。看得出来,宗先生最终把人生观确立在中国的审美主义上。

许多留欧学者回国后都沉浸到中国古代文化中去了。人们很容易得出一个结论,漫游过西洋文化之林的学者们终于感到中国文化精神略高一筹。进一步的推论是:最终还是要回到儒道释家里去。

当俄罗斯人倡言文化的世界主义时,他们获得的是民族文化的高度发展;反之是否亦然?

这里不只涉及对西洋文化的了解是否透彻,更涉及重审意义根据的问题。

雅斯贝尔斯关于文化轴心时代的说法，人们已耳熟能详。但西方是否仅有一个文化的轴心时代？西美尔就说过，近代人已不能理解也不再拥护古希腊—古希伯莱时代的精神。资本主义精神的发展无疑借助于另一种不同于古希腊—古希伯莱时代的文化轴心。文艺复兴以后到十九世纪，西方的理性主义和理想主义要实际得多；而十九世纪末至今，反形而上学和反理性、反理想主义明显又形成一个轴心时代。汉语文化形态的一维性轴心时代精神，虽然延续了二千多年，但在二十世纪初已被现代性文化中断。

这就产生了一个问题：西方文化中的希腊形而上学、基督教，近代理性—理想主义（启蒙思想）以及现代的反形而上学、反理性—理想主义（现代主义）几乎同时涌入华土，无所适从的汉语学界究竟接纳谁？

"五四"一代学者明显亲近近代理性主义和启蒙精神，而"四五"一代学者却不能不在现代与后现代之间徘徊，犹豫于抉择，要指望八九十年代的新一代相信和拥护现代精神，恐怕要落空。

中国学术所遭遇的事无法忘却，选择过于匆忙毕竟不是好事。也许得等待，当然是在思索中等待。哪家可居，今天想，明天说——只是，等待并非非要散步。

海德格尔有一点错不到哪里去：多思、少说，保护语言。宗白华先生与此不谋而合。他的文字虽少、做事不多，留下的身影却是庞大的，至少对我来说如此。

1986年1月　深圳

追悼"美学热"

记得一位德国思想史家曾说,"美学"是德国古典哲学结下的一个"怪胎"。老实说,这话我很久都没想明白(迄今也没有完全想明白)。的确,即便在德国,"美学"这个概念自一开始就惹上是非。到了二十世纪,大名鼎鼎的德国哲学家海德格尔还说,"美学"根本是个不知所谓的东西。

"美学"这门学问究竟是什么、怎么来的?在我们的大学里何以还成了哲学的"二级学科"?"美学"这个学名通常会被追溯到一个叫做鲍姆伽通的德国人的发明,而 Aesthetic 这个语词的词源含义指的本是有关"感性—感觉认知"的事情(词根来自古希腊文的"感觉、感知"一词)。康德在批判鲍姆伽通的"美学"观时,提出了自己的"鉴赏力"学说。虽然康德没有创立"美学",但"美学"作为一门学科在后来得以成立,端赖于康德的知识学说(而非鲍姆伽通的所谓"美学")——时在 18 世纪末至 19 世纪初。可是,就在当时,小施勒格尔(德国浪漫派的主要代表人物,我们现在也称他为美学家)却说过这样的一句话:

"审美的"(ästhetisch)一词,是在德国发明并在德国得以确立的。这个词的这个意蕴泄露了一点:这个词完全不了解它所描绘的事物及用来描绘事物的语言。这个词为什么还沿用至今?①

看了这话我们难免会想：既然如此，为什么偏偏在上个世纪80年代的中国学界会出现"美学热"？为什么"美学"会在我们这里成为一个"专业"？

鲍姆伽通和康德所讨论的"美学"（即感觉认知学）问题是在十七、十八世纪的形而上学认识论的知识框架中出现的，因而首先是个属于形而上学内部的问题（而非如今所谓的文艺鉴赏问题）。1769年，法国启蒙运动思想家狄德罗写过一篇对话——虚拟与数学家、作家达朗贝的对话。对话开始有这样一段对白：

狄德罗：为什么石头就没有感觉呢？

达朗贝：这难以置信。

狄德罗：是的，在劈它、刻它、磨它而又听不见它哭喊的人看来，难以置信。

达朗贝：我很希望你告诉我，你认为人和雕像、大理石和肉的差别是什么？

狄德罗：差别很小。人们用肉来造大理石，也用大理石来造肉。

达朗贝：但肉不是大理石，大理石也不是肉。

狄德罗：这就像你称之为活力的那个东西不是死力一样。

达朗贝：我不懂你的意思。②

这里讨论的"感觉"问题，涉及的是所谓"物质的属

---

① 施勒格尔，《浪漫派风格》，"批评片断集"40，北京：华夏出版社，2005。
② 《狄德罗哲学选集》，王太庆等译，北京：商务印书馆，第120–121页。

性",以及人认识如此物性的条件(经验或理性)。不妨问一下:谁在关心这些问题?谁会对这些问题感兴趣?这个提问不容易回答,比较容易回答的是:关心或对这些问题感兴趣的人极少——即便喜欢读书的人,大多也对这些问题没兴趣(整天讨论大理石是不是"肉",不是实在闲得没事情干,就是精神有问题)。

可是,如今我们在高中课堂上就要学习这样的道理:人的知识从感性认识开始,经过一个飞跃达到理性认识。这样的道理哪里来的?严格来讲,同样来源于十七、十八世纪的形而上学。于是,我们可以看到这样一个令人惊叹的历史变化:从前仅有极少数人会感兴趣的事情,如今成了普通教育中人人必须学习的东西。

我们中国的大学为什么会有"美学专业"呢?这大概只能归于历史的偶然:马克思主义是我们中华民族走向现代国家时最为重要的指导思想,而这个"主义"孕生于"德国古典哲学"。我国学界在六十年代和八十年代相继出现过"美学论争"——马克思的《1844年经济学哲学手稿》成了"美学经典",但要追根溯源,就得追溯到康德。无论如何,正是由于这场"美学热",我国的名牌大学就有了"美学"这门"专业"。由这专业可以看到(当然有简单化之嫌),我们是在普及通俗化的西方近代形而上学教育——即便当今种种"后"现代的思想显得是在反近代形而上学,也是在近代形而上学的视域中挣扎。

前不久,我碰到当年北大首届美学硕士班的一位老同学,他脸上不带一丝一毫遗憾地对我说:瞧瞧当今学界,曾热闹非凡的美学已经消失得几乎不见踪影,这是它应有的归宿,只是咱们白白抛洒了几年青春时光……听了这话,我好一阵子说不出一句话来。

的确，与其说"美学"是一门（无论什么"级"的）"学科"，倒不如说是个重大的现代性问题。倘若不是把美学当作一门正儿八经的学科来看待，而是当作一个实实在在的问题来探究，至少有思想史意义。从这个角度看，搞一部德意志美学的历史文献，仍有必要。

1985年写作《诗化哲学》时，我就已经告别了"美学"专业。因为，小施勒格尔和海德格尔让我明白，"美学"为何是德国古典哲学结下的一个"怪胎"。为了把这一学习心得尽快告诉学界同仁，我着手编选《德语国家美学文选》。1987年完成审校后，一位热心的编辑非要拿去出版。谁知，等我已经从欧洲留学回来（1993年），文选还没出版，原因是篇幅太长（九十万字）。几经催促，终于问世，却发现不仅书名改得不伦不类，而且扔下了原有三分之一的译稿。经老友倪为国帮忙，文选转由另一家出版社重新出版，名为《现代性中的审美精神》（上海：学林出版社，1997）。等我见到样书，不免又吃了一惊：我删除了的重复篇章被胡乱印在最后，还有印重复的篇目……老实说，编辑得如此混乱的成品，我还从没见过。

1987年拟定的书名是《德语国家美学文选》，我总觉得这个书名别扭。这次重新编排全书，挪出涉及诗学的部分另行结集，同时，从旧的《古典文艺理论译丛》中选取了部分文献，更名为《德意志美学文选》。毕竟，"美学"是德意志思想结下的一个"怪胎"。虽然国外的名牌大学里并没有什么"美学专业"，"审美主义"却是一种极为普遍的精神取向，批判地反省这一精神取向，仍然是且尤其是我国学界的一门功课。

2006年　广州

舍斯托夫与尼采

一个思想家一生所思想的事情至多两三件,甚至往往只有一件。

思想的事情贵精,不贵多。这样看的话,思想的事情越少、越精,越是思想大家。据史书记载,苏格拉底只想过一件事情:人如果热爱智慧的话应该怎样生活。柏拉图只想过一件事情:苏格拉底那样有德性的人怎么会被民主政权判处死刑。庄子觉得生命太累,一生只想如何可能"守形而忘身,观于浊水而迷于清渊"。维特根斯坦扔掉哲学去当花匠,又扔掉种花讲哲学,只为了搞清楚眼睛(语言)为什么不能看到眼睛(语言)。海德格尔对老师的无情抑或对希特勒政权的热情,都是为了自己一生所想的"一个民族在历史的未来中的亲身存在"的意义。

一件思想的事情就需要或者可以述说一辈子,写出等身的著述,而且不会是废话?

可能的,但要看思想者把自己所思想的事情的 locus [题位] 定在哪里。题位确立得越深,可思想、可述说的就越多。

舍斯托夫一生只想过一件事情:人的生存的无根与圣经的关系。这件事情与尼采有深切的关联。在现代思想家中,可能没有谁比尼采对基督教的攻击更为恶毒的了,圣经思想怎么可以同尼采扯到一起?

舍斯托夫最早从莎士比亚那里得到思想的论题:人的生存是一个没有根据的深渊。这还仅是一个论题,在把它放到一个确定的思想题位之前,这个论题的意义如何,是否值得思想以及如何思想下去,仍然不确定。舍斯托夫进一步发现,在没有根据的生存深渊面前,西方思想史上从古至今的思想者分成了两类,要么求助于理性及其形而上学来填平深渊,要么像圣经的作者那样,在深渊中向允诺揩掉每一滴眼泪的上帝呼告。舍斯托夫从尼采那里得知,生存的深渊是形而上学的理性无法填平的。于是,人的生存是一个没有根据的深渊的论题就被放到这样一个确定的位置上:用它来检查历史上每一位思想家对于生存深渊的态度。舍斯托夫一生的著述都是思想史的诠释——他自己称为"灵魂的漫游"。不同的只是,舍斯托夫的哲学诠释学服务于自己确立的题位:粉碎形而上学思维,为思想走向圣经铺平道路。

舍斯托夫的第一部书是关于莎士比亚的,接下来的两本书都与尼采有关:《尼采和托尔斯泰关于善的教诲》《悲剧哲学:陀斯妥耶夫思基与尼采》。从尼采那里,舍斯托夫学会了用哲学的锤子敲碎理性形而上学的艺术。三十多年后,舍斯托夫在临终前出版的《雅典与耶路撒冷》中再次谈到尼采,礼赞有加,同时批评基尔克果。作为一个基督教思想家,礼赞尼采批评基尔克果,看起来相当让人费解。搞清舍斯托夫为何如此的理由,也是思想史上的一桩有意思的事情。

《雅典与耶路撒冷》的书名得自德尔图良的一句强硬的话:"雅典与耶路撒冷有何关系?"其意思是:希腊形而上学与圣经思想毫不相干。舍斯托夫直到流亡西欧后,才知道基尔克果,而且是在胡塞尔的要求下开始研读基尔克果。从基尔克果身上,舍斯托夫发现与自己的思想相当一致的地方：与理性形而上学搏斗，依靠圣经中的上帝面对生存深渊。但舍斯托夫很快又发现自己与基尔克果有一个根本区别：基尔克果总是借助形而上学来反对形而上学："利用黑格尔的辩证法来反对黑格尔"，"他越是与苏格拉底斗争，便越无望地被纠缠在苏格拉底所织就的网里"。本来，"在基尔克果那令人震惊的命运中，比在尼采身上所发生的一切，显得更加显明触目"。然而，尼采在反对理性形而上学及其鼻祖苏格拉底时，比基尔克果要坚决、彻底得多。正因为如此，舍斯托夫断言，尼采比"作为一个宗教信仰上的路德教徒、神学候补博士"的基尔克果更接近路德。

据舍斯托夫的解释，尼采与路德同心相映："和尼采一样，路德恐惧地发现，在苏格拉底和斯宾诺莎发现其最后的、唯一可能的慰藉之处，一个永恒灭亡的无底深渊向人张开了它的大口。"但在西方思想史上所有的哲学家中，"尼采是唯一的例外，只有他把苏格拉底视为一个堕落者"，没有上这条知识毒蛇的当，不去拥抱那棵伊甸园中的知识树的树干。舍斯托夫还"发现"，尼采是"首先关注路德和《圣经》的一位哲学家"，他把这一"发现"与尼采自称第一个"发现""路德的语言和诗体圣经构成了近代诗歌的基础"相媲美。认真说来，舍斯托夫最让人惊诧的发现是：他从尼采"怎样用铁锤作哲学思考"的提法中看出了"路德和圣经的气息"。舍斯托夫甚至推断，尼采的"权力意志"与路德的"唯凭信仰"是一致的："尼采的 Wille zur Macht 是否不过是用另外的词句表达了路德的 sola fide 呢？"这意思是说，"唯凭信仰"只有在用哲学的铁锤敲碎理性形而上学之后才有可能。这就是舍斯托夫在自己的思想题位上所能达到的最出人意料的东西，也是他的思想一生所想、所为。

当然，这一晚年的所谓发现，早在舍斯托夫思想的开端就已经奠定了基础。舍斯托夫走向圣经思想,不是受圣经本身的影响,也不是受无数基督教思想家的引导,而恰恰是由这个最恶毒地攻击基督教思想的尼采引导的。在这一意义上,说舍斯托夫是"尼采式的基督教思想家"或者"基督教思想中的尼采"就不让人奇怪了。当然,在这位基督教思想家看来,路德比尼采略高一筹,

苏格拉底的逻辑,一个堕落者的逻辑,把尼采给骗了。……尼采的铁锤也未能粉碎挖掘普遍必然判断的理性的勒索。于是乎我们又不得不向路德求教,因为,他的铁锤比尼采的铁锤命中目标率更高。

尽管如此,尼采毕竟比基尔克果更值得尊敬。

1998年8月　香港

轻之沉重与沉重之轻

——去往神学家巴特档案馆的路上

我刚到巴塞尔时,总喜欢对这里的瑞士朋友说:巴塞尔在中国知识界可谓名城,尽管这座莱茵河畔以虔诚的宁静而著称的城市只有数十万居民,在中国人眼里不过小县城而已,但研究西方文化的中国知识人都知道它的大名。

对从未体味过巴塞尔自然风情的中国文人来说,巴塞尔的名气首先是由于它的大学。巴塞尔大学已有五百年历史,仅仅在近百年里,就有多位著名学者在此展露才华,开拓文化创造的新天地:文化史教授布克哈特在此开创了文化史研究的新方向,希腊文教授尼采在此孕育了《悲剧的诞生》,哲学家狄尔泰在此登上教授就职讲演台,美学家沃尔弗林在此革新了艺术史和美学,心理学家荣格在此度过了他充满梦幻和奇想的学生时代,哲学家雅斯贝尔斯在此度过了他沉着的思想晚年。生活在巴塞尔,有一种与学术的自由精灵为伴的感觉。第一次步入亮敞的教学大楼,我与沃尔弗林的胸像默然相视良久……上第一堂古希腊文课时,面对走进教室的教授,我有好半天在琢磨他与尼采的因缘。

巴塞尔人对我的恭维没多大兴趣,这倒并非因为他们不为自己的城市自豪。在他们眼里,上述文化名人都还排不上号。对巴塞尔学人来说,首先为之而感到自豪的是两位姓

"巴"的神学家：巴特（Karl Barth）和巴尔塔萨（Hans von Balthasar）。

我不无遗憾地对巴塞尔的朋友说，恰是这两位老"巴"，中国知识界尚少有所闻。

当代天主教神学大师巴尔塔萨有"欧洲最有文化的人"之称，仅代表作真、善、美三部曲之第一部《荣耀：神学美学》就有洋洋六大卷（另两部分别为《神学戏剧学》四卷和《神学逻辑学》三卷），其论述之广博、思想之宏富，令人咂舌。这部大著不仅详尽描述了从古希腊时代、教父时代、中世纪直至近现代的西方美学思想，而且透辟地揭示了西方审美精神与基督精神的内在关联——西方艺术的神圣品性之根源昭然若揭。学界有评论说：相比之下，伽达默尔和阿多尔诺的美学就显得过于单薄了。就神学范围而言，我个人以为，巴尔塔萨是本世纪最有分量的天主教神学家，其思想的深远意义超过名声在外的卡尔·拉纳。如果考虑到现代性问题的实质是审美主义的话，巴尔塔萨思想的重要性就是可以理解的了。

我去巴塞尔过于晚了些，没能见到巴尔塔萨。这位一代大师已于去年在巴塞尔溘然长逝。巴尔塔萨很关心中国文化，晚年经常为中国祷告。他的学术助手告诉我，若我早点来见到他，他会多么高兴。不幸，我只赶上巴塞尔人纪念巴尔塔萨逝世周年的晚祷弥撒——晚祷的钟声响彻巴塞尔城，使人感到这位大师的精神与你时时相伴。

尽管一生主要在巴塞尔度过，但巴尔塔萨的出生地并不是巴塞尔。卡尔·巴特作为二十世纪神学的奠基人则是生于巴塞尔、逝于巴塞尔的地道巴塞尔之子。在巴塞尔人眼里，自然最因巴特而感自豪。

与巴塞尔毗邻，相距仅约四十公里的是德国著名的弗莱堡城。两城不仅风光之美足以相映,而且亲如姐妹。就连我这个"老外"也可以无需签证而仅持巴塞尔暂住证随意往返,瑞士其他州的"老外"就不享有这一优待。

在现代学术思想史上,弗莱堡与巴塞尔的贡献可谓旗鼓相当:弗莱堡与胡塞尔和海德格尔的名字联系在一起,巴塞尔则与巴特和巴尔塔萨的名字联系在一起,俗语称弗莱堡有过双"H",巴塞尔有过双"B"。双"H"为当代哲学思想的奠基人,双"B"则是当代神学思想的奠基人。《逻辑研究》《存在与时间》《教会教义学》《神学三部曲》同为超逾时代的奠基之作。

令我感兴趣的是,神学家巴特的思想与胡塞尔和海德格尔在一些基本问题上竟不谋而合。

胡塞尔的基本问题是:逻辑的、伦理的和审美的基本规律和基本法则是否以人的本性为转移,探究真理的法则(逻辑规律)是否仅是人的思维的功能规律。胡塞尔的回答是否定的。逻辑规律不以人的本性为转移,它植根于"对象"的本质之中,是绝非人可以任意左右的本质规律。卡尔·巴特的基本问题是:作为神圣存在的上帝,是否是人的本性的构造和设想,神圣者是否是人的意向或愿望的投射。卡尔·巴特的回答是坚定的否:神圣者绝非人所寻到的或建构的东西。上帝在天上,人永远在地上。胡塞尔和巴特不约而同地提出过"回到实事本身"的口号,其学术思想意蕴至为深远。

卡尔·巴特与海德格尔的不约而同之处也让我好奇,这就是人与上帝之间的无限距离问题。尽管他们两人在纳粹时代对动辄以民族的名义、国家的名义甚至神圣使命的名义自居的政治行为的态度大不相同,但都认为人就是此世的人,永远在大地上,离神圣者远着呢。海德格尔看得明白,人离存在尚远,更不用说神圣者了,因为神圣者上帝比存在更隐秘。卡尔·巴特主张,人与上帝的鸿沟是无限的,上帝是绝对的他者。海德格尔从不对上帝问题胡言乱语,卡尔·巴特坚持只有上帝能谈论自己。他们两人都对近代以来的人本主义给予了深刻的批判,亦都否认别人贴在他们身上的存在主义标签。海德格尔哲学中的 Dasein 和卡尔·巴特神学中的 Dransein 据说异词同功。尽管在神学家巴特那里,这意味着最终上帝通过基督走向个人,从而与海德格尔的 Dasein 又绝然异趣。

在我去往巴特档案馆的路上,我一直在想着这些问题。

巴特因当年批驳纳粹的国家—民族意识形态而被驱逐出德国,回到故乡,在巴塞尔大学执教近三十年。巴特拒绝纳粹党对教会的领导,拒绝纳粹意识形态对神学研究的指导,坚持学术的自主性,但他并没有成为一个政治神学家,而是从神学本己的问题出发去从事纯粹的学术研究。神学就是神学,不是政治学。正是在巴塞尔,巴特基本完成了被誉为基督神学思想的现代里程碑的大著——《教会教义学》。

瑞士有一俚语:"巴塞尔是伟大的小城市,苏黎世是渺小的大城市。"看来,"伟大"不是由体积和面积来衡量的,否则人类最"伟大"的陆地就是荒漠了。在小小巴塞尔城,仅各种艺术馆、博物馆就有十三座。当年陀思妥耶夫斯基就是在这里的艺术馆里萌发了精神危机——不过,迎接我的是当代世界美术展。我不懂画,也还是去熏陶了一番。面对这些艺术馆、博物馆,我没有理由不为自己的文明古国不珍惜艺文和学统而感到羞愧。

学者的纪念馆(档案馆)亦是巴塞尔的一大特色。这里已有雅斯贝尔斯档案馆和另几位自然科学家的档案馆。巴尔塔萨去世不久,他生前的助手告诉我,巴尔塔萨档案馆正在筹建中——卡尔·巴特档案馆早已建成。

巴特档案馆即巴特生前旧居。这是一幢极为普通而陈旧的老式两层楼房,坐落在巴塞尔城郊美丽静谧的 Bruderholz 山上。我从市区乘有轨电车叮叮当当一路上山。档案馆馆长——巴特当年的学生 Hinrich Stoevesand 博士已在门前迎候我。这个档案馆一直对全世界学者开放,常有世界各地的学者前来查阅文献。

S 博士领我从一楼客厅上到二楼巴特的书房。沿楼梯的墙上挂满一排文化人的像,想必是巴特情有独钟者。这些人我并不全认识,就我认识的而言,有施莱尔马赫、康德、莫扎特、欧韦贝克、路德。

二楼是巴特的书房和卧室,实为两间书房,因为卧房除一张简单的床外,满屋是书,马丁·路德的近九十卷全集(旧版)就占了数排书架。

S 博士告诉我,巴特档案馆保存了巴特生前的全部书信、著作手稿、授课讲演稿、当学生时的笔记本、日历记事本,当然,还有巴特在报刊上发表过的全部文章原件和已出版的全部著作(包括各种语种的译本)。档案馆的主要任务是编辑巴特全集(已完成二十余卷,预计会达到八十余卷)和接待来访的学者。令我惊讶的是,如此档案馆,只有两名工作人员(连 S 博士在内),而研究巴特的学者则遍布全球(台湾在五十年代就有学者去巴塞尔跟巴特从学,七十年代香港亦有青年赴欧撰写关于巴特的博士论文)。至今仍有不少来自世界各地的学生在巴塞尔完成关于巴特的博士论文,在巴塞尔大学神学系注册的本科生亦有四百之众。巴特去世已二十年,一些神学家称神学如今已进入后巴特时代,但在巴塞尔,人们仍感到巴特时代尚未过去。

在巴特的书房，我与 S 博士畅谈了近两小时，从巴特的为人，巴特研究的过去、现在和未来，直到巴特著作的中译本计划……行前，他赠我的礼物是巴特的新版《新教神学引论》和一张巴特摄于纳粹专制时代的照片：横眉冷对的巴特。这张照片颇能反映巴特的个性，也使我想到学者的个体存在问题。学者并不带有神圣光环，仍是常人而非圣人（巴特私生活特别，与情人长期生活在一起，死后还葬在一旁。多少有些令我吃惊的是，当与教会人士谈及此事，没有惊怪的反应）。学术研究亦非历史壮举或左右乾坤之业，不过是一种生活方式而已。学术作为常人之不寻常之处仅在于，他为那种被称为学术的生存方式所吸引，这种生存方式不是陶然于立言，而是陶然于圣言之中。学术的，当归于学术，非学术的当归于非学术的。巴特的那双冷眼似乎是对一切侵犯神学的学术自律领域之举的蔑视。

从巴特的简朴旧居出来，我的心情不免有些沉重。这倒不是因为中国至今尚无去往学术档案馆的路，我想到的是：无论巴特还是胡塞尔、海德格尔，其思之深入、言述之宏富，都不是在太平富裕的环境中做成的。他们生活的时代同样充满混乱和灾变（两次世界大战）。汉语学者难道就不能做到，无论这世界多么让人沮丧，既不悲观自弃，亦不急功近利，持守住自己的学术之域吗？

巴特一生喜爱莫扎特的音乐。晚年巴特晨起先听莫扎特，再读圣经。在论述心爱的莫扎特的书中，他写过这样的感受：

Das Schwere schwebt und das Leichte unendlich schwer wieget. ［沉重之轻盈和轻之无尽地沉重。］

回大学的路上,我一直在掂量这句话。

学者生涯何不如此?

1989 年 5 月　巴塞尔

附

巴特的《罗马书》中译本前言

基督教会形成初期,保罗给一些地方的信众写过好些书信,其中一些后来成为基督教会圣典《新约全书》中的重要篇章。所谓《罗马书》就是保罗给当时在罗马的一些信众写的一封信,在保罗书信中思想含量最丰富,堪称经典中的经典。基督教思想史上的历代大家几乎无一例外给这封书信做过注疏。巴特(Karl Barth)的《罗马书释义》作为现代化处境中的《罗马书》义疏不仅是可垂于世的神学名著,亦属二十世纪学术思想领域里旷世孤星一类的作品。

二十世纪的欧洲思想史几乎不会提到纯粹的神学家,神学思想似乎已与二十世纪文化思想的风云诡谲无关,哲学、社会学、经济学、政治论说占据了文化思想领域,神学论说要么成了其佐料,要么只是教会圈内的思想事件。巴特的《罗马书释义》是少数例外之一,此著 1919 年初版,即产生广泛的思想震撼,精神效力波及整个思想文化界,为神学思想在现代思想史上争得角倚鼎峙之地。其他神学家的大著乃至巴特后来的大著,都未能有此席地(卷帙浩然的《教会教义学》的影响就没有逾出神学界)——古典政治哲学史家施特劳斯晚年还特别对学生们提到,巴特的《罗马书释义》对非神学专业的人也很有益。

在回顾自己的神学生涯时巴特曾写道:

> 我从未想过要进入学术生涯,我想成为牧师……在做牧养事工时,我倾力关注的当然是《圣经》,于是,我着手写这部《罗马书》义疏。但我绝没有把它当作一篇博士论文来写,只是直叙胸臆。

《罗马书释义》思想恢奇、识见高超、文风剔透,坚守启示神学的立场,与保罗、奥古斯丁、路德、基尔克果等基督教思想大智慧俎豆相承,辨析所至,极于毫芒。巴特的文学素养很高,在《罗马书释义》中不仅对德语诗人荷尔德林、诺瓦利斯以及尼采的文句化用神奇,连俄国作家陀思妥耶夫斯基和梅烈日科夫斯基的作品也信手拈来,皆成佳构。《罗马书释义》不仅思想深邃,且是美文,堪称德语文学史上的散文杰作。读德文原著在语言上是享受,读汉语译本亦应是语言上的享受。所以,本书虽位列笔者1993年在香港创设的"历代基督教思想学术文库"迻译计划之首,却迟迟未敢轻许译约。

我与魏育青博士虽1993年初春才在瑞士巴塞尔谋面,但1986年已开始合作。我约请他译的作品大都是带文学色彩的思想著述(舍勒、托马斯·曼、里尔克、特拉克尔),这类文体的著作汉译难度极大。最令我钦佩甚至惊讶的,是他应约译布洛赫《希望原理》卷3中论基督宗教的章节。① 布洛赫文风既艰涩又瑰美，实为哲理散文，德语学界公认难读，遑论汉译。魏博士译笔不仅信、达，而且雅。

从一开始，我就属意魏博士能承译《罗马书释义》。其时，已在德国科隆大学教育学系获得学位的魏博士正做博士后研究，无暇顾及——我耐心等待。1995年，魏博士完成博士后研究返沪任教，即承译本书。如今，汉译本呈于读者面前，译品如何，读者可鉴。我则要恭贺魏博士，这是成功的、可传世的译作（原书所用德文本《圣经》与中文和合本《圣经》在文句上多有出入。为使译文与中文和合本文句相扣，魏博士尽了最大的努力。实在难以紧扣之处，则加注说明）。

1990年，巴特档案馆馆长H. Stoevesand博士赠我《罗马书释义》修订本第15版（1989）重排本（以前均为德文花体字版），汉译本即据此版本译。书中的长段拉丁文引文，特请李秋零教授译；书中十余处原注细究《罗马书》希腊文原文的词品，特请在美国专治新约修辞学的杨克勤教授作疏，以便读者更明究竟。同门师弟张贤勇教授在神学思想史方面造诣宏博、治学精深，素来敬佩，特约请他撰述中译本导言。凡此种种悉心安排，无不为使巴特这部杰作的汉译尽可能不负原璧。

笔者在八十年代末即梦寐《罗马书释义》汉译本，值巴特忌辰三十周年之际，梦想成真，刊行繁体字版。眼下这个简体字版经译者重新校阅，订正了繁体字版中的讹误。

2004年12月　广州

---

① 见拙编：《二十世纪西方宗教哲学文选》，下卷，上海三联书店，1991。

空山有人迹

——读顾彬《中国文人的自然观》断想

一

我的高中语文老师当年对我颇为厚爱,常让我去她家,偷偷给我讲解《人间词话》。那阵子,外面"清理阶级队伍"的风声正紧。回想起来,老师对我厚爱,给我开"小灶",皆因我一颗"红心"迷醉古典诗词。

老师给我讲过她自己的这样一段经历:1949年9月,她身在国外满怀激情,决意返回大陆,在机场正好遇上刚从大陆出来的大学同窗同舍好友聂华苓女士。双方都惊愕困惑,对方何以要背道而驰?一场想说服对方的争论不可避免。当然,最终谁也没有说服谁,各自东西飞了。聂华苓女士现在成了知名华裔作家,我的老师做了几十年老"运动员"。聂华苓女士后来告诉我,我的老师当年在大学里是出色的才女,文学才华比她要高。

几年前,我读到顾彬教授的《空山》(中译本名为《中国文人的自然观》),也有一种"背道而驰"之感。顾彬对我的《拯救与逍遥》亦有如是观,我们难免大吵一场,结果仍是东西飞了。

顾彬并非出身于基督教家庭,他早年受洗信奉新教,全然是自己个人的决意。上大学后起初主修基督神学和德国哲学。后来虽未"叛教",却毅然把神学扔掉,做起汉学研究来。他对我深感困惑:何以我要去捡起被他扔掉的神学。

柏拉图的"洞喻":亮光在你背后。也许顾彬教授心里一直在暗暗对我如是说,或者期待着我的"蓦然回首"。

欧洲的汉学家大致可分两类:一类是基督教界的学者——历史上,最早把中国文典带到欧洲的是传教士。如今,欧洲的汉学家中,神甫和牧师占的比例依然不少;另一类则是非基督教的人文学者。据我的接触,这类汉学家与基督教多少有点"宿怨"。然而,有趣的是,人文学者汉学家比基督教界的汉学家对中国文化更多地带有批判的审视。

顾彬对中国文人的自然观之观,亦是一种审视。这种审视是否包含着对一种非自然景观的否弃呢?

二

有位朋友曾问我:春日的鲜花、夏日的小溪、秋天的月亮、冬天的太阳,我喜欢哪一种。据说,这是测定人格品性类型的颇为靠谱的试题。我回答说喜欢秋天的月亮,结果被定性为"多愁善感"型。

自然与自然观当然不是同一个东西。自然在本质上只有一个,所有的人都在同一个自然之中,但自然观则因个人、民族、文化而有殊异。对自然观的考察因而是一项有趣的课题,可以由此测定某个民族或文化之品性,正如前面那个考题可以测定个人之品性。

"自然观"的德文是 Naturanschauung。观 [Anschauung]

的原意是"直观""看"。"自然观"也就是呈现在一个人的主观意识之中的自然，而非自然本身。因此，对自然观的审视就多少带有一点现象学的味道。尽管顾彬没有有意味地采用现象学方法来审视中国文人的自然观，但他对中国文人的自然观的描述性分析明显是一种意识现象的描述——对自然意识本身的观审。

西学东渐之后，汉语文字中出现了"世界观""人生观""阶级观"之类的词汇，在过去，这些说法是没有的。可是，我们尽管学会了用"观"去审视别人，却没有学会反观自身的意识之观——对意识本身的审视。

在中国文人的自然观中，究竟隐藏着一种什么意识？我们没有来观这个意识，反由一位德国学者来替我们观。

顾彬在书中颇为用心地分析了从《诗经》《楚辞》到唐代诗歌中出现的自然描写，这些分析明显旨在呈示中国文人的自然意识本身："自然作为象征""自然作为危险""自然作为历史进程""自然作为心灵的宁静"。"作为"［als］一词在德语中有其独特妙用——可用来呈示意识的相关物，译成中文妙用就大减。在中文中找不到一个更恰当的对译词，是否表明了一种对意识的意识欠缺？

对自然意识的审视，并非是对自然之人格化和自然之感情化的描述，正如顾彬所看到的："自然的人格化和自然的感情化也都不是什么新东西"（第14页）。毋宁说，这种审视旨在揭示一种类型的"自我意识"（第63页），亦即一种通过对自然加以变形来呈现自身的意识。通过对自然观的观，最终要把握的是历史中的"自我存在的基本意识"（第175页）"意识内普遍的整体因素"（第230页）。这是地道日耳曼式的Anschauung。

三

由于顾彬认定,中国文人之"自我意识"的出现,始于东汉末期。他对中国文人之自然意识的分析重点,就放在了汉、魏至南朝这一段时期。"从人认识了自我并渴望表现自我的那一刻起,其全部内心世界才有了'自然感受'"(第63页)。自然意识由此看来是自我意识的一种呈现形式。可以进一步说,对自然意识的审视可能而且应当进入到对自我意识的审视。自然意识是另一种更为基本的意识的镜像。

书的第二部分因此成为全书之重点。正如看到的那样,第二部分不仅篇幅最长,分析更为细致,而且也确实最引人兴味。因为,这一部分处理的是一项重要的课题:自然意识是如何出现的。

顾彬给出了一个颇为引人入胜的个案分析:悲秋意识的出现。顾彬注意到,悲秋是中国文学中的一个类型学上的恒长主题,就考察或审视自然意识而言,对悲秋意识的审视当会是富有成效的。

虽然在《诗经》中,已经出现了"秋日凄凄"的诗句,但这并不表明作为一种意识的秋感之出现;同样,在屈原的诗作中,已经出现了"悲秋"主题,然而,顾彬仍然拒绝认定它是悲秋意识出现的标志。

如果按照只有自我意识之出现才会有真正的自然意识这一规定,是否可以说屈原尚缺乏自我意识呢?对这一问题我尚不敢置可否。

悲秋意识出现的真正标志是什么?顾彬的回答是:对时间

的自我意识。"只有在有了一个把秋作为整体现象和季节的意识之后,自然中的衰败景物才可能变成对人生短暂深切领悟的标志"(第74页)。顾彬以为,时间意识的出现,在宋玉那里初现端倪,至曹丕方趋于成熟。顾彬确定时间意识成熟与否的标准,既非对季节时令的感受,亦非对生死时间的感受,而是对昼夜时间的感受。他写道:"虽然《楚辞》中已有把秋作为时令的揭示,但其中仍缺少一个重要的,可以由此推断出一种成熟了的时间意识的方面,那就是对昼夜时间的揭示"(第77页)。昼夜时间意识由此不仅成为作为自然意识之悲秋出现的标志,而且也成为自我意识出现的标志。

从现象学的水平来看,对意识的分析必须透入到时间之维。海德格尔在现象学上的突破,乃是把这种关系颠倒过来:不是意识使时间出现,而是时间使意识出现。换言之,更为根本的不是时间意识,而是规定意识的时间性本身。

然而,通过对特定的时间意识的考察,却能多少有效地确定某种本体论的时间性存在的样式。在分析特定文化所规定的本文时,海德格尔的颠倒需要被再颠倒过来。就此而言,需要询问的是:昼夜时间意识的出现,对中国文人的自我意识或存在样式究竟意味着什么?

顾彬的这部著作毕竟不是哲学书,然而,这部文学史论著的可贵之处正在于:它的整个研究都贯穿着对意识中时间性的关注,因而远比时下诸多文学史论著有更深的透视力。遗憾的是,该书只论述到唐代,论述到"内心时间"的出现(第226页)就中止了。也许,顾彬的诸多描述尚可争议,但他的分析方式、审视角度以及分析的具体性,则颇值得领教。

李泽厚教授多年前提出,要考察中国文化中的积淀成分。这是一个很好的构想。遗憾的是,"积淀"一词虽然自此以来在文人学者中几乎成了口头禅，却少见到对某种"积淀"的分析，纵有一些分析研究，无不大而化之。德国人不谈"积淀"，对本民族文化的自我审视却精益求精。在他们闲暇之余，又替我们审视起来。

四

几年前，我与顾彬教授因鲁迅问题吵翻了脸。没想到，他不念"宿怨"，邀我去波恩大学讲学。

我趁便去访问波恩附近的在国际汉学界颇负盛名的华裔学志社。当我翻阅他们的《华裔学志》学刊几十年来的目录时，不禁暗自吃惊：洋人的汉学研究竟比国人的国学研究精细。

我看到这样一些颇为别开生面的研究论题：《关于中国的镐》《关于中国古代的猪》《中国的尺》《折叠椅的演变》《东林书院和它的政治及哲学意义》《关于白居易父母的婚姻》《共产主义中国的结婚登记》《用佛教语言对天主教习俗的描述》《一个中国小商人的商业活动》《关于"进士"学位授予的讨论》《钱币学和历史》《南宋乡村官吏的选择：给谁权力？》《仆固怀恩和唐宫廷：忠诚的界限》《旧中国和新中国的法律用语》《楚、齐、晋中央政府的结构比较》《儒家自我反省的尺度》《"无念尔祖"——〈诗经·大雅〉文王之诗中早期儒家的一个欺骗性虔诚解释及对它的正确的语义学解释》……举凡历史学、社会学、政治学、语言学、人类学、文学、哲学各门类，研究选题多有独到之处。

国人多好大题小做，洋人多好小题大做？实不尽然，至少前辈学者不是如此。

我想到的不是题之大小问题，更重要的是研究课题的选取问题。为什么国人和洋人选取了不同的课题？这背后对我们来说有一个意识观问题。

德国著名的汉学家鲍尔（W. Bauer）写过一本大部头著作——《中国与求福——中国思想史中的天堂、乌托邦和理想观念》（1971），洋洋洒洒七百页，只处理一个问题：从古至今的中国思想家如何理解幸福。我们的哲学史家、思想史家至今尚醉心于通史通论，实在让人感到有些大而化之了。

这又不是一个研究深度的落伍问题，而是自我审视的力度和向度问题。

瑞士汉学家申格（Harro von Senger）初学汉学时，到北京体验生活，碰上一位在北京住了三十多年的德国同胞。这位长者想考考后生的汉学功夫，便出了一道考题：什么是三十六计？长者告诉他，不谙三十六计，休想读懂中国的报纸。申格不负厚望，多年后竟然写成了一部三十多万字的大著：《三十六计——中国人的生活处世计谋》（1988）。

只要不是文盲，中国人大概没有读不懂报纸的。这样看来，三十六计是我们从孩童时代起就潜移默化的功夫，无师自通了。今人对"瞒天过海""李代桃僵""趁火打劫""无中生有""笑里藏刀""欲擒故纵"的活学活用，古人实不可望其项背。我以为，申格的这部大著有一重大缺陷：他全然没有注意到，经过千多年的积累，三十六计至今已发展为七十二计："同舟共济""内外有别""烟酒烟酒"……

德国哲学家舍勒以为：就整个人类而言，将"狡诈""机智""工于心计"的生活方式发展到无以复加的，总是那些内心最为恐惧、最为压抑的人种和民族。不过，这话不是针对三十六计讲的。

国学研究忽略了一些非常重要的课题，甚至一些非常普通的课题——例如自然观。尽管一般认为，自然观是最能表征中国文化的方面之一，而第一部论述中国文人自然意识的专著却是由一位德国教授来写的。顾彬的这部书使我不得不去想一个问题：我们何以会对一些题域视而不见？我们自己的 Anschauung 究竟有什么毛病？

五

顾彬的这部著作德文原名为《空山》，副题才是"中国文人的自然观"。中译本放弃了《空山》原名是一遗憾，也许，保留"空山"原书名还会更卖价钱。

"空山"一词似有禅的意味，顾彬把"空"译为 durchsichtig，"空山"［der durchsichtige Berg］乃一名词。但形容词 durchsichtig 让人联想到动词 durchsehen［看透］。我以为这个词更能表征中国文人自然意识的实质。

顾彬在界定中国文化中的"自然"概念时，引征老子语："道法自然。"此处的"自然"被解为名词。这种解法显然是有争议的。一些史家已指出，"自然"一词解为名词，是一误解，其本为动词，意为自己如尔。这的确更切合中国文人的自然意识的本质。此外，"自然"一词的日常原始的用法也是动用："你自然点，不必做作。"因此，"自然"一词更多地与精神行为相关，而不是与作为实体的客体相关。这里隐含着的另一个问题是：中国思想在多大程度上把西方意义上的"自然"视为一个独立的有生命和灵魂的实在。

同样，"空山"一词亦宜解为动词。"空故纳万境"，

"空"与"纳"都是动词：先要看透一切，方能汲纳一切。就意识现象学分析而言，"空"（看透）是一种意识活动。"空山"不是指山林空空如也，而是指一种精神活动，一种意识功夫。既然是意识功夫，便当然有人迹在，即所谓的自我。即使要看透自我也正需要看透自我的自我。正是这个"自我"看透了一切，所以才归于山水田园，在精神上自己如尔。顾彬丢掉基督神学，寻访中国之自然，大概想求得这看透了一切的自我吧。他欣赏鲁迅，就是因为鲁迅把中国以至于整个人生世界看透了。而我转向基督神学，当然表明我的自我尚未悟到这种看透的功夫，而且压根儿就不想去悟。

不过，并非每个中国文人（现在时兴称知识分子）都有"空—山"意识。想当年，我的高中语文老师白天被批判清查，傍晚掩上门压低嗓音给我讲解"衣带渐宽终不悔，为伊消得人憔悴"，不也是看不透么？

1991年8月　巴塞尔

"误解"因"瞬时的理解"而称义

屈指算来，有幸认识顾彬教授已经整整二十年，我们算是老朋友了，但在我心目中，他一直是个谜，或者说是个问题。

作为德国汉学家，即便从当教授时算起，顾彬研究中国文学思想已经二十五年，中国朋友一大把，为何偏偏希望我来给他的多卷本文集写几句前言？他也许觉得，自己的中国朋友虽多，但大多是中国文学专家或著名诗人、作家，少有专研西方文学思想的——也许，顾彬把我看作他真正的同行：不仅都致力理解某种文学思想，重要的是，各自的研究对象对我们俩来说都是所谓"他者"——顾彬虽写"汉"学文章，毕竟是德国人，我虽写"洋"学文章，毕竟是中国人。

我们更容易相互理解么？不见得。

前不久，我读到两篇顾彬的文章，对这位老朋友的"理解"又多了几分——文章一篇题为《梦想与幻灭之间：20年来汉语学习实践经验谈》（李雪涛译，见《国外汉语教学动态》，2004.1，以下简称《梦想与幻灭之间》），另一篇为《误解的重要性：重新思考中西相遇》（王祖哲译，以下简称《误解的重要性》，收入本文集）。

"梦想"什么？怎么又"幻—灭"了？

"梦想"能像一个中国人一样学好中文，像一个中国学人那样搞懂中国文化——幻灭的是：顾彬后来明白，对一个德国人来说，这样的"梦想"没可能实现。

读完这篇文章，我这个中国人心里一阵子乐：如此"梦想"注定幻灭、自然会幻灭且理所当然该幻灭。"能像一个中国人一样学好中文"，就说说写写"中文"而言，对一个德国人来说，完全没问题。正如一个中国人在国外生活上十来年，也可以说和写漂亮的"洋文"；倘若有文学天赋，成为名作家也说不定——比如说程抱一先生。但一个德国学人要是觉得没法彻底搞懂中国文化就要"幻灭"，就有点奇怪了——中国学人难道因是中国人就一定会实现这样的"梦想"？

如果顾彬说的是前一种情形，那他是在谦虚（顾彬的中文的确相当好）——事实上，他说的是后一种情形。我进一步想，既然明知"梦想"像一个中国学人那样搞懂中国文化难免会幻灭，为什么顾彬教授不早点想到改行（比如说研究德语文学）？——据说，有好几位研究西洋哲学十几年的中国学者就在有一天猛醒过来，赶紧改了行。

顾彬没改行，原因我猜是这样的：顾彬心里明白，作为一个德国人并非就一定搞得懂德语文化，因为他知道："类比性的解释学意味着不存在固定的和最终的知识，因此没有人能够拥有对他自己的或另外一种文化的最终理解"（《误解的重要性》）。

道理讲得何等清楚！

是否最终理解德语或汉语文化的名堂，说到底是偶然。因此，研究汉语抑或德语文化，其实没什么所谓，只要能在一种文字的"理解"生涯中度过此生，就会幸福。毕竟，"理解和解释并不是结果，而是一个永无尽头的过程"（《误解的重要性》）。在这样的过程中生活，的确可以乐此不疲。

然而，选择研究汉学抑或本国的学问，在顾彬那里，不是像雅典民主制城邦选将军那样靠抽签来决定，而是自己的一个"决断"——正如我选择研究西学曾是自己的"个人决断"。因此，我仍然会问：德国人顾彬为什么非要研究"汉学"？

顾彬极聪明，他一定会先反问我：那你为什么非要研究"西学"？

我这人向来反应迟钝，幸好有一点还明白——不能给顾彬再有对我继续盘问下去的机会，因此，我会这样试着来回答："西学"一脚踢开本来紧闭的中国大门，搞得偌大的文明古国"天翻地覆慨而慷"，迄今现代化得没法收拾——作为一个中国学人，对"西学"耿耿于怀恐怕情有可原吧。

再说，西方的古典大智慧者都不仅深知而且明确说过，对于一个道德的政治生活秩序来说，把国门关紧点是必要的、应该的。为什么到了近代，一些德语哲学家们说，封闭是最坏的政制——为什么西方的古人说，封闭社会好，西方的现代人说开放社会好，如此颠三倒四究竟是怎么回事？

搞清这些事情，不仅与中国的"现实"相关，起码也算一道有意思的"思考题"。何况，从某种意义上讲，所谓"封闭"就是不要去"理解"别人的东西（以免把自己的生活搞得乱七八糟）；既然封闭已经被打破，变成了彻底的敞开，"理解"别人的东西就有必要。我相信，顾彬会承认，一般德语知识人对中国文化的敞开程度，远不如中国一般知识人对西方文化的敞开程度（但不等于理解有深度）。

顾彬为什么"决断"研究"汉学"？他当初真正的"梦想"是什么？

顾彬早就晓得：

大学并不能为某一职业做准备,而只提供各种选择的可能性。真正的培训应该是在大学毕业考试之后。不过这里应当有个前提,亦即学生应当知道,他将来要做什么。(如今)许多学生在考试之后也还不清楚,自己究竟应该怎样开始自己的人生。(《梦想与幻灭之间》)

既然有如此"经验",我就可以推想,顾彬当年知道"怎样开始自己的人生"……

当年是什么年?火红的六十年代末——当年不仅全中国火红,欧洲的大学也火红。欧洲的大学当年火红起来,一定程度上是因为中国火红。于是,古老的文明中国为世界的现代性又一次作出了贡献(如果先后抗击日本人和美国人算有过的贡献的话)。那时,好些欧洲青年为了搞懂文化革命的"星星之火"是怎么回事,开始学汉语。

后来,好些这样的"汉学"青年经历了"幻灭"——不是对中国文化的幻灭,而是对某种现代性"梦想"的幻灭。

顾彬不在这样的欧洲汉学青年之列——据我所知,顾彬在"文革"风吹到欧洲的前一年就"决断"了自己要学汉语,契机是一首李白诗的英译深深打动了他。我想,他没改行,很可能出于他晚近多次说到的一个解释学的理由——"理解"就是"误解","误解"是一个学人的"理解"生涯中不可避免的。

解释学是"理解"的学问,怎么成了"误解"的学问?

何谓"解释学"?——八十年代末,国朝学界引进了伽达默尔的解释学,约莫五六年功夫,国学界也开始大谈"中国的解释学传统"。正如顾彬多次笑话过的,好些中国学人有一种奇怪的思维习惯:西方有什么,就一定要说咱中国也有。顾彬毕竟有一副德意志式的清醒头脑,对所谓"中国解释学"一类说法,他写过一篇文章,题为"中国的解释学:一只想象中的怪兽"——顾彬断言,中国古代根本没有什么解释学。

我觉得这断言没错。

在中西方文化的相遇中做学问,并非就不可以寻"同"(钱钟书先生一生都在寻"同"),而非要寻"异"。无论找"异",还是寻"同",都不是文化相遇研究的 Sachlichkeit [实处]。"异"就是"异","同"就是"同",看到"异"抑或"同",都算触到 Sachlichkeit。重要的是,要看到真正的"同"或"异",不要搞错。为此往往需要在"同"中见"异",或从"异"中见"同",从而,更为重要的是,搞清楚寻"异"找"同"所依赖的划分尺度 [Nomos]。

凭什么说中国古代没有"解释学"?

顾彬给出的理由是:其实,西方古代也没有什么"解释学"——"解释学"是德意志浪漫派的现代"发明"。固然,西方古代没有的东西,并非等于中国古代也一定没有,不然的话,反驳的逻辑就与"西方有什么则中国有什么"的逻辑没有二致。顾彬在这里强调的是:解释学是一种现代式的知识学问,作为一种现代式的东西,不仅中国古代,而且西方古代也没有。由此可见,对于"现代性问题",顾彬倒是和我一样一直记挂在心:

> 现代性像寄生虫似的依靠"他者"活着:只有通过与"他者"相遇,现代"自我"才能对自己的定性有信心。让自己确信,这种过程,伴随着怀疑。与中国最早的那些历史接触,以及这些接触所产生的那些令人震惊的信息,削弱了欧洲的踏实感。在现代性中,对自我的怀疑和对别人的怀疑,手牵

着手走路。对理解的不确定,是现代最重要的学术特征之一。于是,我们可以说:"我怀疑,故我思;我思,故我在"[Dubito, ergo cogito; cogito, ergo sum]。不幸的是,这些怀疑的许多方面,在跨文化研究中,很少被人们意识到。在我看来,亚洲研究领域中的学者,似乎仍然抓着这样一个观念不放:对"他者"的完全的理解是可能的,而且一个"真实的"陈述是我们非常想要的。……理解,在这个词语的通常的意义上,不仅不可能,而且,如果我们能够完全理解另外一个人或文化,那也将非常乏味,甚至危险。因此,误解必须被恢复为人类的一种权力,也是我们寻求幸福的一个必要的部分。误解不意味着通常意义上的那种创造性的误解,而意味着哲学意义上的错觉。(《误解的重要性》)

在西方的古代,没有解释学不等于没有"理解"这回事情(中国古代同样如此)。古人也读书,也要"理解",但古人不会宣称"误解"的正当性。瞄两眼解释学的通识书,我们就可以了解到,现代西方的解释学源于与古代的注经学传统的决裂。通常,德国人施莱尔马赫被视为现代解释学的开端,其实他不过是其结果。[①] 为现代解释学开其端并奠定原则的,恐怕当推斯宾诺莎和康德:前者的《圣经》解释"别开生面",后者的"主体性哲学"为现代解释学原则提供了哲学基础——哈曼、赫尔德、小施勒格尔对圣经的解经,已经在施展"解释学",施莱尔马赫对柏拉图的解释,只能算总结现代

---

① 参见 Harald Schnur, *Schleiermachers Hermeneutik und ihre Vorgeschichte im 18. Jahrhundert: Studien zur Bibelauslegung, zu Hamann, Herder und F. Schlegel*(《施莱尔马赫的解释学及其十八世纪的前历史:哈曼、赫尔德、小施勒格尔的解经研究》), Metzler Stuttgart, 1994。

"解释学"的成就。

现代解释学与古代解经学的"异"处,三言两语说不清。让我们来试图理解一下这"异"处的要害何在。

不妨举个例子。

阿伯拉尔德(Petrus Abaelardus,1079—1142)是西方思想史上的一位名人,经院学大师——可惜,如今人们提及他的大名却主要因为这位僧侣因属灵的恋情而受过宫刑;① 至于业内人士,通常因近代形而上学的旨趣而关注其理性思辨。总之,人们很少去注意他如何读经书。其实,阿伯拉尔德最重要的著作是为保罗的《罗马书》作的注疏。

这位"前现代"的古人如何"解释"圣经?解释基于理解,古今同然——在《〈罗马书〉注疏》(*Expositio in Epistolam ad Romanos*,有波恩大学古典学教授 Rolf Peppermüller 校勘本三卷)的"前言"[Prologus]中,阿伯拉尔德一上来就摆明这样的"理解"原则。

Omnis scriptura divina more orationis rhetoricae aut docere intendit aut monere …Et haec quidem est omnium epistolarum gereralis intentio. In singulis vero proprias intentiones requiri convenit seu materias aut tractandi modos. [圣经的所有篇章都有其意图,按与其言辞相应的某种修辞规则,不是教诲便是劝诫……然而,这还是所有书信的一般意图。就个别的书信而言,恰切的是,要寻求特别的意图或材料或处理方式。]

---

① 参见蒙克利夫编,《圣殿下的私语》,丘丽娟译,桂林:广西师范大学出版社,2001。

基于如此原则，阿伯拉尔德对理解提出了这样的要求：Quid sit intentio praesentis epistolae［眼下这篇书信的意图究竟是什么］？

现代解释学与古代解经学的不同首先在于，解释学放弃了由理解"作者的意图究竟是什么"这一原则来引导阅读，从而废除了文本作者与文本读者之间的高低秩序。

起初，如此放弃的理由很高：康德宣称，读者可以比作者更好地理解作者（这一命题与施莱尔马赫解释学的关系，可参见施特劳斯《显白的教诲》一文）——如此宣称被当时和后来的德语大思想家（如 Ch. Wieland、Mendelsson 等）讥为康德"不要命的自负"。

不过，如今学者还这样宣称的已经少见，不再致力于理解"作者的意图"出于别的理由。据说，你一定不能去问什么作者的"意图"，那是不可能搞清楚的东西。因为，任何理解都不可能脱离你自己的生存处境。与其说"我思故我在"，毋宁说"我在故我思"。既然"我在"总是在有限的时间和空间之中，我对任何文本的"理解"便都是生存性地受限的。康德高扬的主体性从天上一下子下降到地上，成了"我在"的首要性——这就是海德格尔解释学的彻底扭转。任何理解都是"瞬时的"，如此宣称就这样为"误解"提供了正当性辩护。"理解"即"误解"的看法，无异于伽达默尔解释学所谓的"正当偏见"，如此"偏见"之所以"正当"，靠的是海德格尔为此辩护提供的一种"重新打地基"的形而上学。

单就字面上讲，scriptura divina 的意思是"神圣的文字"——这意味着，古人读书时把自己面前的古贤文字看得很高，有一种崇敬或高仰感，绝不会以为自己能"比作者更好地理解作者"，从而会"小心"scriptura divina 的"修辞规则"，尤其"特别的意图或材料或处理方式"（尼采虽对中国古代经学了解不多，却能凭有深厚古典修养的直觉感觉到，"小心"是个绝妙的中文）。如果说，康德的"理解"原则把读者拔高到超乎先贤智慧之上（好像说："先贤的智慧还不及我的思辨力，你瞧，我就看出柏拉图在《斐多》中的论证犯了逻辑错误"），海德格尔的"理解"原则相反，把先贤的智慧降低到"我在"的视域（好像说："我只能按我自己的水平来理解你"）——无论拔高还是降低，文本作者与文本读者之间的高低秩序都不复存在。这样一来，理解难免是误解，因为，读者已无需去"小心"每部经典"特别的意图或材料或处理方式"。

无需传授，如此现代性的"理解"就有中国人懂了——余杭章太炎在讲"国学概论"时说，所谓"经"，不过就是用"线"串起来的"书"（简）。没错，《说文解字》中训"经"为"织"，但太炎先生难道不清楚，这是在训"经"一字，而非训"经书"？我们如今能说书店里卖的《尚书》不过是铅印胶订的纸张？把"经"说成用"线"串起来的简，含义是说，"经"其实并非 scriptura divina，对先圣的文字已不复有高仰感。

与此可以对照的是，中国的古人如何看待"经"：

> 索道於当世者，莫良於典。典者，经也，先圣之所制。先圣得道之所精者，以行其身，欲贤人自勉以入於道，故圣人之制经以遗后贤也。譬犹巧倕之为规矩准绳以遗后工也。（《潜

夫论·赞学》)①

古人难道不知道自己的生命("身")及其视域是有限的、瞬时的?贺拉斯(Horaz)唱道,carpe diem[摘下这日子吧](carm. I, 2.8)。类似的感受在顾彬所熟悉的中国古代诗赋中并不少见。那么,古人不知道自己的理解并非一定就是圣贤自己的"意图"?当然知道。既然如此,古人为何还坚持 Quid sit intentio praesentis epistolae?

我猜理由是这样的:在如此阅读神圣的文字的经历中,尽管我不能肯定自己一定会逮住圣人的"意图",我的"身"毕竟在往高处走,而非自身的"瞬时"中"循环"。既然理解是一个终身的过程,那么,通过高仰感式的阅读,我的"身"便终生在往高处去("修身"),而非满足于"误解"自身。

在如今的学问界,读书人已很少读先圣们的古书,读的大都是时人的"研究"。就此而言,"理解即误解"的原则蛮有道理,也颇为有效。可贵的是,被中国古典文学打动而学汉学的顾彬十分重视读古典作品,且要求自己的学生多读古典作品。

为什么我们重读同样的书?为什么我们需要古典作品的新译本,而它们已经被翻译过?我们再读、再翻译,因为我们发现阅读一次或翻译一次是不够的。第二次阅读是新的阅读,第二个译本是新的译本。这告诉我们什么?任何种类的理解,都是解释。由于我们的理解总是会不同,因此我们的解释也会不同。

---

① 参见马承堃,《经典源流》,见刘小枫、陈少明主编,《经典与解释7:赫尔墨斯的计谋》,北京:华夏出版社,2005,第305页。

因此，没有最终的陈述，只有瞬时的解释。(《误解的重要性》)

与好些美国的汉学家不同，顾彬有一种古典的视野。时下学界喜欢用"反欧洲中心主义""后殖民主义""女性主义"一类后现代观点来看古典作品，把超级现代的"看法"搬到古人身上。现代人忧心"自我"，就谈论中国人古代的"自我观"；现代人有"自由主义"，于是就到中国古代经典中去找什么自由主义"萌芽"。对诸如此类的做法，顾彬统统不以为然——我很喜欢顾彬这样的不以为然。

有的中国学人动辄就对顾彬说：西方学人不了解中国经典——我觉得，中国人未必就了解中国经典。再说，与西方"汉学"对中国经典的了解相比，中国"西学"对西方经典的了解远远不及——从鲁惟一教授主编的《中国古代典籍》（李学勤等译，辽宁教育出版社，1997）来看，人家毕竟把中国古代要籍的作者及其目的、版本考订、文献源流、晚近研究、注释和译本等讲得一清二楚。再看咱们，在哪里可以找到对西方古代要籍讲得如此一清二楚的书？就此而言，顾彬作为德国人做汉学，比我这中国人做"西洋"学幸运多喽。

说到底，西洋人是否了解咱们的经典，是人家的事，咱们是否了解西洋的经典，才是自家的事——何必管闲事？

话说回来，理解古典，就得回到古典的视域。在中西方文明的相遇中，中国与西方的古典相遇过吗？

2005 年 10 月　广州

"这女孩儿的眼睛为我看路"

——纪念罗念生先生逝世十周年

悲剧诗人索福克勒斯讲述的俄狄浦斯故事，因弗洛伊德借来命名他发现的所谓"恋母情结"而成了文人学士们的常识。"常识"不一定就不是误识。本来具有深刻意涵的生存事件，被翻译成一个肤浅的心理符号后，人们知道的仅是"恋母情结"，而非俄狄浦斯不幸的生和幸福的死。

海德格尔坚信，必须回到西方哲学的开端（希腊精神），才能挽救西方世界衰颓的厄运，找到承负现代性历史危难的力量。要返回将世界的广度和生存的深度结合在一起的古希腊精神源头，首先得杜绝弗洛伊德那样的现代人对古典思想的"随意"态度［Beliebige］。海德格尔在《形而上学导论》中的论证方式是，解释古希腊诗人的诗言，不仅解读巴门尼德的"教诲诗"，而且在荷尔德林的"另一只眼睛"引领下，潜心深思索福克勒斯叙述的俄狄浦斯事件，以求接近希腊式单纯而充满活力的问和思。

俄狄浦斯知道自己杀父娶母的身世后，戳瞎了自己的双眼。荷尔德林解释说，俄狄浦斯因失去了双眼而"多了一只眼睛"。海德格尔跟着解释说，"这多的一只眼睛乃是一切伟大的问知的基本条件，也是其唯一的形而上学根据。希腊人的知与学就是这种热情"。俄狄浦斯"自行戳瞎双眼，就是让自己走进光明"。①

失去了观看现世的眼睛,反而有了另一只眼睛。这"多出来的眼睛"看什么呢?

不是看,而是思,思在的真理。因而,这只眼睛具有"原始的知"的"形而上学深度"。为了理解这只眼睛的所思,海德格尔选取了《俄狄浦斯王》中"第四合唱歌"起头的十行(1186 – 1196 行):

凡人的子孙啊,我把你们的生命当做一场空!谁的幸福不是表面现象,一会儿就消失了?不幸的俄狄浦斯,你的命运,你的命运警告我不要说凡人是幸福的。(《俄狄浦斯王》,罗念生译文)

海德格尔仅仅节选了其中 1189 – 1192 行四行诗句(《形而上学导论》中译本误作"1189 页以下"),并译成:

究竟是谁,是什么人要为安顿好的此在增添成色,因为他已处于表象中了,还要作为一个表现者去扭转形象吗?(《形而上学导论》,前揭,第 109 页)

德文标准本的译文 Denn wer, welcher Mann wohl traegt mehr Gluckseligkeit je davon, als soviel er zu haben wahnt, eh dem Wahn er entfallen? 以及罗念生先生的译文"谁的幸福不是表面现象,一会儿就消失了?"意思都清楚,对照希腊原文,没

---

① 海德格尔,《形而上学导论》,熊伟、王庆节译,北京:商务印书馆,1996,第 108 页。

有走样。海德格尔的翻译令人费解，可以说被译成了他自己的哲学语言。早就听说，海德格尔翻译希腊文句时稀奇古怪，这次领教了。

更令人费解的是，为什么海德格尔偏偏节取其中的这四句？如果将海德格尔的译文放回原文语境，真是稀奇古怪。这不是断章取义吗？

要能充分理解一段诗句的文意，需要找到一个切入点，断章取义有的时候就是理解的切入行动，以便把深隐的含义带出来。

被海德格尔断章取义断掉的是什么呢？

是神灵借歌队唱的命运之歌：神灵让凡人的生命成了一场空，幸福是虚幻的表象。这不是说，希腊人的在的真理就是关于神灵的真理，"希腊人的知与学的热情"就是对莫名的命运的体认，又是什么呢？

> 悲剧的表现首先基于这样一种骇世惊俗之举，神与人如何结为伴侣，自然力量与人的至深情志如何在愤怒中永无止境地相与为一。[①]

如此看来，杀父娶母的事情，不过是俄狄浦斯事件中最表面的现象。的确，还有什么比杀父娶母之举更令人惊骇？然而，如此骇世惊俗，不过要让人的看俗物的眼睛瞎掉，以便多长出一只眼睛，看到"神与人如何结为伴侣"。

既然如此，俄狄浦斯事件就没有在《俄狄浦斯王》这出

---

① 荷尔德林，《关于〈俄狄浦斯〉的说明》，见《荷尔德林文集》，戴晖译，北京：商务印书馆，1999，第269页。

戏中收场，毋宁说，在那里仅仅是开端。《俄狄浦斯王》的结局是：俄狄浦斯知道了自己的去处是无际的苦楚：

> 俄狄浦斯：我这不幸的人到哪里去呢？我的声音轻飘飘地飞到哪里去了？命运啊，你跳到哪里去了？
> 歌队：跳到可怕的灾难中去了，不可叫人听见，不可叫人看见。

俄狄浦斯想死也不得，他的命运是瞎着双眼流浪天涯。在灾难面前，人甚至不能以死来逃避。这不是在说，即便有限的生命是苦楚，也无从逃离，又是什么呢？所谓悲剧精神，恰恰来自这种无从逃避的苦楚：知道自己不会幸福仍然不得不生活。凡以为人生灾难可以逃离的真人、觉悟之人，都不会理解悲剧精神。

"不要说一个凡人是幸福的，在他还没有跨过生命的界限，还没有得到痛苦的解脱之前。"这是《俄狄浦斯王》终场时歌队唱的最后的歌。该隐杀害了自己的兄弟，上帝让他漂泊天涯，而不是判他死罪，反而在他身上做了一个记号，以免该隐在漂泊的路途被世人当有过之人杀掉。俄狄浦斯怎样了呢？

索福克勒斯晚年写了《俄狄浦斯在科罗诺斯》，[①] 是诗人一生的压卷之作，长期没有引起重视——甚至没有引起荷尔德林、黑格尔这样的对希腊悲剧有"多一只眼睛"的思想家重视。直到二十世纪，才被一些评论家称为索福克勒斯最艰深难懂但也"最杰出的作品"。

[①] 中译见《索福克勒斯悲剧两种》，罗念生译，长沙：湖南人民出版社，1983。

《俄狄浦斯在科罗诺斯》说的是经历了近二十年漂泊的俄狄浦斯的死——幸福的死，那时，他已经活足了岁数，尽管在漂泊中过来，却没有死于非命。

一个瞎子如何漂泊？安提戈涅一直陪伴不幸的父亲，俄狄浦斯逢人就说："这女孩儿的眼睛既为她自己又为我看路。"俄狄浦斯因失去了双眼而"多了一只眼睛"，这眼睛就是安提戈涅的眼睛。

为什么安提戈涅要陪伴不幸的罪人，同他一起漂泊？

安提戈涅深信自己的父亲虽然犯了骇人听闻的过失，却是无辜的，她一路上"用两只还没有失明的眼睛恳求"世人，不要因为关于俄狄浦斯的"过失行为的传说而不宽容他"。安提戈涅的眼睛是天眼，它能看到，虔敬的人在此世总是不幸，无辜负罪是虔敬的人的命运。

悲剧《安提戈涅》与两部关于俄狄浦斯的悲剧同属一个故事题材，按故事的历程，应该是最后一部，但却最早写成、上演，随之才是《俄狄浦斯王》。① 安提戈涅为安葬哥哥而被判死罪，她向神明祈诉，坚信自己无辜。那诉歌有如约伯向上帝哭喊：

我究竟犯了哪一条神律？……我这不幸的人为什么要仰仗神明？为什么要求神的保佑，既然我这虔敬的行为得到了不虔敬之名？即便在众神看来，这死罪是应得的，我也要死后才认罪。(《安提戈涅》，921-926 行，罗念生译文)

诗句中的"罪"，原文含义是"不再是神的伴侣"。安提

---

① 参罗念生，《论古希腊戏剧》，北京：中国戏剧出版社，1985，第 46 页。

戈涅不承认道德—法律意义上的"罪",只问是否有不敬神的"罪"。《俄狄浦斯王》的终局是俄狄浦斯的认罪,经过二十年的漂泊,《俄狄浦斯在科罗诺斯》中的俄狄浦斯转变为申辩自己"无辜":"我所杀死的是要我性命的人;在法律面前,我是清白无辜的;因为我不知他是谁,就把他杀了。"僭主克瑞翁揭俄狄浦斯的伤疤,扬言"你的人民不会接待一个杀父的人、一个有污染的人、一个和不洁净的婚姻有关系的人"。俄狄浦斯坚持:"我不该为了这婚姻或那杀父事件而被称为罪人。"因为这一切都是在他不知情的情况下发生的,"注定的命运"落在他父亲、母亲和他自己身上。这里,俄狄浦斯推翻的同样是道德—法律意义上的"罪"。

索福克勒斯明显区分了两种罪:一种可以称为道德—法律的罪,在这一范围内,安提戈涅和俄狄浦斯都不认罪;另一种罪,可以称为宗教的罪,其含义是:人的脆弱天性所导致的人与神的关系的脱节。《俄狄浦斯王》中的认罪是对人天性的欠缺和对神灵的力量的承认:

波吕玻斯啊,科林斯啊,还有你这被称为我祖先的古老的家啊,你们把我抚养成人,皮肤多么好看,下面却有毒疮在溃烂啊!我现在才发现自己是个卑贱的人,是卑贱的人所生。(《俄狄浦斯王》前揭,第 224 - 225 页)

这样的罪是每一个人与生俱来的,"除了自己担当,别人是不会沾染的"。漂泊之前的俄狄浦斯还不能区分两种不同的罪——不能区分生命的欠然和现世的恶。漂泊之后,在安提戈涅的眼睛引领下,他才懂得宗教的认罪(承认生命的欠然)与现世的认罪(承认杀父娶母的恶)不同,才懂得要申辩无辜。克瑞翁要"拿获"安提戈涅，等于要夺去罪与欠的区分，夺去俄狄浦斯无辜申辩的依据：

> 我原有的眼睛早已瞎了，你还要强行夺走我这唯一的眼睛！（第二场）

仅仅在欠然之罪的意义上，人才是不幸的。对这样的不幸，对生命中必然出现的残酷，无法抱怨，只有承受。诸神并不惩罚因生命的欠然陷入恶中的人，而是怜惜、眷顾他们，因为，恶是生活世界的本相。有神佑、与神为伴侣，不意味着信神的人的生涯不会有不幸，而是始终维系自己与神灵的关系。俄狄浦斯走后，留下了孤零零的安提戈涅姐妹俩。

歌队唱道：

> 你们姐妹俩是多好的孩子啊，神注定的命运你们必须忍受，不要太悲伤；你们的遭遇没有什么可以抱怨的。（《退场歌》）

俄狄浦斯去冥府前给姐妹俩留下的话中说：

> 你们再也不用担当奉养我的苦事了，孩子们，我知道得很清楚，那是不轻松的；但是只需一个字就可以抵消一切的辛苦。（《退场歌》）

这就是希腊人的热情所致力要知与学的关于存在的真理。

因为精神失常而多一只眼睛的荷尔德林看得清楚，对于希腊悲剧诗人，"惩罚"不是宗教的，而是道德法的概念：道德法与人的意志对立，但人自己却不知道这种对立，仅仅感到在承受着某种对抗,并把这种承受对抗感受为恶。由于人没有能力理解这种对抗显出的合法性,所承受的对抗就被感受为在受苦。承受对抗就是受苦,并从对抗推断出恶的意志,于是,受苦成了惩罚。① 俄狄浦斯不就是在这种对抗命运的生涯中成为恶的意志吗?只有从宗教的罪才能理解这种恶的形成,成为神的伴侣才能超越恶,才能承负自己生命中的不幸,分担所爱的人的苦楚。

希腊戏剧诗人是罗念生先生的安提戈涅,陪伴他的"漂泊生涯","分担"他的不幸。在罗念生先生的希腊热情生涯中,希腊悲剧诗人的作品就是为他看路的安提戈涅的眼睛。

罗念生先生1904年出生在四川省威远县边上临界资中的一个小镇,考上清华大学后起先学自然科学。但罗念生生性喜好文学,其诗集和散文集有"清秀""奇气"之称(林语堂、朱湘语),算"五四"新文学运动中的一员。二十年代末,到美国留学,专治希腊文学,以后到雅典留学一年,是第一位到雅典留学的中国学子。

我一直不明白,为什么这样一位才学德兼备的希腊文学专才,回国后竟然好长一段时期找不到稳定的教职。如果因为那个时代时局动荡,找教职难,为什么同样在那个时代留洋回国的人可以当教授,而罗念生先生得去西北挖古墓,在中学兼课?原因之一也许是,罗念生先生虽然甚至在西洋文化的源头留过学,却没有带回一顶博士帽子。罗念生先生是性情中人,在海外留学,仅凭着自己对希腊文学的热情追寻自己的梦想,学他真正想学的东西,所以,留学美国四年,换了三所大学。

---

① 参荷尔德林,《论惩罚的概念》,见《荷尔德林文集》,前揭,第194 – 195页。

三十年代中期，中国的大学体制已经按西方模式逐渐形成，没有博士学位大概就不大容易得到教职。

有博士头衔又怎样呢？上朝学界中有一位著名学人，在德国从名师专研柏拉图十年，获得博士学位回国后，马上在一流大学（西南联大）当了教授，1949年后还移居美国，有幸没有在社会主义改造运动中抛洒光阴。他留下了什么呢？一篇柏拉图对话的汉译及注释和几篇研究论文。国朝学界的柏拉图研究，并没有在他的薪传下起步。本来，他有足够的学资和时间来完成柏拉图作品的汉译，却没有付出这份心血（据说这位大师认为，柏拉图不可译）。相反，与罗念生先生经历差不多，留学美国也没有带回博士帽子的严群先生（严复的侄孙），却在六十年代译完了柏拉图的全部对话（据说译稿不幸在"文革"中被付之一炬）。那位柏拉图专家认为柏拉图不可译，何以在大学教柏拉图时仍然用现代的英译呢？分明是缺乏热情。在大学执教，自然有学生辈，蒙恩的学生自然敬师，于是，这样的学人就成了传说中的大师。为什么国朝学界总喜欢供奉传说的大师呢？

没有博士头衔的罗念生先生，在艰难的生存条件中翻译了埃斯库罗斯、索福克勒斯全部传世的悲剧（共十四部），欧里庇德斯传世的十八部悲剧中的五部，阿里斯托芬传世的十一部喜剧中的六部，以及亚里士多德的《诗学》《修辞学》、古希腊《铭体诗选》和希腊、罗马散文名著多种（《古希腊罗马文学作品选》）；1990年去世时，手里还有荷马《伊利亚特》的未完成译稿（由王焕生先生续译完成，人民文学出版社，1999）。由于没有显赫的学生，罗念生先生也就没有成为传说中的大师，他辛勤主编的《古希腊语—汉语词典》交稿近二十年，迄今没有出版。近年来学界有全集编辑热，一些人的垃圾译文也编成全集，罗念生先生的译文却至今只有散见各处的命运。①

如果我只能从丰富、迷人的希腊宝库中拿走两件宝物，我会拿走戏剧诗人和柏拉图的作品。有了这两样宝物，加上《古希腊语—汉语词典》，我想进入希腊精神的热情，就有了行走的拐杖。罗念生先生的诗人译笔留下的希腊戏剧诗人的传世译品，成了我的安提戈涅的眼睛。

国朝学界的西方文典汉译成果，主要是四十至六十年代奠定的基础。倘若我还是高中生的时候，就能够读到真正的西方文典的精美汉译，我相信自己的文化贫血症不致如此严重。上个世纪二十年代以来，的确出现了不少出色的翻译大家，遗憾的是，一些人一生的热情奉献给了并不那么经典的西方作品。巴尔扎克的小说、罗曼·罗兰的文字，算什么了不起的西方文化精神遗产？费尔巴哈算什么了不起的哲学大师？选择翻译什么，不是很要紧的事情吗？所谓"西方名著"的清单难道不需要通盘重拟？罗念生这样一生献给希腊戏剧诗人的翻译家，难道不值得我们终生感激？

中国思想文化界真正接触、认识西方思想，已经有一百多年。对于西方思想文化底蕴的认识，迄今仍让人感到不踏实。比较而言，国人认识近现代思想的热情远大于认识西方古典思想。原因似乎不难理解：中国现代知识人认识西方思想的热情，主要是现代强国梦推动的。现代启蒙精神把希腊精神说成什么"人类美好的童年"，似乎现代思想才是充满魅力的成熟；一些国朝学人信了这谣言，跟着说希腊精神不过是逝去的

---

① 目前最全的《古希腊悲剧经典》（罗念生译，两卷，北京：作家出版社，1998）所收仅九种，不及其著作的一半，而且被删去了原有的诗行编号和译者注释，显然是一伙见钱眼开的书贩子所为。

童年,与现代化强国的梦想没有什么关系。

即便成了现代化强国,现世的恶并不会就消失了。希腊人的知与学的热情的确与强国梦没有关系,却比现代思想更贴近大地的悲情。罗念生先生的诗、文气质,在我看来不是"清秀"、不是"奇气",而是单纯而温厚,出自清纯、质朴的性情。正是这种性情,使罗念生先生能体味悲剧诗人笔下的底蕴。对待自己的命运,罗念生先生的情怀是悲剧诗人式的。

> ……在人世间一无所有
> 也一无所求,他洁净而高贵的灵魂
> 与神灵同在,从未沾染过人类的坏习惯
> 富于美感的心,只为希腊而生
> 只为辛勤而有益的劳动而生
> 清贫而庄严,顺从了神性的和谐
> 他炽热的双眼,饱含着终生的眷恋
> 穿过遥远的时空,在希腊晨昏的海上和庙宇徘徊
> 期待着与诸神的目光相遇
> 如今他已在天上,置身于
> 神明和紫色的云雾之间
> ——摘自温洁:《希腊——谨此纪念罗念生先生》

罗念生先生对希腊戏剧的热情,纯粹是个人性的,就像朱生豪先生对莎士比亚的热情,叶君健先生对安徒生的热情,贺麟先生对黑格尔的热情,绿原(刘半九)先生对里尔克的热情,田德望先生对但丁的热情,洪汉鼎教授对斯宾诺莎的热情,倪梁康教授对胡塞尔的热情,孙周兴教授对海德格尔的热情……我敬佩这类热情和从这热情中流出的心血,钦慕他们的

功夫。

像俄狄浦斯一样,罗念生先生死后才得到幸福。他希望自己的一半骨灰撒在爱琴海的希腊海域。希腊政府接纳了骨灰,却不忍心撒到海里,葬在了德尔菲市的欧洲文化中心的花园,与希腊戏剧诗人长眠在同一片土地上。这应了安提戈涅哭父亲俄狄浦斯的歌:

他死在异邦,他心爱的土地上,永远躺在地下阴凉的床上;他身后享受的哀悼也不缺少眼泪。因为,父亲呀,我这流泪的眼睛正为你而痛哭。

附记

这篇抒情文字为纪念罗念生先生而作,原刊《读书》2000年第12期,未料引来远隔重洋的回应,在此应该向回应者表示感谢。

余纪元博士的文章来自北美(刊于《读书》,2001年第9期),据说"奉命"为自己的老师的老师陈康教授说公道话。余博士的文章平实地历数陈康教授的学术成就,如雷贯耳。让我感到意外的是,余博士并没有因为我在文中未指名道姓地评说了陈康先生几句,就对我满腹愤懑,仅在结尾时说道:咱们后辈对前辈要敬重……从行文看得出来,余博士明白,我非常敬重在中国现代学术的艰难历程中真正有过实质贡献的前辈——他心里清楚,作文纪念罗先生本身就是敬重前贤的表现,对陈先生的评说则自有其道理。

三年多后,又见到远在德国特里尔大学任教的刘慧儒博士的文章(《读书》,2004年第8期),与我商榷古书的读法。事隔不短的日子才拿出自己的商榷文,想必慧儒博士对我这篇抒情文字下过不少功夫,能不让人感谢?

慧儒博士的文章深究学理,显得很懂行,尤其讲究自己的一套逻辑。文章要义是:"看路"一文基于几段海德格尔和荷尔德林的错误中译文(慧儒博士故意没有提到这几段译文分别出自海德格尔的学生熊伟教授及其弟子王庆节教授和毕业于图宾根大学德语系的戴晖博士之手),对索福克勒斯和荷尔德林胡乱解释一气,想当然地以为,刘小枫是个基督徒分子,对古希腊悲剧的解读必定戴着一副基督教眼镜。经过一番认认真真的掰理,文章最后高调宣布:"看路"一文批评别人随意解释经典,其实自己就在随意解释。最让人受教益的是:深究"眼瞎"者兴许自己掉进了"眼瞎"的陷阱,以至于最后仍然不得不寻回"眼瞎后的光明"(别人的错误译文并未影响到这"光明"),却自以为看得分明——如西方格言所说:Quid in tales homines fieri potest。

顺便说,我专门论述荷尔德林和海德格尔的索福克勒斯解释的论文《〈安提戈涅〉第一合唱歌的启蒙意蕴》刊于《国外文学》2004年第2期,与慧儒博士的文章无关。

感念赫尔墨斯的中国传人

—— 在"纪念罗念生先生诞辰一百周年
暨《罗念生全集》首发式"上的发言

各位前辈、各位同仁、各位朋友：

在回顾中国"现代文化"的百年历程时，我们的目光很少投向翻译家——除了时势中的少数几位先行者（严复、林纾），"五四"以来的翻译家的历史功绩几乎没有受到应有的关注。这一现象并非仅仅令人遗憾——事实上，不仅我们这代学人，即便前两三代学人，都并非是读林纾、严复的翻译长大的。

罗念生先生是"五四"新文化时期孕生的翻译家，他有成为诗人的气质和才性，也有能力成为撰述高头讲章的大学问家，一生却奉献给了古希腊经典的汉译事业。按一般的看法，一个翻译家再怎么也比不上大作家、大学问家——如今的教育部还可笑地规定，翻译文学名著或学术专著不能算"科研成果"。可是，就某种意义来讲，罗念生先生的翻译成就，并不亚于撰述型的文化大师，因而堪称对我国的现代文化作出了无可比拟的独特贡献的伟大学人——在这罗念生先生百年诞辰纪念活动暨《罗念生全集》首发式上，我想就此谈一点自己的粗浅看法，就教于各位前辈和同仁。

衡量一位翻译家的历史功绩，首要的尺度是他翻译的什么。一个翻译家的译笔再好,如果一生翻译流俗小说,对增进一个民族的精神教养不会有什么裨益。罗念生先生称得上伟大的翻译家,不仅因为他的译笔饱含古典意义上的诗人气质,首先因为,他一生辛勤笔耕的古希腊经典译业关乎中华民族精神文化的现代命运这件大事。

中华民族有着踏实、温厚的教化传统,可是,在西方文明引发的现代性文化的冲击下,这个传统已然支离破碎。为了重整中国文化精神,学术思想界所面临的基本问题过去是、现在仍然是理解西方文明。事到如今,何谓"西方文明",对于中国思想文化界仍然还是个带惊叹号的大问号。百年来,虽然无数学人致力于认识西方文明,但学人们更多关注的是现代的而非古典的西方文明形态。即便我们了解了西方的现代文明,也并不等于我们理解了西方的古典文明;倘若不了解西方的古典文明,我们未必能透彻了解西方的现代文明——没有透彻了解西方的整个文明形态,对中国文明的精神处境及其命运的把握,恐怕不会通透。有鉴于此,像罗念生先生这样终生致力传译古希腊经典的学人,百年来屈指可数,其成就足以让我们后学心存感念。

世界上还有别的古代文明,为什么我们尤其且首先得致力理解西方的古典文明?

人们说过的理由已经很多,在这里我仅想重复一个理由:西方文明不仅给中国而且给整个世界带来了一种据说具有普遍正当性的生活方式——民主政制。可是,在现代民主政制理想诞生之初,西方文明中就有一些心智高贵的人士为民主政制所引发的生活品质问题深感忧虑。为了更好地在民主政制的普遍诉求中生活,我们有必要看清楚这种在中国和其他非西方的文明形态中从未出现过的生活方式的品质。西方学界大举翻译、注疏、研究古希腊经典,始于启蒙运动以后绝非偶然——十八世纪末十九世纪初,好些伟大的欧洲思想家不仅提倡甚至(赶学古希腊语)亲自动手翻译古希腊经典,原因就在于,雅典古典文化时期的经典作品见证了人类历史上第一个甚至可以说唯一一个古代民主政制的兴衰,在比今天高得多的思想水平上反省了民主政制的生活品质问题。

对雅典民主政制的生活品质问题反省得最为深透的,恐怕要算修昔底德、柏拉图、色诺芬。然而,倘若我们没有事先熟悉荷马、赫西俄德、品达尤其民主政制时期的三大悲剧诗人和阿里斯托芬,要恰切理解像柏拉图这样的伟大思想家,恐怕不大可能。

"五四"一代的大思想家、大学问家为数不多但也不少,相比之下,我更感念作为翻译家的罗念生先生的文化成就,理由就在于,他所致力的翻译事业远为深远也更为直接地触及"五四时期"以来——也是当下我们时代的有心人所面临的根本问题:何谓民主政制。

从柏拉图、色诺芬的著作中可以看到,民主政制的生活品质问题尤其突出,尖锐地反映在人的教育方面——现代民主政制兴起之初,伟大的心智者(如卢梭、莱辛)同样看到了这一点。并非偶然的是,不仅我国甚至在当今西方发达国家,有识之士无不忧虑高等教育的普遍失败——所谓与"国际接轨",差不多无异于与在品质上失败了的高等教育制度接轨。民主政制引出的根本问题在于:谁教育谁?缺乏教养的心智可以教育出有教养的心智?本来天资优良的少年在我们的教育环境中能得到善良而美好的呵护?

我们作为大学教授并非等于就是有教养的人,倘若如此,作为教书先生的"我们"首先面临的难题就是:向谁学习?

眼下，我们多半是在向有聪明才智的公共知识分子学习，向各类新兴的社会科学专业的发明人士（经济学家、人类学家、社会学家）学习，并由此成为大学教授。可是，除非我们事先清楚，有专业知识等于有教养，公共知识分子便意味着有高贵的品质和政治的美德，我们跟从这类人士学习恐怕没有把握自己会被教育成有教养的人。人类的教育，如果不是向高贵的心灵看齐，必然是向低俗的品性看齐——对古希腊文学了解很深透的尼采对这一点看得特别清楚。

对于一个良好的民主政制而言，葆育、唤醒每个时代都会有但又仅是偶然地出现在个人天性中的优秀、高贵和卓越的品德胚芽，依然是教育的根本目的之一。

问题始终是，靠何种方式可以比较有把握地让我们自己被培养成有教养者？历史经验告诉我们，稳妥而有成效的方式是：从伟大的古典作品中感领何谓"美好的东西"，从伟大的古典心智中学习何谓"优良的政治美德"——"五四"一代的大翻译家很多，我更感念罗念生先生的成就，理由在于，他所献身的翻译事业，让我们得以感领西方文明中那些最为高古的伟大心灵。

在高速现代化的教育机制中，为了适应社会生活中最迫切的眼前需求，甚至葆育古典学养的著名大学也不得不往技术化和大众化方向转型。据说，大学变成技术学院已经指日可待。在这样的人文处境中，难免让人更为感念罗念生先生的业绩——敬佩上海世纪出版集团积极出版《罗念生全集》的意愿和魄力。

太平盛世必修典——或者说，乘太平盛世得赶紧修典，因为，古代经典是人类历史上高贵精神的结晶，人类精神和人的教养不至于沦落的基本保障。清代学术的传世成就在于整理、校勘、注疏中国古代经典——中国古代伟大心智的结晶，二十一世纪的中国学术能否有成，极有可能端赖于有志者继承罗念生先生的心智和热情，推进西方文明古代经典的翻译和注疏——这是一项长期、艰辛的文化事业，需要好几代学人付出巨大努力。幸运的是，我们已经有罗念生先生和他的学生们这样的前辈作为我们的榜样。

罗念生先生临逝前还在翻译荷马的伟大诗篇，我想套用据说葬在伊奥岛上的荷马的墓志铭的诗句作为我发言的结尾：

> 在这里，一支高贵的笔在黄土中生芽，
> 那是传译古希腊伟大诗经的中国诗人罗念生的译笔。

2005年，广州

施特劳斯与基尔克果

二十多年前,当我从基尔克果、陀思妥耶夫斯基、尼采那里得知,虚无主义恰是由康德、黑格尔哲学一手造成的,真有如晴天霹雳。但把康德哲学为何会引出虚无主义这一关键点想明白,却花费了不少时日。与自己过去对康德的盲目稚气的迷拜决裂,又花费了好些时光——接下来再想如何切掉德国古典哲学这根虚无主义瓜藤,又流逝了不少生命的岁月。

在这段思想史的摸索过程中,基尔克果(Søren Kierkegaard)始终伴随着我。这位思想家一生下来身体就不怎么好,张望世上的阳光不长(1813 年生,1855 年初冬病逝),却留下了不少卓见高超、才思精微的著作,且大多写成于三十至四十岁之间。在这些著作中,最令我入迷也最让我费解的是《或此或彼》(上下,阎嘉译,北京:华夏出版社,2006,我当时用的德文版亦分两卷)。首先让我惊讶的是:哲学书也可以这样子来写——很久以后我才知道,其实,西方的好些哲学大书本来就是这样子写的。就文体和形式而言,《或此或彼》与从色诺芬的《居鲁士劝学录》到卢梭的《爱弥儿》的写作传统俎豆相承,德意志浪漫派的"精神领袖"小施勒格尔的《卢琴德》(*Lucinde*,1799)大概要算是距离基尔克果最近的这类作品,而且很有可能是在与它较劲(基尔克果是最早站在德国古典哲学视野之外来反驳德意志浪漫派的大哲人)。

基尔克果也写过比较"学究化"的著作,这方面的最高成就便是他作为绝笔书来写的《〈哲学片断〉最后的非学术性附言》(通常简称《最后的非学术性附言》)。如果《或此或彼》和《最后的非学术性附言》可以算作基尔克果短暂的一生中最重要的著作,那么,我们不禁会问:基尔克果为什么一手写《或此或彼》一类小说似的甚至可以说杂乱无章的东西,一手写《最后的非学术性附言》(以及《哲学片段》《不安的概念》)一类学究化的东西呢?他写的东西,从今天的学科划分来看,怎么老是变来变去?不消说,要是基尔克果生活在当今,如此搞学问肯定连副教授职称都评不上(遑论教授、博导)。

一旦深入阅读西方的古典作品便可以发现,这种"两面派"甚至"三股叉"式的写作方式(基尔克果的作品中还有宗教祷文一类),同样是一种"传统"——尤其某个柏拉图派的传统。奥古斯丁有个同乡和前辈名叫阿普勒伊乌斯(Apuleius,约120—?),他自称是 philosophus platonicus〔柏拉图派哲人〕(确实在雅典的柏拉图学园留过学),在文学史上以万花筒式章法(或者说结构乱七八糟)的小说 *Metamorphoses*(《变形记》①)留名。但学过古典学的都知道,他还有 *De deo Socratis*(《论苏格拉底的神》,有 M. Baltes 拉德对照注疏本,2004)和 *De Platone et eius dogmate*(《论柏拉图及其教诲》)一类的文字传世——可惜还有好些哲学对话、音乐论、宗教祷歌失传了。基尔克果熟悉古希腊—罗马的古典作品,从博士论文《佯谬的概念》中可以看出,他的古典语文学功夫肯定相当棒。

---

① 中译本又译《金驴记》,刘黎亭译本,上海译文出版社,1988。

对于我来说，理解基尔克果始终非常困难，长期积疑未明。写哲学史教科书的西方教授们向来从所谓"存在主义哲学"角度来解释基尔克果，但这种解释角度越看越有问题：基尔克果极大地影响了二十世纪出场的存在主义哲学，却不等于基尔克果就是个"存在主义哲学家"。洛维特从克服德意志虚无主义的角度深入思考基尔克果，而且拿尼采对虚无主义的克服来作比较，这样的理解尝试也许算得上恰切的进路吧——可是，施特劳斯在写给洛维特的信中却责备他"冤枉了基尔克果"。①

在这封1933年写给洛维特的信中，施特劳斯剖析了洛维特比较基尔克果和尼采克服虚无主义的尝试。细细读来，施特劳斯的意思似乎是：洛维特既没有如实理解基尔克果也没有恰切地理解尼采。难怪施特劳斯会在同时给克莱因的信中说，他对洛维特提出了"［语气温和］但却是毁灭性的批评"（同上，第114页）。

施特劳斯始终认为，基尔克果"极富睿智"（同上，第327页）。差不多20年后，他在给洛维特的信中还说："基尔克果既在哲学上也在神学上堪称最伟大的思想家"（同上，第360页）。按照施特劳斯对哲学与神学相互关系的看法，这话的意思至少意味着，基尔克果从来不去搞什么"哲学的神学"或"神学的哲学"，而是各搞各的。

施特劳斯欣赏基尔克果，不等于他赞同基尔克果克服虚无主义的方式。

为什么不赞同？

---

① 参见施特劳斯等，《回归古典政治哲学》，朱雁冰、何鸿藻译，北京：华夏出版社，2006，第107－109页，亦参第125页。

海德格尔起初也欣赏基尔克果克服虚无主义的方式，但他后来（用施特劳斯的话来说）"从基尔克果向尼采急转弯"——施特劳斯觉得，这种"转弯"倒是对自己的路子（同上，第349页）。可是，施特劳斯为什么不沿着海德格尔的路向走下去呢？换言之，施特劳斯拒绝海德格尔的思想路向出于什么思想上的理由？

我以为，施特劳斯自己的著作已经把这一理由讲得很透彻了。施特劳斯欣赏基尔克果，除了因为他坚守启示神学的立场、拒绝哲学式的神学，还因为他的小说似的写作方式。施特劳斯在好些地方一再说到过，以写小说或戏剧（对话是其变体）的方式来表达哲学是古典哲人的一种传统，如此写作方式绝非搞着好玩儿，而是自有其古义弘深的理由。不幸的是，在康德哲学影响下，这种写作方式几乎被遗忘了——这意味着，古典哲学中的那个与哲人性命攸关的理由被遗弃了。

如此看来，《或此或彼》这部作品的思想史意义实在不可小觑——仅仅谋篇布局、作者身位以及文体的移步换影，就已经让我们伤透脑筋。毫无疑问，如果有后人踏实的笺注，我们读起这部作品来会比较有所收获——否则只会一头雾水，再不然就是截取其中的片断搞"曾经男人的三少女"一类来破碎大道。可是，话说回来，要给这样的作品做笺注，谈何容易！

与丹麦的学人一谈起基尔克果，他多半会对你说：这个名字的原文是教堂［kierke］与墓地［gaard］的复合词（哥本哈根大学汉学系的一位教授还对我说："基尔克果"这个中文译名更切合丹麦原文的发音）。于是乎，基尔克果这个人的在世命运便与基督教的历史运程维系在一起。无论就个人还是时代的处境而言，思想者持有何种个人信念是一回事情，思想史难题的解决是另一回事情——施特劳斯一生中多次私下和公开称赞高举启示神学大旗的卡尔·巴特，在私信中还拿他来贬抑海德格尔其人（见《回归古典政治哲学》，前揭，第123页）。如果说基尔克果的名字喻指 kierke 与 gaard 的某种关联，那么，他的问题恐怕恰恰在于未将基督教与前基督教的古代划分开来，从而使得古今之争蔽而未明。倘若如此，我们又当如何理解基尔克果从一开始就关注"苏格拉底问题"（参见《佯谬的概念》和《哲学片断》）呢？

说到底，要真正把《或此或彼》读透彻，看来还得拿他的另一部大著《最后的非学术性附言》来对勘。

2006年　广州

六译圣人赞

据说,列文森是少见的有形而上学素质的西方汉学家,外加随身的犹太文化背景,其见识因此格外不同凡响。在其被誉为"天才"之作的《儒教中国及其现代命运》中,列文森将清末民初的大儒廖平(1852—1932)看作儒学"已经失去了伟大意义"的"一个无足轻重的例子",一生"一事无成",著作充满了儒家传统令人厌恶的"空言",其历史意义仅在于代表儒学宣告退出了"历史舞台"。列文森还说,廖平思想"稀奇古怪",恰恰证明他的生活太"平庸",没有与现实政治保持生机勃勃的联系。就算康有为抄袭了廖平,仍然比廖平了不起,因为康有为将廖平的抑古尊今思想转变成了现实的政治改革行动,为儒学提供了"最后一次服务于近代中国政治的机会"——廖平"度过了平庸的一生",而康有为却"差点因吸收了廖平的观点而丧生"。

如果按照这位思想史家评价某种形而上学是否了不起的尺度,罗森茨威格、拜克、索勒姆、列维纳斯等现代犹太教思想大师都"平庸一生",其历史意义不过在于他们代表犹太教思想彻底退出了"历史舞台",因为他们的思想同样没有转变成任何现实的政治改革行动。至于本雅明那样的犹太"形而上学"家竟然畏惧现实政治到了干脆自己了断的地步,其思想当然就更是"稀奇古怪"的"空言"无疑了。海德格尔参与了十个月的纳粹政治,其动机可能与康子的"维新"没有什么实质差别,他的形而上学是否因此才非"空言"呢?可是,这位二十世纪公认的泰西头号形而上学家说,要求形而上学为革命做准备,实在滑天下之大稽,就像说"木工刨床不能载人上天,所以应当丢弃它"(《形而上学导论》)。列文森的所谓"天才"之作不过杂感随笔而已,人说其有什么了不起的洞见,很可能是谣言。

说廖平思想"稀奇古怪",倒不是列文森开的头,这话出自上朝国学大师。章太炎在廖平墓志铭中赞其"于古、近经说无不窥""学有根柢",同时又责其说有"绝恢怪者"。自此以后,业界论者在评说廖平时,无不沿袭太炎腔调,侈言廖平一生思想六变,越变越妄诞:什么"其学非考据,非义理,非汉非宋,近于逞臆,终于说怪,使读者迷惘不得其要领";①什么"东拉西扯,凭臆妄断,拉杂失伦,有如梦呓"云云。②甚至说廖平代表儒学宣告退出"历史舞台",也并非列文森独有的杂感,而是当今为廖平著书立说的国朝经学史家的说法——廖平证明了经学终结的"必然性"云云。

列文森以"现实历史效用"妄说廖平当属凡夫谈圣人,自绝于士林。但对自上朝到国朝的经史家们的评断,就不能这么说了,诸论无不有"家法"——古文家的"家法":训诂、明物考辨到家,就是绝活,否则就是"恢怪"之论。于是,经史家们盛赞廖子平分今古,《今古学考》为"不刊之作"(俞樾);"贯彻汉师经例……魏晋以来未之有也"(刘师培)。

---

① 钱穆,《中国近三百年学术史》,北京:商务印书馆,1997,第724页。
② 钱玄同,《重论经今古文学问题》,北京:中华书局,1959,第383页。

到国朝学界,这"家法"大为扩充:什么"科学性""历史潮流""合符理性",不一而足。在这些现代的新古文家"家法"看来,廖子二变以来的论著,都是没有"科学性"的妄言,必然为"历史潮流"淘汰。

如此"家法"与廖子的形而上学有何相干?泰西的"科学性""历史潮流""实证理性"比我华夏王土厉害不知几何,未见把海德格尔的形而上学逼死,怎么就可以逼死廖子的天学?

幸好廖子精通乾嘉功夫,不然考据家总会有把柄,必讥其不通绝活还自标高超。廖子了不起,他用乾嘉功夫做出绝活后,马上将这绝活判为生盲:

> 国朝经学,喜言声音训诂,增华踵事,门户一新,固非宋明所及。然微言大义,犹尝未闻,嘉道诸君,虽云通博,观其共撰述,多近骨董,喜新好僻,凌割《六经》,寸度铢量,自矜渊博,其实门内之观,固犹未启也。(《经话》甲编卷一,4)

六经中有微言,这不是训诂、明物考辨到家就可以得到的,"知圣"才是搞通六经的真正起点。

为什么事经学要"知圣"?哲学是圣人之事,经学乃哲学,因此要"知圣"。"哲学名词,大约与史文事实相反。惟孔子空言垂教,以俟知天,全属思想,并无成事,乃克副此名词"(《孔经哲学发微》凡例1)。"哲学"这个词中国古代无之,系从东狄引进。上朝学界为此发生过中国究竟有无"哲学"的论争,而廖子在1913年由中华书局刊行的《孔经哲学发微》中已经铮铮有言:中国传统经学就是哲学。

经学是史学,"六经皆史"乃先儒不移之论,何以说经学是哲学?

后汉以降,将经学还原成史学,渐成中国学术主流,以至于国朝有史学大师说,章实斋堪称中国两千年来唯一的历史哲学家,可与什么柯灵乌(R. G. Collingwood)相比。如今,经学只能是经学史,否则必被视为"恢怪"之论。随着当今泰西人类学、社会学日新月异,经学史不仅成了社会文化史的一种,还经为史也成了"思想进步"。对廖子思想越变越怪的评断,就体现了如此源远流长的还经为史的史家之见和现代的"进步思想"。

廖子了不起,他敢踏谑(我巴人方言)以史学取代或冒充哲学:以经为史者,"以蛙见说孔圣,犹戴天不知天之高,履地不知地之厚"。自近代科学兴盛以来,历史科学和历史意识"还经为史"在西方同样气势汹涌,有西式乾嘉功夫(古典语文学)的尼采敢于诋毁史学,捍卫哲学:"史学的正义,即便它真正地并且在纯粹的意向中得到实施,也是一种可怕的德性,因为它总是销蚀活生生的东西,并使之衰亡,史学的裁判永远都是毁灭"(《史学对人生的利弊》,7,李秋零译文)。尼采可以为了哲学诋毁历史学,廖子为什么就不可以?

"六经皆史"之说,市虎杯蛇,群入迷雾。外人推测进化公理,尚疑《尚书》夸饰;且谓黄帝以来,疆域广博,至姬周,而内地多夷狄,楚则缺舌,吴乃文身,嗤笑中国人退化如此。"入吾室,操吾戈",中国学者何以御之哉!诚知《尚书》之尧舜,非唐虞之真尧舜,则表里贯彻,可以说经、可以论史、可以博古、可以通今,而才智明达。(《五变记笺述》卷上)

何等富有远见!如今,"入吾室,操吾戈"者,已经不是洋人，而是国朝人文学者携种种西洋人类学、社会学兵器"同室操戈"。"六经皆史"说阉割了中国哲学智慧的血脉，以至于如今在经学领域竟然要以哲学为耻了。廖子敢冒后汉以来学术之大不韪，坚定地要经史分家——"六艺为旧史，六经为新作"，实为拯救中国哲学智慧之壮举。孔子删定六经是哲人之举，而非"如今之评文选诗"，更非如史家之整理旧史。纬书早就被古文家的历史法官判为变乱经义的"怪异之论"，廖子却视纬书为中国哲学之皮藏：

《纬》中所言解经之人，明为传解先师之言，何与于史而裁之？若以为史无所不言，则又何所区别乎？（《经话》乙编 4）

王国维被形而上学可信与可爱的矛盾搞得头痛，离弃哲学搞考据；廖子因嘉道之学未闻微言，离弃考据成就哲学——在国朝学界，王国维被尊为士林圣人，廖平几乎被忘掉了，中国哲学智慧日益晦暗，有什么奇怪？

未免夸张罢？宋儒离传解经，别立四书为经，直奔性理形而上学，不是光大了中国哲学智慧？二十世纪的新儒家大师们，谁不是接着宋儒往下说，而且据说把康德、海德格尔的形而上学也收拾了？

幸好廖子是读宋五子书长大的，不然新儒家也有把柄，必讥其不谙性理之道竟然自标孔孟传人。

廖子自述，"畜年研求宋学，渐而开悟，有如伯玉知非，深识知行颠倒"（《四变记》）。这"知行颠倒"四字非同小可，首先，它说明了廖子思想第四变的理由：为什么要提出"天学"。

《论语》云："未能事人，焉能事鬼"；"未知生，焉知死"。儒者引以为孔子不言鬼神之证,不知为学次第,不可躐等而进。未知生,不可遽言死;未事人,不可遽言鬼。若由今推数千年,自"天人之学"明,儒先所称诡怪不经之书,皆得其解。(《四变记》)

那些以为圣人"六合之外存而不论"的人可能搞错了,他们不晓得孔子哲学是分段数的,对不同的人要讲不同的学。"天学"是孔子最隐深的微言,古文家将今文学判为"怪异之论",就是不懂孔子还有"六合之外"的微言。

宋儒大谈天和性,不就在揭示孔子的天学微言吗?的确。然而:

诚意即《中庸》天学之"诚",诚中形外,即诚则形。故"慎独"与《中庸》首章同,不见不闻,即所谓独往独来。《中庸》:"诚者,天之道;诚之者,人之道"。以天人分,"至诚如神",则在天学之上等,为道家之真人矣。"诚意"由人企天,为天人之交。四等名词,各分等级。汉儒言《大学》,犹不失先儒本意。隋、唐以后,佛学大盛,知止以后之定静安虑,得与知至之诚意,皆属天学,我道家言,与佛学近,本为平治以后至人、神人、化人、真人之学说。宋人屡闻佛说,遂以天学移于修身之前,说玄说妙,谈性谈心,皆属颠倒。使孔学至治平而止,则有人无天,囿于六合以内。圣量不全,固已不可;以尧、舜病诸之境量,责之童蒙,众生颠倒。(《孔经哲学发微:贵本观》)

嘉道学士和宋儒都不谙四书五经的微言大义之分。汉学以为六经只有大义,根本没有什么微言,还仅是使孔子微言蔽而不明；宋儒"知行颠倒"，把微言当大义，搞出人人可以成圣人的教义，祸国殃民，罪过大得多。

事情得从孔子说起。廖子一生学问六变，但"尊经尊孔"一以贯之。经为六经，是孔子所作，"尊经尊孔"等于一回事。太炎责廖平学说中有"绝恢怪者"，指的就是"六经为孔子所作"之论。太炎不明廖子所谓"六经为孔子所作"的"作"根本不是史家意义上的，而是哲学意义上的。廖子论证"六经为孔子所作"，根本不是依据"史实"，而是依据初代"知圣"者的"素王"之说："作"乃素王之举。

何谓"素王"？"素王"即哲人。用柏拉图笔下的苏格拉底的说法：哲人是立法者，关心、追究什么是应该的生活和何为公义的秩序。哲人追求真理、有德性，为天下立法，哲人应该是现世的统治者；但哲人实际上不能成为真的统治者（原因多多，此不详究），因而只能制定天下法，以俟懂理的君王。如果 souverainete du peuple ［主权在民］而非 souverainete de l'intelligence（主权在智识——Donoso Cortes），生活秩序会是什么样？廖子从孔子"作"《春秋》推论孔子"作"六经，依据的正是孟子所说的"天子"行为。所谓"天子"行为，就是在没有正义之法、homo hominis lupus, bellum omnium contra omnes ［仁义充塞，则率兽食人，人将相食］的状态中为人世立法，使人民和国家生活重归良好的秩序。但孔子不是"天子"，他在"世衰道微、邪说暴行有作"的时代"作《春秋》"（《孟子·滕文公》下），就成了哲人—王。

的确有记载先王陈迹的旧史，但这不是孔子所作的六经。先王旧史早已不存，现存六经都是孔子所造。

《春秋》时，三皇五帝之典策尚多可考，其言多神怪不

经,与经相岐,实事实也。孔子翻经,增减制度,变易事实,撙其不善而着其善。(《知圣篇》11)

但孔子不是自己说"述而不作"吗?孔子自己的话还不可信?

这是史家以为最有力的反驳。然而,夫子道:"可与言,而不与之言,失人。不可与言而与之言,失言。知者不失人,亦不失言"(《论语·卫灵公》)。夫子并非什么话都对弟子直说,而是看人说话,甚至隐瞒自己的所为。后汉以来古文家们还经为史,都是不懂夫子也有难言之隐:

"天生"之语,既不可以告涂人,故须托于先王,以取征信。而精微之言一绝,则授受无宗旨,异端蜂起,无所折衷。如东汉以来,以六经归之周史,其说孤行千余年。今之人才学术,其去孔子之意,奚啻霄壤?(《知圣篇》4)

孔子所谓"不作",是对不适于听的人说的,因此,"不作"的隐义是"作"。为什么孔子要隐瞒自己作六经?"春秋所贬损大人,皆当世君臣有权威势力,其事实皆形于传,是以隐其书而不宣,所以免时难也"(《汉书·艺文志》)。见之行事,而又褒讳贬损,将招致政治迫害。孔子是哲人,"既明且哲,以保其身",因此,"孔子为素王,知命制作,翻定六经,皆微言也"(《知圣篇》22)。

讲廖子哲学的当代经史学家,无不强调其经学六变。然而,六变是什么意思?廖子生性好变?非也!孔经中有微言,"知圣"必须"苦心经营",非一朝有得便为定论。廖子一生不懈地"知圣",所谓六变——实际只有二变(彰"素王"

说）和四变（分天人之学）最为关键——恰是"知圣"功夫的精进：孔子哲学有两重微言，关于现世政治统治的一王大法（人学）和与天为一的真人教义（天学）。二变以后的"变"，并没有把"素王说""六经为孔子所作"等基本立场变掉。甚至一变以制度平分今古，也为二变的"素王说"奠定了基础。廖子不仅在学问上回到前汉，而且在心路上回到微言，六变不过是这一"知圣"途中的六进。

为什么廖子在确立"素王说"以后要分天学、人学？圣人（哲人）不仅行天子之事，而且性情上追求极高。廖子发现，孔子不仅隐瞒行天子之事，也隐瞒性与天道的教义。为什么呢？人民的生活需要的是知礼，而不是知天，要人人知天——人人成哲人（圣人），不仅不可能，也是危险的。对于人民来说，知生的意义重于知死的意义。孔子"天学"在《中庸》，前汉之儒还懂得隐微其中的性理之学，宋儒自标高超，离传解经，正是俗儒僭为哲人：

> 俗儒每以自为圣贤，须知户户道学，家家禅寂，天下正自弥乱耳。……沙门无人敢学佛，秀才皆自命为真孔。盖由直以村学究为孔。《庄子》曰："大而无当"。似此恒河沙数之孔子，所以酿灭国灭种之劫运也。（《孔经哲学发微》凡例 9 - 10）

的确，廖子"说孔子改制的精髓，重在制度，而不言人民有自立自主之权"（李耀先：《〈廖平选集〉序》），而康子竟然敢说孔子"托尧舜以行民主之太平"。历来对廖子的种种指责，有一种说法没有错：廖子思想很封建。可是，哲学本质上就是"封建的"，民主是哲学的天敌。民主时代来临之时，就是哲学死亡之时（罗蒂说得客气："民主先于哲学"）。当今俗儒少有不想拥抱民主制度的——包括以传公羊学自居的假"圣人"，殊不知恰恰根本背离孔子智慧。为了哲学，廖子重启经学开端，何以说经学终结了？

列文森所讥的"空言"，不仅是孔子，也是苏格拉底—柏拉图等圣人托之空言的智识传统。廖子"明两千年不传之学，义据通深，度越一世，香象渡河，众流截断"（蒙文通语），其历史意义又岂仅在以礼制"判析今古门户"？毋宁说，在民主时代来临之时，廖子深切感到，更有必要保守"空言"之学。

哲学按其本质，只能是而且必须是一种从思的角度来敞开确立尺度和品位的知的渠道和视野，一个民族就是在这种知并从这种知中体会出自己在历史的精神世界中的此在，并完成其此在。（海德格尔：《形而上学导论》，熊伟、王庆节译文）

诸多经史家所讥"越变越谬"的廖子天人之学表明了经学的终结？难道天人之学不可能是重新确立经学尺度和品位的思的开启——孔子不过是这尺度和品位的象征。

仅仅纠缠于廖子尊孔论的表面含义，追究其孔子形象究竟是否历史上的真孔子，也许就根本搞错了廖子的意图。廖子的孔子既非历史的孔子，亦非信仰的孔子，而是哲人（圣人—素王）的象征或者"傀儡"。

《尚书》托古垂法，以尧舜为傀儡。宰我曰："夫子远贤尧舜"，正谓《书》之尧舜，政治文明，非若蛇龙同居之景象也。后儒不信及门亲炙之评，而从枝叶之絮论，乖离道本，徒逞机辩，违心自是，甚无谓也！……纬说："圣人不空生，生

必有制,由心作则,挦起鸿谟"。经异于史,尚何疑义之有!(《五变记笺述》卷上)

"圣人不空生",因此经学的要务首在"知"圣人(哲人)之心,圣人之心在六经。廖子自比一生学术为翻译六经,六译即比六变。翻译有两种,横译和竖译(paraphrase)。不同语言之间的翻译是横译:

笺注之兴,起于汉代,周秦以上通用翻译,凡在古语都译今言,改写原文,不别记识,意同于笺注,事等之译通,上而典章,下而医卜,莫不同然。……史公本用今学,而所录《尚书》,文多易字,或以为以注改经,不知此古者翻译之踪迹,改写之模准也。(《经话》甲编卷一29)

翻译微言是竖译,廖子合称两种翻译为春秋义例:"《春秋》有翻译之例,所以别中外,更所以存王法"(《何氏公羊春秋续十论》翻译论)。廖子一再说"孔子翻定六经",而他自比其经学为翻译,当然就是效法圣人了。

既然经学已经脱离史学,解经不就可能成了"六经注我"的妄说?

那倒不一定。"经异于史"指的是拒绝以史裁经的史学原则,而非拒绝史学的训诂明物功夫。史学自古就有两种做法:"晋之乘,楚之梼杌"或者孔子"作"《春秋》。孔子的"作"史就是"造"经,司马谈"意在斯乎,意在斯乎!小子何敢让焉?"得其旨。司马迁《史记》岂是古文家意义上的史学,分明与修昔底德的史学一样,乃地道的经学。"知圣"必须知史,经学是一种解经学,不仅要了解经中话是对谁说的、为什么说，还得知道说者的政治境况。宋儒解经之所以为妄说，就因为依己意（有如加达默尔所谓"正当偏见"）侈谈性理。

"诚""正"，薄弃诡谲，既与圣评相反，又不识"九合""一匡"褒贬霸功之意。伸引孟说而违悖孔心，逐末忘本，是殆未谙孔孟时局也。……宋儒昧于时势，不解圣贤救世之苦心，徒以内圣外王概尼山、邹峄之学术。不揣时以立言，安能通经以致用？（《五变记笺述》卷上）

"六经注我"抑或"我注六经"其实没有什么分别，关键在于这"我"是什么头脑：是否有审慎的"知圣"之心。廖子对儒家哲学有民族担当，却极赏西人心智，以至于要习经学者向西人牙医学习：

西人补牙，穷极巧妙。夫取金石与骨肉相联，既为地无多，又须有言、食，苟非亲见，亦必斥为荒唐。乃积思细审，卒使联合有如生成。夫血气之事犹且如此，何况经学？苟用心能如西人，则何为不成？（《经话》甲编卷一 21）

真正的哲人不是应该自立门户，创建自己的思想体系吗？老说别人的东西，算什么大哲人？去年我在北京某大学给研究生班讲施特劳斯，有位政治学教授问：按你的讲法，施特劳斯不过西方的解经家，没有《正义论》《谁之正义？何种合理性？》一类响当当的大著，算大哲人吗？对这样的问题，我只能佯笑。海德格尔算是二十世纪最了不起的形而上学家，除了施特劳斯，有谁像他那样悉心解经？海德格尔的解经，不断遭到西方的史学家攻击，说他不依考据——然而，海德格尔并非史学家，何以非用考据来裁断其解经？

考据空理，久锢聪明，齐东野语，尤为狂肆，若徒庄言，必遭按剑。故托之恢诡，自比荒唐，离而复合，其亦牛鼎之义乎？（《孔经哲学发微》凡例13）

"两千年不传之学"，舍廖平何以得明？廖子世前亲自编订的"六译馆丛书"，竟然被当时的中华书局以"卷帙太重谢之"。当今士林高人编辑清末至民国大师的大型丛书名目繁多，没有一种为廖平单立门户。幸而我蜀中之士还记得他，得《廖平选集》两卷（巴蜀书社，1998），尽管欠缺种种，聊胜于无。

《孔经哲学发微》绪言结尾说："予圣自封，惜未能译为西文，求证大哲"。廖子把自己看作哲人，希望与泰西哲人交流，这就不那么地道了。哲人从来就少得很，搞哲学的人多（泰西同样如此），找不到人交流，太自然不过。尼采真大哲也，他说，能懂其书的人，要么已经死光，要么还没生出来，"我怎么可以把自己混同于那些在今天已经找到知音的人？"（《敌基督》序言）

廖子急于找到同时代的知音，恐怕是他唯一不那么圣人之处。

2000年5月　深圳

随时准备从头开始

沃格林（1901—1984）出生在德国古城科隆，上小学时随家迁居奥地利，长大后就读于维也纳大学。虽然攻读的是政治学博士，沃格林喜欢的却是法学，真正师从的老师是自由主义法学大师凯尔森教授，心目中的偶像则是自由主义思想泰斗韦伯。不过，尽管沃格林后来荣幸地成了凯尔森的助教，却不像一般的自由主义学人那么不开窍。

念博士时，沃格林就显得才华横溢，比施特劳斯早十年拿到洛克菲勒奖学金，到美国走了一圈，回国后即着手教授资格论文。纳粹掌控奥地利，阻断了身为犹太人的沃格林在德语学界的学术前程。1938年，沃格林流亡美国，次年便与一家出版公司签约，为大学生撰写一部相当于《西方政治思想史》的简明教科书——于是，沃格林便着手撰写《政治观念史》。出版社和沃格林本人都没想到，本来约好写两百来页的"简史"，沃格林却下笔千页，还觉得没把西方政治思想史的要事说清楚。

由于外在和内在原因，《政治观念史》终于没有正式完成，变成了一堆"史稿"，如今英文版编者将这些"史稿"整理编辑出版时仍然感到不安：沃格林生前毕竟废置了这部"史稿"。

废置"史稿"的外在原因并非仅仅是"卷帙过大"，远远超出"两百页"的预定规划，还因为沃格林的写法不合"学术规范"。不合什么规范?当时(现在同样如此)的"学术规范"是:凡学问要讲究学科划分——哲学史、文学史、宗教史、史学史、政治思想史、经济思想史得分门别类地写。沃格林的"史稿"打破这种现代式的学术规范,哲学、文学、史学、宗教、政治、经济一锅煮……让如今的大学教授如何找到自己的专业?仅就这一点来说,整理编辑出版这部"史稿",对西方学界已经意义重大,对我们来说同样如此。翻检一下近百年来我国学界翻译出版的西方"史书"便不难发现,各色哲学史书翻译得最多,相比之下,西方文学史方面的书就翻译得少得多,史学史、宗教史更等而下之。如此哲学偏好使得我们的大学不断培养出哲学迷狂。然而,仅仅从形而上学史来看待西方思想史,文学、史学、宗教要著被排除在外,我们得到的不过是一个畸形的西方思想史形象。

沃格林觉得,即便要写大学生教科书,也应该带着自己的问题意识来写。《政治观念史》的问题意识是:西方的现代性已经走到如此可怕的穷途,但现代性究竟是怎么回事,又是怎么来的?废置"史稿"的内在原因在于,沃格林以思想史的方式来展开自己对现代性的探问时思想发生了转变,下决心推倒已经成形的"观念史",从头来过。起初,沃格林力图搞清楚西方各历史阶段的主导性观念与生活实在之间的关系,在写作过程中他发现,"象征"——而非"观念"——与生活实在的关系才更为根本。

沃格林重起炉灶,把"史稿"中的材料大量用于后来成为其标志性著作的多卷本《秩序与历史》以及其他重要文集——如今我们看到《政治观念史稿》从"希腊化时期"开始,不免感到奇怪,其实,此前的材料都变成了《秩序与历史》的前三卷。由此看来,要追溯沃格林究竟如何探究现代性危机的来龙去脉，这部残存的"史稿"仍然具有相当的文献价值。

重新认识西方大传统是我国学界和大学教育的世纪性根本课题之一，且迫在眉睫。提出"重新认识西方大传统"，让国朝学界好些少壮学人无名火起：凭什么你才知道真正的西方传统，我们知道的就不是！的确，要让自己把从前学的那套思想观念谱系置换掉，谁也不舒服。然而，出生于自由主义思想之家的沃格林的"史稿"不同样（且首先）在冲击西方学界近两百年来的启蒙传统观念？——施特劳斯说得好：思想者的真诚首先在于，随时准备推翻自己的定见从头开始！

如果中国学人已经打算在西方现代性思想中安家并与某个现代或后现代"大师"联姻生育后代，我们就得随时准备从头开始认识西方传统。就此而言，沃格林的《政治观念史稿》将是我们可能会有的无数次从头开始的诸多契机之一，毕竟，这部被废置的近两千页"史稿"本身，就是沃格林亲身从头开始的见证。

2007 年 7 月　广州

雪泥鸿爪

"文化"基督徒现象的社会学评注

一

自本世纪中叶以来，基督教的合法传言活动在大陆实际已经中断，无神论意识形态取得了实质性的社会法权，以至于基督教的信仰和社会生活只会引起人们的政治警觉意识。然而，近十年来，社会层面对基督教的政治警觉意识至少在城市区域明显减弱，基督教的认信在已成为社会基础意识的无神论语境中自发蔓生。尤为引人注目的是文化知识界中出现了宗教意向和对基督信仰的兴趣。这一精神意识之趋向在文学、艺术、哲学和人文科学领域中，尽管实际上不仅丝毫不具普遍性，而且显得脆弱孤单，但确有增长趋势，以至于某些教会权威人士声称，基督教将在教会之外得到更大的发展。

教会权威人士将这些具有基督认信趋向的文人学者称为"文化基督徒"。按照这一命名，是否也意指大陆将会出现一种"文化的"基督教形式呢？

神学家们若仅用信仰意识危机来解释这一现象，或对这种实际上仍然相当微弱的"基督教热"过于乐观，就会使问题简单化。如果说已有"文化基督徒"的出现，或者将会出现一种"文化基督教"形式，这只表明汉语神学已面临着一些新的神学课题。例如：所谓"文化基督教"的含义及神学性质是什么？它在汉语基督神学发展史中的未来含义是什么？"文化基督徒"作为一种教会外的基督认信形式与教会的关系如何？以及从整个汉语文化的未来发展来看，"文化基督徒"的角色是什么？

二

严格来讲，国朝文化界并不存在一种所谓的"文化基督教"。事实上仅可以说，在知识界中，基督信仰和神学已成为知识分子的重要关注对象之一（而非唯一）。与此相关，某些知识分子（文人学者）至少已采纳了某种基督教的思想立场——必得承认，在基督教中并非只有一种统一的神学思想立场。因而，那些已采纳了某种基督神学立场的知识分子将会发展出一种什么样态的神学，乃是一项有意义的神学课题。此外，这些知识分子采纳的是哪一种神学思想立场，与西方众多神学定向中的哪一种定向有亲和性，亦是一项引人注目的知识社会学课题。

教会权威人士称这些采纳了某种基督神学思想立场的知识分子为"文化基督徒"，其含义似乎是指，他们并非真正的基督徒，只是把基督教作为一种文化思想来接受并为之辩护，或从事着一种基督教文化研究而已。

这一命名之意指带有相当的含混性：首先，如果有人仅只把基督认信作为一种文化思想来采纳，尚不能称有"基督徒"之名。"基督徒"之存在必植根于信仰——对耶稣基督和其父上帝的信仰、对基督死而复活的信仰，具有信仰的重生经验，并在行为上以耶稣基督的圣训为个人生活的品质。实际上，在那些采纳了某种基督神学思想的中国知识人中，仅有极少一部分具有这种信仰的重生经验。

另一方面，即使是那些已获得基督信仰之认信的知识人，由于其存在形式与大教会或小教会（小教派或家庭教会）都不发生关系（这既有政治处境的原因，也有大小教会本身之存在方式的处境约束的原因），甚至由于连最基本的团契生活也没有（这又有政治和地域上的原因），这些知识人的"基督性"身份就显得极不明朗。也许我们不得不区分"基督徒"与"基督教徒"的名分，甚至也可以在早期基督教史中找到"基督徒"而非"教徒"的认信形式，然而，在今天来看，那些在教会组织之外，更与教会之宗派形式无关的认信基督的人，能被教会认可为基督徒吗？

这一问题并非无关紧要。随着我们的社会文化语境逐渐多元化，将会有更多的知识人认识基督。于是，可能会有更多教会外的"文化基督徒"，以至于将出现一种"文化的"基督思想形式。对这一现象要作出神学解释，恐怕并不容易被建制教会接受——不妨想想朋霍费尔（D. Bonhoeffer）的一些神学主张所引致的争议。

"文化"一词的含义同样易于引起误解。如果要恰当地理解或解释所谓"文化"基督徒或"文化"基督思想，就必须注意"文化"一词在我们的意识形态语境中所具有的曲折含义。只有从中国特定的意识形态话语背景出发，才能充分理解"文化"一词的实际用法。

三

汉语基督教的发展，一直与西方传教活动有关，以至于基督教在中国一直被视为外来宗教，导致至今没有了结的中国文化观念与基督教思想之争。这一历史原因使得基督性与人性之生存论关系在汉语神学思想中一直蔽而不明。

不过，"文化基督徒"现象与西方传教活动无关，甚至也与本土教会的宣教活动——它当然受到实质性的限制——无关。这一现象在知识社会学上的意义引人注目。至少可以提到如下一些知识社会学问题。

首先，中国文化与基督教之关系，必须从新的视域来考虑。民族文化论问题事实上已转换为生存在体论问题。汉语文化与基督教之关系不再是一个中西文化之对话问题，而是一个生存在体论上的对话问题。汉语基督思想之发展，由外传转化为内部的自生，不仅将改变整个汉语文化与基督思想的传统关系，也将改变发展着的汉语文化本身，汉语基督神学亦应具有新的视域。

由于"文化基督徒"现象是在我们基本上不存在宣教活动的背景上发生的，"五四"时期由中国某些教会人士提出的"三自"纲领便失去了时代的恰切性。我们的教会神学面临着另一方面的挑战：它将会有什么新的样态呢？与此相关，由于这一现象与西方传教活动无关，"五四"时期提出的，且至今仍在讨论的所谓本色化神学主张，也因此丧失了时代的恰切性，"文化基督徒"现象明显不是汉语文化的基督教现象，而是基督性的汉语文化现象。至于国家的教会、民族化的基督教之类的主张，不管从历史——纳粹时期的"德意志基督教"——还是从现实来看，都值得引起神学家们的警觉。

基督教的传统分裂——尤其 Hans Küng 所谓的"古典冲突"——本与中国无关。然而，传教士们（尤其是新教）把教会的宗派形式带到中国，以至于基督教在汉语境中的发展倍受损害。例如，在西方，无论天主教还是新教，God 之名只有一个，在中国却出现了两个 God 之名（天主和上帝）——以致三个 God 之名（外加一个"神"）。"文化基督徒"现象之出现，至少在神学定向上是普世性的，从而与本世纪的普世趋向自然吻合。

四

特洛尔奇（Ernst Troeltsch）指出，基督教的存在形式自始有三种：大教会 [Kirche]、小教派 [Sekte] 和神秘派 [Mystik]。大教会往往自认是此世的上帝之国和救恩机构，表现出主动适应此世的态度，要成为大众的教会，并一再表现出与国家权力相谐调的趋向；小教派是以注重"重生"经验为基础的信徒小团体，看重律法轻视恩典，有强烈的脱离此世的愿望，其信徒成员多为下层阶层，坚拒基督教的文化形态，故小教派根本没有任何神学可言，而且排外性很重；神秘派虽然也注重个人的属灵经验，却趋向于个体宗教的存在形式，有削弱建制教会形式的趋向，即使神秘派也有以个体为基础的团契，也不存在恒久和固定的建制形式，并把宗教虔敬感作为文化活动的创造性动力，注重基督宗教的文化形态和人文科学的、反省性的神学，神秘派一般属于知识人阶层。

如果用特洛尔奇的这一界定来分析当今我们的基督教诸形态，也许富有激发性。我无意去为特洛尔奇的基督教社会理论作论证，而是把它作为一种宗教社会理论的分析图式，有效地描述当今我们的基督教诸存在形式的特点。

"三自"组织或爱国会可视为当今我们的"大教会"，它们对社会、国家及民族的态度，以及与国家权力谐调的趋向，都表明其身份特征；家庭教会——尤其新教的家庭教会以及历史上形成的小教派，不管在形态和实质上，都表现为小教派的形式——天主教的家庭教会也许是例外，值得做个案分析；而日渐形成的"文化基督徒"，则在形态和实质上趋向于神秘派形式，如果在 Troeltsch 的用法上来理解"神秘派"这个词，而不是将它与中古世纪欧洲神秘派或当今的所谓"灵恩派"相连的话。有三个要点值得强调：1. 明显的个体宗教形式；2. 注重基督教之文化性和文化之基督性言述，在文化知识阶层拓展；3. 自发地趋向学术的、反思性的神学。

当今我们的"大教会"多少有保留地承认"神秘派"，而"小教派"则对"神秘派"基本持否定态度，"神秘派"们也视"小教派"之信仰形式为"不可理解"——有位文人曾告诉我，他参加家庭教会后不久，终于不能忍受在他看来有过多民间宗教成分的信仰形式，便偷了一本圣经后脱离教会。

汉语基督教至今在基本神学或系统神学方面极为贫乏，百年来如此。倘若真的出现"文化基督徒"，将在人文科学的、反思性的神学定向上推进基本—系统神学以及基督文化研究在汉语域中的建立。这至少可以在形式上补全汉语基督教的形态。基督教中的 Troeltsch 意义上的三种存在形式之间的相互排斥，是不恰当的。无论从神学还是从社会学来讲，三种形式之间的自由和睦关系都是可以论证的，尽管相互批评亦为必要。

五

莫尔特曼（J. Moltmann）在谈到自己的神学构想时说，他的认信最初不是由圣经和教义问答手册唤醒的，因此，他感到自己必须在神学中发现对他自己来说是全新的一切。对于我们的"文化基督徒"，这种经验并不陌生。如果随着"神秘派"的形成而出现一种人文科学的、反思性神学，其样态必然会与传统的教会神学有所不同。

什么叫做"在神学中发现对他自己来说是全新的一切"？莫尔特曼的意思指，神学问题是从自身时代的存在处境中产生的，而不是从过去的神学思想体系和结论中产生的。同样，汉语"神秘派"神学也从自身的存在处境中得到自己的神学问题。

这种神学之形成，其神学处境至少有两个维度：一方面是与无神论意识形态之关系，另一方面是与教会神学之关系。这两方面都带有独特的处境性。

在"五四"时期，基督思想与无神论的各种人文和科学世界观发生过激烈争辩。这场争辩后来被中断，无神论的，但同时也是一种准宗教性和带有信仰性质的意识形态话语，是"文化基督徒"首要的神学处境。这绝非是有神论与无神论之间的对话问题，一个引人注目的现象充分说明了这一点：基督思想在当代文化界中初露端倪，最为强烈的不容忍反应首先不是来自国家意识形态，而是来自同样受到意识形态限制的人本主义的马克思主义派——信仰论的意识形态批判和意识形态的信仰论批判是文化神学的首要课题。

从教会神学方面来看，极端的自由主义和极端的基要主义过去是、迄今仍是神学的另一维度的基本处境。一方面，极端自由派（吴耀宗）使得基督信仰靠近历史理性主义信仰，另一方面，极端基要派（王明道、倪柝声）又从另一极端使基督信仰成了过于排斥性的律法宗教。前者的局限在于，基督信仰与无神论的准宗教的意识形态趋同，后者的局限在于，丧失了基督信仰的挚爱优先性和普济性。因此，对基督教社会主义思想的神学批判和拓展神学的社会批判定向是汉语基督神学的重要课题。

汉语基督思想尚只有教会神学形态，缺乏一种人文科学性的、反思性的神学形态，这对基督文化在汉语境中的发展极为不利，尤其当考虑到无神论信仰是历史的和现实的基本处境，情形更为明朗。其结果不外是：基督信仰要不是在现实的社会处境和文化处境中被其他世界观或信仰论化解，便是以圣俗之分为界，使基督信仰处于与世隔绝状态，被迫画地为牢。

当今我们的基督"神秘主义"萌生于无神论的存在处境，植根于这一处境，并要仍然置身于这一处境，在这一处境中伸展，而非"入圣超凡"，进入意识形态为教会构筑的围墙。

如果它要发展一种处境神学，那么，其样态亦非独创独有，而是在诸多方面与欧美神学之现当代定向相关联，这是因为，从现代性语境来看，基本思想处境在生存本体论上是相同的。因而，处境神学同样应是：

批判的神学，这种批判是双向的批判：既（向外）指向各种现代人本意识形态和信仰，也（向内）指向神学和教会本身；既是一种社会批判和意识形态批判，也是一种神学和宗教的自我批判（Hans King, J. B. Metz），批判之标准来自基督的十字架，来自圣经中的上帝之言，被钉十字架的耶稣是神学的基础和批判（J. Moltmann）。

自由的神学，而非独断论的神学：神学在性质上是人与上帝、人与人的对话；神学话语是人言，不是圣言；在神学中没有人为的神圣权威或自封的正统，神学永远处于走向圣言的途中（Karl Barth）。

科学的神学，这不仅指神学与社会科学和其他人文科学的对话，更是指神学自身的人文科学化（T. F. Torrance, G. Ebeling, W. Pannenberg）。

生存释义论的和先验论的神学，神学应透入到生存论层次，走向圣言与此在的在体论关系的实事本身（zur Sachen selbst），突破汉语神学界至今还在纠缠的中西景观的二元对立，使汉语神学思想不是要立在文化民族主义景观之上，而是人与上帝的生存论关系之上（R. Bultmann, K. Rahner）。

言成肉身的神学，所谓"肉身"在此既是指生存的时代处境，也是指传统的发展着的民族文化本身；因而汉语基督神学既是处境化的，使基督精神在时代处境中成肉身的神学（D. Bonhoeffer），也是在文化中展开的神学：文化是肉身、是形式，上帝的话是灵魂、是实质，基督精神也展现为文化的形态（R. Guardini, H. U. von Balthasar, P. Tillich）。

汉语基督神学不是中国化的神学，而是在汉语的存在处境和语言中生成的基督神学——神学在本质上没有中西之分。

六

当把基督文化在中国的发展与历史上佛教在中国的发展加以比较，就某些方面来看，是富有意义的。

首先，基督思想经典著作之翻译与佛典的翻译，实不可同日而语，这是汉语基督文化发展中存在的重大问题之一。中国教会至今尚未重视系统的、全面的基督教历代经典翻译。唯一有过的一项系统翻译计划《基督教历代名著集成》，不仅依然残缺不全，现当代部分相当薄弱，而且翻译质量（尤其中文表达）亦颇有问题。即使如此，这一翻译计划最初仍主要是由西教士推动和主持的。如果汉语神学家们仍不注意基督教历代经典的系统翻译，基督文化在汉语境中的发展前景不会明朗——不妨看一看基督文化在韩国之发展及其基督教文献翻译之盛况。佛教传入中国后发展出多维度的中国佛教，既有民间大众化的不究佛理的净土宗，实践与佛理并举的禅宗，亦有偏重思辨学理的唯识宗，并形成各自的传统。相形之下，基督教在中国之发展，显得很不平衡。尤其值得注意的是，基督教在汉语境中的发展类似于净土宗的定向颇为显著，这种与民间宗教相结合的定向，倘若没有注重教义及理性化神学之文化神示为补偏因素，最终难以应付现代化社会之挑战。

汉语基督神学之历史尚浅，近十年出现的"文化基督徒"现象的意义在于：基督认信由外传转变为自发寻求——这将是汉语神学发展史上的一个转捩点。

1991 年　香港

"道"与"言"的神学和文化社会学评注

一

华夏文化的终极之词称"道",儒道两家皆然;基督文化的终极之词称"言","太初有言,言与上帝同在,言是上帝。"(约一:1)然而,"道"即是"言"吗?两者可以等同,可以通约吗?若果非也,实质性的差异何在?

二

自基督之言传入华土,迄今仍常被视为外来的异音——与民族性存在格格不入的异音。的确如此——然而,把基督之言与西方画等号,乃一根本误识。对任何民族性存在及其文化而言,基督之言原本都是外来的异音:犹太人否认耶稣是基督,不承认各各他的血是基督之言的明证;保罗初到雅典传讲基督之言,遭到希腊博学之士的讥讽和拒斥。

倘若使徒保罗是中国人,他会被斥为"生盲大夫"、民族的"不肖子孙",因为,这位犹太人竟否弃自己民族的传统理念,承纳"外来的"异音。

恰当地理解这"外来的"含义：它非从西方传来——从历史现象看来似乎如此，但这全然是偶然的表象——而是从这个世界之外传来。所谓"异音"乃指，它本不是出自这个世界，而是从世界之外，从神圣的他在发出的声音。"闻道不分先后"，同样，闻言不分先后。

希腊、罗马文化最先承纳基督之言，并跟随言一说，并非等于此原初之言是它们发出的。

犹太文化、希腊文化、罗马文化与华夏文化一样，是民族—地域性文化，各自均有其族类的理念谱系。基督文化根本就不是民族—地域性文化。因而，华夏文化与基督文化之关系不是两个民族—地域性文化之关系，正如犹太、希腊、罗马文化与基督文化之关系不是民族—地域性的关系，而是生存在体论的关系。圣言（基督）与华夏文化的关系仅在个体性的身位生成，不在总体性的民族理念。

三

希腊、罗马文化因承纳了基督之言并跟随言一说，遂逐渐呈现为一种基督文化之样式。某一民族文化可以凭其本有的语词传言基督之言，并在其文化的血肉之身中赞美或诅咒原初之言。但是，将基督文化与作为民族文化之犹太—希腊—罗马文化等同，并不恰当，尽管晚期希腊文化和罗马文化以致文艺复兴之后的欧洲各民族文化确曾有而且至今仍有一种基督文化之样式。不仅如此，将西欧的基督文化视为基督文化的唯一样式，也不恰当——例如，俄罗斯民族文化承纳基督之言后，亦形成独具特色的基督文化之样式。

任何民族性文化与基督文化之间都有一种张力关系,不唯华夏文化独然。从历史现象看,这种张力关系相当复杂。这不仅是说,民族存在与基督文化之间存在着承纳与拒斥的关系,也是指民族存在既可以展示基督之言,也可能歪曲、改篡基督之言。作为例证,可以提到历史上的民族宗教对基督之言的变相,欧洲历史上以捍卫基督教为理由的民族战争,哲学思想史上希腊理念与基督之言的复杂关系,以及近代殖民主义与基督教传教事业在某些时候的互相利用。

卡尔·巴特看到,基督之身中的上帝之言乃是对所有宗教(包括基督教)的扬弃和批判,上帝之言显明了所有宗教的危机。朋霍费尔与巴特在这一点上持近似的立场——基督性与基督教并不同义同格,基督教属文化社会学范畴,指历史性的社会建制及其相关理念形态,而基督性则属生存在体性范畴,指示的是一件出自圣神的、与个体生存之在性相关的在体性事件及其相关理念。韦伯的历史文化社会学研究的某些结果亦支持了这一见解:在历史上,所有教会组织的教义几乎无一例外地是神圣救赎价值理念[Heilswerte]的相对化形态。尼采猛烈抨击基督教——他视为历史的教会现象,对基督性却甚为崇敬。特洛尔奇从历史社会学立场否定基督教的绝对性,却并未在神学信念上否定基督性的绝对性。更为明朗地支持这一观点的实情是:从古至今,对基督教的批判更多出自基督徒——基督徒批判基督教之根据正是基督性。

四

我因此而被要求说明何谓基督文化,如果它既非某种民族

——地域性文化，亦不可与作为一种历史性社会建制的基督教完全等而视之的话。

所谓基督文化指圣言（基督事件）在个体之偶在生存中的言语生成，这可由三项扩展性描述来说明：基督之言的历史性发生（言成肉身→对基督之言的信仰的发生［肉身与言相遇］→跟随基督之言—说［肉身成言或肉身生成位格］）。

第一项描述：基督的降生——受难而死——死而复活作为基督之言（基督文化的原初词），是个体性的发生史事件。它不是自然历史之事件，而是圣神入世之事件。此一事件乃上帝的话语突入自然形态，使个体之偶在生存根据的根本性重设成为可能；尽管此一事件具体地发生在某一特定民族和地域中，不等于它即某一特定民族和地域性的事件。

历史文化乃是肉身之体，上帝之言成肉身、突入此地，借助了某种历史文化之体。令人惊讶的是：上帝之言成肉身选取了一个东西方文化的交融体（希伯莱、希腊、拉丁文化之织体——新约书即为历史印证）为肉身赋灵的场所。所有的历史—民族性文化之体（无论希伯莱、希腊、拉丁抑或华夏历史文化）原本地拒斥圣言，故言成肉身之史是受难而死—复活之史。尽管如此，灵与肉身的二元冲突一直存在，且从未消弭。

第二项描述：此世的信仰事件乃是一个个体性之在体论的发生事件，它关涉个体之在性的二元分离及其重新弥合之可能性。此事件之发生显现为个体的肉身偶在和处身场所之超越转换。再进一层说：肉身偶在的处身维度的二元分界不是由此世的历史和民族性之思划定的，而是圣言发生——爱的受难、牺牲和复活划定的。信仰作为个体的在性事件乃是对此二元分界的确认和跨越。就实质的文化性而言，信仰乃是此世的肉身偶在相遇那闻所未闻而闻、见所未见而见的来自另一截然异样的肉身维度的原初言词,进而不可言说而说。

第三项描述:个体偶在的肉身性在圣言赐爱的言词中向位格生成。这种生成突破此世的一切非身位性限制(历史、民族、自然地域之理念形态),向爱言的肉身之维转变。此一转变不是向上的,超出世界—肉身之外的定向,而是侧身爱言重新进入处身之维的定向。人永在此世,永无法跨越二元分界。然而,圣言已突破此一分界,成为肉身,此世之肉身生成为显爱之身位成为可能。身位之在不是肉身之在的否弃,而是对处身所在(历史性、民族性、自然性)的否弃。身位生成显为肉身之在与尽管有偶在依然发生的神圣爱言的相互寓居。身位之在的生存不是超入彼岸,而是肉身之在为神圣爱言的在场空出场所。

五

由此可以区分两种不同的文化概念(基督性文化与历史—民族性文化):一般所说的文化——包括各历史—民族的文化,乃是人世的自然关系和方式的培植、规范和仪式化(humanitutis cultus),每个民族都有由历史过程形成的生存方式之合理化的历史形式。基督文化乃是人与上帝(超自然)之肉身关系和方式的培植、规范和仪式化(dei cultus)。前者是族群性、民族性以致历史强制性的,后者是个体性、超民族性和个体决断性的。

六

华夏文化与基督文化之相遇，可以从诸方面来审视。我姑且提出四种审视角度：历史社会的、历史经典的、历史文化理念的和神学景观的。这种区分是必要的，否则势必造成审视规域上的混乱。

历史社会方面，是历史—文化社会学问题，民俗学、政治学、宗教学、经济学、历史学和社会学因素起着决定性作用。作为具体历史现象的基督宗教诸形态当与作为言成肉身现象的基督性在某种程度上区分开来。华夏文化及社会与基督教在历史上的相遇和冲突，宜作历史—文化社会学层面的信仰中立的具体研究。

历史经典方面关涉历史—文化解释学问题。每一民族文化都有自己的历史经典，基督临世事件的发生并以《新约全书》的经典形式确定下来，无不与人类各民族的历史经典形成张力关系，即便是《旧约》与《新约》之间的张力关系，从古至今未曾完全消弭。正如韦伯所看到的，基督精神——普世性的爱不仅使所有奠立于地域性或民族性基础上的社会伦常遭到质疑，也与其历史经典形成强烈的紧张。

把《旧约》解释学中的预表法加以引申和泛化，看来值得怀疑。以《新约》中的话语来解释或比附《新约》以前的经典——无论希腊的还是华夏的，抑或用《新约》以前的历史经典来比附《新约》，都提供了一种危险，使基督性的超历史品质受到损害。

各主要民族文化——希腊的、犹太的、华夏的、印度的历史经典中，都有初民摸索人神关系的话语。所有这些摸索都是人的摸索，而人的眼睛根本上对上帝是瞎的，结果是盲人摸象。上帝的自我陈述的话语与人摸索神的话语在本质上既无类比性亦无连续性。

历史文化观念方面关涉的是历史—文化哲学的问题。这方面的情形在某种程度上与历史经典的方面有相同之处。差异或许主要在于，基督文化之精神与历史—民族文化的观念发生了同时性关系。然而，这种关系依然是多维的，例如，有与基督文化结合的希腊思想或某种犹太思想，也有拒斥基督文化的希腊思想和犹太思想。就此而言，基督文化与儒道思想的融合并非是必需的。况且，作为个体的知识人，谈论整体性的文化融合，其有效性很可疑。

神学方面关涉个体认信。因为，就基督神学而言，本质上是关于个体认信——个体与上帝之关系的话语。在涉及与历史—民族文化的精神观念的相遇时，话语最终只是认信或拒信的个体表达式。以个体的身份替民族、国家或历史文化发言，是无效的。就此而言，"中国应该信仰什么或不信仰什么"一类语式，非常可疑。作为个体的知识人只能用"我自己信仰什么或不信仰什么"的表达式——信仰在本质上是个体与自身的斗争。

七

关于基督文化与华夏文化的相遇课题，当区分两个不同的维度：历史与发生。前者主要是历史—文化学的课题，包括历史社会的、历史经典的和历史文化观念诸方面。迄今为止,这些方面的学术研究由于大多仍在一般泛论的层面展开,尚未深入到具体个别的课题中去,因而仍然很粗浅。

所谓"发生"的维度,乃是指现时态中的个体言说(此处所谓"个体言说",是从生存论释义学来理解)。在此维度中,谈论中国文化应该如何,难免空泛大套、一无所云。如果不是在汉语言个体言说本身的语境中直接言说基督性文化诸题旨,所谓发生的相遇就仍然还没有发生。

本色神学的论题是虚有的,因为其立论基于一个成问题的前提:基督文化等于西方文化。基督文化之中国化的论题同样如此。问题并不在于所谓基督性的中国化,而在于汉语言之个体言说领承和言说基督性,使圣爱之言成为汉语言具体的叙说。

八

现在可以回到开始处提出但未予回答的问题:"道"与"言"可以等同、通约吗?回答是否定的。"道"与"言"的首要差异在于:"道"不是一个个体性的位格生成事件,"圣言"之言是"成肉身"(Person 是关键!)之言。个体与"道"不存在身位间的身位相遇关系,"圣言成肉身"则是上帝作为恒在无限个体走向人之偶在有限个体,人与"圣言"的关系是个体与个体之相遇关系。相遇事件之发生,仅当两者作为个体相互走来才有可能。"上帝为何成人"因此是基督神学的基要命题之一。在儒学形而上学和道家形而上学中,"生成"理念是决定性的("易之生生";"方生方成");同样,在基督神学中,"生成"理念亦是决定性的(成肉身、成人)——但何以成、成什么,则构成决定性差异。

基督神学中的"生成"理念隐着一个在体论上的二元差异,此差异导致几乎所有神学问题的出现:恒在个体与偶在有限个体之间的本体论的断裂,并最终必然引出的"成肉身"事件之发生。儒、道之"道"理念不含有在体论的二元差异,故而"体用不二"。

此简要分疏是哲学的而非神学的,着眼于理念之形态观审,旨在显明:基督信理与儒、道信义之融合不仅不可能,亦无必要。儒、道理念自有其理,当自循其理路演进,基督理念同样如是。基督信理与华夏文化之相遇,从哲学观之,不是基督信理与儒、道信义的融汇,而是基督信理与汉语之肉身个体言语生成的相遇,此谓圣言之汉语生成。尽管从文化社会学观之,基督教与儒、道思想及社会形态的比较研究以及在哲学语文学层面的分析性研究,仍然可行而且有益。至于从神学景观而论,就纯然是个体的信与不信的全然我属的自由决断之事矣。

1991 年　伯克莱

金陵与神学

基督神学有两个基本的言述维度,人文学的和教会性的维度。对教会性的言述样式而言,圣经文本是最主要的表达信仰经验的思想资源。此外,基督神学最初是在希腊、罗马的哲学、语文学的资源中形成的,从而有了基督信仰经验的人文学的言述样式。对基督信仰经验的表达,圣经文本的资源已经足以滋养,为什么还需要人文学的资源呢?

在晚期希腊和早期罗马时代即基督神学的成形时代,知识界的状况是:各种哲学观念、伦理学说和宗教观并存,尚不存在一种与统治权力相融的主导性意识形态。这是一种多元的知识状况。基督信仰经验若要在这种知识语境中生存和发展,就必须与其他哲学、伦理思想对话和争辩。如果基督信仰经验的表达不采纳人文学的思想资源和言述样式,就难以在多元的知识语境中伸展。

基督教被罗马立为国家宗教后,基督神学自然也就成为官学,教会经验之外的人文学思想被统摄到神学中来。当今的一些文人学者喜欢抨击基督教及其学说在罗马帝国的霸权地位,一如我们一再抨击两汉儒生和罢黜百家、独尊儒术。一种思想形态乃至知识状况其实是与国家政治结构和状况相关的。多元的知识状况与非一统的国家政治结构相协调,一旦国家思想要求政治结构的一统性，统一宗教和知识理念就是必要的了。欧洲近代以来日益理直气壮的对基督教及其思想的唯一霸权的抨击，正与神圣罗马帝国的瓦解、民族国家的形成相关。民族国家形成时，是走向实质性的联邦共和政制还是走向一统性政制，又决定着单个民族国家的知识状况。民主不仅只是政治制度，也是文化制度的一种样式。

当今的知识状况，至少在形态上与希腊时代和先秦时代相似：多元的思想局面，任何一种思想形态与政治权力的连结都受到限制。但与希腊、先秦时代不同的是，各种宗教和知识观念体系日益向人文学转移，在大学和研究机构的制度结构中获得信仰中立的延续和发展。在社会层面，任何宗教或价值观念成为个体和自愿团体自主选择的对象。

中国知识界状况百年来可谓天翻地覆，二十世纪下半叶出现一统性诉求并得到有效实施。近五十年来，知识界状况逐渐有秩序地向多元结构转型。在新的知识状况中，基督神学的位置在哪里？读罢陈泽民教授主编的《金陵神学文选》，我首先想到的就是这一问题。

欧美基督神学百余年来的基本发展方向是，神学的人文学方面日益扩展，这种扩展的社会学根源已如前述。从知识学方面来看，神学的人文学扩展表现为神学与现代人文学术各种分化的学科（哲学、伦理学、历史学、人类学、文化学、社会学）的具体结合。这种结合对基督神学在现代多元知识处境中的发展是必需的也是有益的。神学在人文学方面的分化发展，既与知识界的现代状况相协调，亦是神学自身的现代伸展，否则神学将日益丧失在多元知识处境中的对话能力。

基督神学的人文学方面与教会性方面并非总是和谐与共的。整个中世纪神学都在致力于协调知识理性与信仰经验之间的张力和冲突。现代神学家特洛尔奇、潘能伯克（W. Pannenberg）、拉纳（K. Rahner）、默茨（J. B. Metz）、特雷西（D. Tracy）均致力于神学与现代人文—社会理论的协调。基督信仰经验是一种独特的意义知识体系，就此而言，它是一种独白，但应是在知识对话中的独白，否则会削弱神学言述的社会效力。然而，基督信仰经验的独特性必须维护，否则就没有其经验效力。因此，基督神学的教会性方面在现代知识状况中仍然具有重要的、不可取代的意义。

从现代知识状况的制度方面来看，基督神学的人文学方面靠大学建制来保障，教会性方面则主要由神学院建制来保障。即便在欧美国家的大学中，由于传统（古老的大学多由神学院衍生、转构而成）而使神学的人文学方面与教会性方面多有关联，"大学神学"依然不同于神学院的神学。首要的差异有两点：首先，"大学神学"坚持人文知识学的优先原则，而非圣经权威优先的原则；其次，信仰经验在大学中的开放性超乎教派性，神学院则坚持教派性原则。

基督神学（注意：我说的是神学而非宗教学）在知识处境中的地盘，要由大学人文学科中的宗教学系和独立的神学院给予文化建制性的保障——其他宗教的知识学亦如此。这种文化建制所保障的社会学功能很重要：信仰学说由此得以与政制建构保持距离，自由的学术空间与公共的政治空间相安无碍。

中国神学的现代发展的情形是：基督神学的人文学方面不仅没有取得进展，反而出现严重萎缩。在我看来，大学中的宗教学系被取消，是重要原因之一。1949年以前，神学学科并未被排斥在中国知识界之外。燕京大学、辅仁大学等高等学府中的宗教学系，支撑着神学在知识界中的位置，为神学的人文学方面的发展提供了文化制度性的保障。大学中的宗教学系被取消之后，神学就被局限在神学院的院墙内，神学的人文学取向因此受到抑制。迄今为止，从整个汉语学术界来看，仅香港中文大学和台湾辅仁大学尚有宗教学系；香港浸会学院有半个宗教学系，北京大学则仅有一个残缺不全的宗教学专业。宗教学的学科建设的低水平发展，不利于知识界对社会中的宗教状况的知性把握。

对中国基督神学的发展来讲，人文学方面的萎缩，意味着基督神学自身的萎缩。由于大学建制不再给神学学科地盘，维系神学的人文学维度以及神学在人文知识界中的活力，就得由神学院来承担。《金陵神学文选》表明，金陵的中国神学家们一直致力于神学的人文学建设，就包括港台在内的整个汉语神学教育界来看，这种努力也少见。

《金陵神学文选》是金陵协和神学院院刊和神学院院刊"金陵神学志"上的论文荟萃，虽《文选》标明 1952—1992 年，但大多数论文是改革开放之后的作品。《文选》中讨论老舍、许地山等现代作家与基督思想的关联的论文，在其他（包括港台）神学院的学刊中少见。张贤勇、张景龙先生的神学思想史论文以及骆振芳教授讨论《约翰福音》中的"道论"的论文，显示出值得称道的人文学素养。就主题探讨的深入和人文学风之严谨而言，人文学界的诸多同类论文亦有不及。

看来，金陵这片有神学学术传统的地域（《基督教历代名著集成》诞生于此），将应成为维系神学的人文学方面的重要学术园地。我国知识界长期敌视神学学科的状况已有改观，神学学科的生存权利问题将转换为神学学科如何建设的问题。

文化思想和学术研究的建设，既依赖于个体的志趣投入，亦有赖于国家和民间社团的财富投入。在现代社会中，后一方面的因素显得非常重要。

宗教研究在我国主要由两种性质不同的学术机构来承担：社会科学院的宗教研究所和极少数大学的宗教研究所（如北京大学宗教研究所、杭州大学基督教研究中心、四川大学宗教研究所），再就是各佛学院、神学院。由国家支持的宗教研究，在学科性质上与宗教社团支持的宗教研究机构完全不同。人文—社会科学界的研究，注重发展宗教学：宗教人类学、宗教历史学、宗教社会学和宗教文化学乃至宗教哲学。这些学科中不存在严格意义上的宗教品质（信仰）问题。如果我国知识（学术）界只有这一方面的宗教研究，会丧失对现实社会生活中的具体宗教行为和现象的知觉，宗教思想的表达亦会趋于萎缩。毕竟，正如佛教哲学并不就是佛学，宗教哲学也并不就是基督神学。宗教人类学与神学人类学、宗教历史学与神学或教会历史学、宗教社会学与神学社会学都不可等而视之或互相取代。要认识严格意义上的宗教思想和信仰经验，还需要透过神学院的学术表达。神学院的学术研究，理应建立在教会性的信仰经验之上，正如佛学院的学术研究，必须建立在自己宗教性的信仰经验之上。

我国的神学院自改革开放以来逐渐恢复。由于历史上的中断，恢复缓慢，宗教社团财力不支，以致神学教育和研究远远跟不上宗教的现实状况。宗教性是人类社群的本性之一，它只可形塑，不可消除，注重宗教社团自身的神学教育和研究建制的建设，对社会中的宗教生活的秩序化，有极为重要的积极意义。在我国当前的社会转型期，民间的宗教生活日渐恢复常态，但是，各种民间信仰的出现，已引起社会学家们的关注。问题在于，社会学只能观察社会的宗教生活的结构状况，并不能对实际的宗教生活发生效力。只有神学院教育和研究能具有实际的社会效力。把宗教还给宗教是值得社会科学去论证的一个题目。

我国代表最高基督教神学教育和研究水平的建制是新教的南京金陵神学院和天主教的上海佘山修院——这两所院校均出版了一些学术书籍（未进入图书市场）。但从《金陵神学文选》来看，基督教界的学术研究尚远不及我国佛教学界的学术研究，原因何在，笔者未曾探究，不敢涉论。笔者从图书市场购得一套中国佛教协会出版的《法音》文库，很欣赏这套文库的言述品格和学术质量，连装帧设计也堪称精美。宗教界的文化建设有益于我国整体的文化建设，值得知识界鼓励。

在学术意识和日常意识中，对佛教的外来宗教感已相当淡薄。佛教的信仰经验已融入中国学术思想和日常生活，个人可以有意识地选择这种信仰经验。仅就学术界而言，值得注意的是，百年来重要的中国思想家多与佛教思想有瓜葛（龚自珍、康有为、谭嗣同、梁启超、章太炎、熊十力、康君毅、牟宗三）。

佛教思想的中国化首先是中国士大夫们努力的结果，通过汉语传达佛教信理，佛教思想在汉语经验中得到伸展。基督教中国化，从社会层面讲，已不再是一个是否可能的问题。宗教社会学的课题是：中国的基督教会是一种什么样式的基督教。在思想层面，基督教的中国化是否可能显得仍是一个问题——至今有不少学者还在问这一问题。

基督教思想的中国化显得比佛教思想的中国化困难——其实从年轮上讲，两者不可比较。尽管如此，困难的根本原因，恐怕并不在于，基督教在中国的第三发展阶段（我以为，唐代为第一阶段，明代已降为第二阶段，清末至二十世纪七十年代为第三阶段）与欧美资本主义的扩张相关。困难在于义理方面：佛教思想尽管有相当艰深繁复的术语，其信理仍然简洁明了，直诉心性；基督教思想与此不同，其信理与犹太民族的早期生成历史和神话系统紧密相关。

迄今，不断有把基督教信理简约为《新约》或福音书的动议，但并未成功。欧洲人能把一个近东民族的历史看作对自己有效的救恩史，从而有历史的文化交融上的条件。中国思想与犹太思想一样看重自身民族的历史及其中的大义（试想《公羊传》在中国思想上的作用史），这就使得两种民族性极强的思想很难兼容。基督教在思想界和知识界仍被视为异（于中国之）教，迫使中国基督教会的神学家们迄今仍需花费心力去脱"异"——《金陵神学文选》中有近四分之一的篇幅用在了这一问题上。目前看来，这些神学处境化的论点都是一种积极的尝试，因为，无论在学术界还是教会界，神学的处境化或中国化课题，还没有引起充分关注和讨论——中国神学思想界迄今尚未有过像当年慧远与恒云之间那样深入的讨论。

我不能怀疑基督思想中国化的可能性，讨论可能性问题在我看来是在讨论一个假问题。随着思想年轮的前行，中国化的基督思想自会深化和定型，我称之为汉语基督思想：以汉语言的历史经验来承纳和言述上帝之言。问题仅在于如何具体、切实地承纳和如何具体、切实地言述。

1994 年　香港

灵知主义与现代性

汉语学界早就耳闻"诺斯替"和"诺斯替主义"——在阅读西方思想史文献时，我们常常会遇到这两个术语，但全然不清楚究竟——其实，西方学界好多学者也搞不清楚究竟。

诺斯替宗教在晚期希腊时代相当活跃，保罗和《约翰福音》的作者明显与诺斯替宗教有过瓜葛，但所谓基督教的"诺斯替"派在与教父们的激烈斗争中败北，被判为"异端"逐出教会。随后，这个教派在基督教世界中似乎消失了，但到了中世纪中期，基督教的"诺斯替"派又出没在如今东南欧一带，并向西移动，引发了一些新的教派运动，甚至与僧侣教团纠结在一起，不过，始终没有形成有组织的大教派。近代以来，诺斯替派似乎化身为所谓诺斯替主义，潜入现代思想。据说，像黑格尔、谢林、诺瓦利斯（Novalis）、施莱尔马赫、马克思、尼采、托尔斯泰、巴特、梅烈日科夫斯基（Merezhkorsky）、海德格尔、施米特（Carl Schmitt）、布洛赫（Ernst Bloch）、薇依（Simone Weil）、本雅明（Walter Benjamin）这样一些形形色色的思想家身上，都带有诺斯替"游魂"的幽灵。

"诺斯替"是英文 Gnostic 的音译，英文则是希腊文的派生词的对译，汉语学界在不知其究竟时采用音译是稳妥的。这个词本身并不那么神秘，就是古希腊先贤的名言"认识你自己"中的"认识"一词。只不过，诺斯替派恰恰对这个词有独特的且事关灵魂和世界得救的看法。如今我们知道，诺斯替派的所谓"知"是神秘、属灵的救恩知识，有别于实际的理知，因此当译作"灵知"。

搞清"灵知"和"灵知主义"有什么要紧吗？

二十世纪有两件事对研究灵知教派和灵知主义相当重要。1945 年，埃及 Nag Hammadi［纳克·哈玛狄］山区有位农民到山里采肥料时，偶然发现了近两千年前用沥青封在陶罐里的灵知派蒲草子经书（学界称为《纳克·哈玛狄经书》）——有如当今我国偶然掘出的"郭店楚简"，研究灵知教派思想从此有了原始材料。另一件事是：五十年代初，政治哲学史家、思想家沃格林（Eric Voegelin）在芝加哥大学开设的讲座——《新政治科学》（*The New Science of Politics*）中提出了一个著名论断：现代性就是灵知主义为表征的时代，其特征是人谋杀上帝，以便自己拯救自己。数年以后，当代德国大哲布鲁门伯格（Hans Blumenberg）在其如今已成为名著的《近代的正当性》（*Die Legitimität der Neuzeit*）中反驳沃格林：自中世纪以来，西方思想一直努力要克服灵知主义，中世纪经院神学是第一次尝试，但失败了。现代性思想的兴起是克服灵知主义的再次努力，现代性世界观根本是反灵知主义的。这两位二十世纪的大思想家关于灵知主义与现代性之关系的论争，把灵知主义问题提到了理解现代性问题的前列。

笔者选编的《灵知主义与现代性》文集以"灵知"和"灵知主义"为纲目，配合笔者组织翻译出版的《灵知派经书》（杨克勤译，香港道风书社，2000），以便汉语学界能切实接触到这一西方思想史上的重大课题，也作为"诺斯替"

正名为"灵知"的开端。

首先是关于何谓"灵知""灵知派"的两篇论文。鲁多夫(Kurt Rudolph)教授是德国研究灵知派的名家,其《灵知:一种晚期古代宗教的本质和历史》(*Die Gnosis: Wesen und Geschichte einer Spätantiken Religion*)乃灵知派研究的经典之作,这里译出的是他在九十年代写的一篇专文,扼要勾画了所谓灵知原则。佩金斯(Pheme Perkins)是参与整理《纳克·哈玛狄经书》的专家之一,他的论文讨论了灵知派研究中的一个主要难题(灵知派的起源)的新进展。

接下来的论文都涉及灵知主义与现代性的关系。这一问题的开山作当推哈纳克(Adolf von Harnack)论述马克安的专著《论马克安》(*Marcion: das Evangelium vom fremden Gott*,朱雁冰译,北京:三联书店,2007),作者是教义史大师,也是自由主义神学的代表,他的马克安研究并非仅是思想史的梳理,而是以史带论。因此,灵知主义与现代性问题的开端,便不妨从海德格尔和布尔特曼的学生——著名哲学家约纳斯(Hans Jonas)算起,他早年研究灵知派的博士论文把灵知派研究从宗教史领域转移到哲学—神学领域,迄今仍为灵知派研究的要著。约纳斯的重大贡献在于,将古代灵知主义与现代存在主义置于相互解释的语境中,本文集所选的两篇论文,充分展示了他的这一分析立场。

沃格林独辟蹊径,将灵知主义与整个现代思想和政治运动联系起来:现代世界中的各种"主义"都是灵知主义,即便自由主义也与灵知主义脱不开关系。沃格林关于灵知主义的论文相当多,我们将另作选本以飨读者。布鲁门伯格一文选自其《近代的正当性》中反驳沃格林的一节,同样是从思想史角度分析灵知主义在中古思想向近代思想转移时的关键作用,显示出其精深的思辨。

陶伯斯（Jacob Taubes）在德国思想史学界名望很高，且是少见的灵知主义现代辩护人，早年以《西方终末论》（1948）饮誉学界，该书实际上是一部灵知主义思想史，八十年代他发起并主持了著名的《灵知与政治》研讨小组。沃格林见过陶伯斯后，曾对友人大惊失色地说："今天我撞见了一个活生生的灵知人。"《灵知的教义秘索思》一文批评布鲁门伯格续《近代的正当性》之后的《神话研究》提案中对灵知问题的理解，可以看作沃格林—布鲁门伯格论争的延续。

马克思主义与中国现代政治思想有特殊相关性，马克思主义与灵知主义的关系理应受到特别关注，因此这里多选了一篇托匹茨（Ernst Topitsch）的论文，该文对古代灵知主义与马克思主义的历史关系的分析独到且相当具体。

基督教哲学如何看待灵知主义？科斯洛夫斯基（Peter Koslowsky）不是职业神学家，而是有天主教背景的哲学家和思想史家，主编过文集《灵知主义与德国古典哲学》（*Gnostizismus und die deutsche klassische Philosophie*）。他的《基督教灵知论：另一种启蒙》（*Christliche Gnosis als andere Aufklärung*）一文力图区分灵知论与灵知主义，希望在基督教思想空间中为灵知论保留地盘。

读者可以看出，本文集的编选构想在于推动作为思想史和政治哲学—神学问题（而非宗教史或早期基督教史问题）的灵知主义研究。

2004 年 12 月　广州

神义的千禧　人义的激情

1999年5月，我即将起程去欧洲讲学。

登机前一天，一位朋友来电话，要我无论如何八月初赶回来。他的声音滞重而又严峻，说法国几百年前的一位预言家预言，二十世纪末的八月，欧洲会有大灾变。

宁可信其有，不可信其无。我赶在七月底回到香港……八月的欧洲什么也没发生。我朋友的声音仍然滞重而又严峻：虽然欧洲没有发生灾变，这个世界其他地方发生了……台湾大地震、巴西大地震、美国加州大地震……神意岂是人意可以意料？人的想象够不到总是出人意料的神的意志，至多可以准备一些宗教性的箩筐，这个世界无论什么地方发生了偶然不幸、自然灾异、蓄意屠杀，都可以装在里面——神义的千禧就是一个这样的箩筐。

这类世纪末预言并非只是在世纪末才出现，更非一定要等到某个千年的终末。世界终末思想——所谓千禧年主义（Chiliasm 或 millenarianism）与正值千年转换的关头其实没有多大关系，倒是与历史的紧急关头相关。这样的紧急关头并不与历史的年历时刻平行，不是年历刻写的，而是由一些或某个宗教圣者规定的。当前的千年轮转，不过让千禧年主义多了一个历史的借口。

千禧年主义源于旧约《以赛亚书》和《但以理书》,经新约《启示录》传扬光大。本来只涉及个体生命得救的圣灵信仰,首先在《启示录》中、随后在 Joachim 历史神学激发的小派中转变成了政治的弥赛亚主义。① 关于世界终末的思想,是否西方特有,与中国的思想和历史没有关系?近些年来,在美国和日本的汉学研究界出现了一种动向,将西方千禧年主义的思想观念用于研究中国古代和现代的思想乃至历史上的各种民间"起义"。当代汉语学界一早就关注汉语思想传统中的所谓乌托邦思想,直接的触发因素还不是毛泽东主义具有的乌托邦精神,而是康有为这样的儒教左派——公羊学派的"大同"思想。人们似乎不需要如何费劲,就可以从原始中国思想中找到乌托邦思想的要素和相关语词。可是,世界终末的紧急关头有如现世的例外状态,死上无数条命是必需的,遑论这些人命的幸福。在这样的状态中,甚至以不杀生为第一戒律的佛教徒也得"杀一人者为一住菩萨",号召"应执刀杖拥护如是执法比丘,若有受持五戒之者,不得名为大乘人也"(《大正新修大藏经》卷十二)。如今人们已经分不清千禧年主义与乌托邦思想不同,以为千禧年主义就是乌托邦思想。其实,乌托邦思想仰望的是一个保证人人可以分配到幸福的世界,千禧年主义刻写的是为了世界的终极正义清除邪恶的终末时刻;乌托邦的幸福理想世界甚至是静态的——难怪伦多夫(Ralf Dahrendorf)称乌托邦思想是"静态思维",千禧年主义的世界终极转变却是善与恶、天使与魔鬼、光明与黑暗 combat(交战)的激荡状态。

---

① 参 Marjorie Reeves, *Pattern and Purpose in History in the Later Medieval and Renaissance Periods* [《晚期中世纪和文艺复兴时期的历史中的范式和目的》],见 Malcolm Bull 编, *Apocalypse Theory and the Ends of World*《启示录论与世界的终结》,Blackwell, 1995, 第 92 – 100 页。

乌托邦想象超逾了现世，对这个世界是否出现了紧急关头反倒极其冷淡，像莫尔那样，在《乌托邦》中劝久病不愈的人最好"自己断食"或者"让其安睡"。与此不同，千禧年主义牢牢记住的是这个世界已经病入膏肓，新世纪急切地就要来临。并非如某些学者（如日人三石善吉）所以为的那样，乌托邦思想是精英知识人的理想国，千禧年主义是遭遇现世损害的平民百姓的"起义"热情。精英知识人或遭遇现世损害的平民百姓都可能具有乌托邦思想或投身千禧年主义的争战。毋宁说，两者的根本差异在于：乌托邦思想渴求幸福，千禧年主义渴求正义。在人世间，神义并非总与幸福结伴而行。古老的千禧年主义中不仅有急迫的终末论，而且有严峻的神义论，乌托邦思想就并非如此。千禧年主义的末世景观中的紧急关头要命的时间紧迫感全然来自神义的愤怒，近代以来，神义的愤怒变成了人义的愤怒，仍然没有改变这种思想的基本结构。在历史中，千禧年主义的热情大多还是蕴藏在知识人而非平民百姓身上。平民百姓从来就是被动员的政治对象，千禧年主义的知识人热情仅需要到平民百姓身上寻找现世的不满，再从政治上把它纳入千禧年主义的末世景观。

神义的千禧论是人们对付人世间的不义的思想方式，古老而又常新。[①] 千禧论大灾变临头的时间感，在一些好作比较的人看来，就是中国人熟悉的所谓"闰八月"，在这样的年份，人们相信必有灾异和变局要发生。然而，"闰八月"的紧急关头时间意识中并没有神"义"的突破，灾变之后是否一定会出现正义王国（就算仅是一个朝代的想象）并不确定。"闰八

---

① 参 Stephen D. O'Leary, *Arguing the Apocalypse: A Theory of Millennial Rhetoric* [《论辩启示录：论千禧年修辞》], Oxford Uni. Press, 1998。

月"的异在时间仍然是自然性的,而非像千年王国那样,是自然历史时间中发生的神义时刻,此世的自然时间中发生的终末性突然中断,为"神与人共住"的终极性新天新地的出现做准备。

《启示录》不仅显示了由兽支配的人间可怖的社会政治状况、上帝的愤怒以及降至人间的灾异(《启示录》6:1–16:21),而且出现了对抗可怖的人间状况中的恶的圣者,他们是即将出现的千年王国的担纲者(《启示录》14)。的确,这样的思想观念中国人倒不陌生:在时世艰难的时期,总有圣人出现要替天行道。不过,千禧年主义的圣者不是少数人的精英群体,而是数量可观的圣洁信众(14.4万人)。于是出现了善与恶的争战——千年王国来临之前的大决战(《启示录》16)。既然千年王国是为"神与人共住,人为神之民"的终极性新天新地出现做准备的,大决战本身必然也是终极性的。由于千年王国催生的决战是在现世中发生的,千年王国并不就等于天国(新天新地)本身,大决战就是现世历史中的最后决战和最后审判,终极状态的绝对完满性已经通过圣者的争战多少体现出来了。这就是作为一种思想方式的千禧年主义的观念结构:现世生活世界出现终极断裂,以便向新天地绝然转变,在转变过程中难免发生自然灾变和圣者群体为新天新地的到来而展开的恶战。那些自己感觉有特异灵知的现世属灵人感到,真正的公义福祉已经等待得不耐烦,有必要在这终末时刻展开一场属于"你死我活的斗争",因此,现世的人有必要被分成恶的和善的势力两类——这一切都以一个新天地的出现为前提,只不过在古老的千禧年主义中,这个新天地是由超越的神义论[Theodizee]保障的,在现代千禧年主义中则是由现世的人义论[Anthrodizee]来保障的。

沿引神义的愤怒来支撑因现世的不满触发的政治行动，是人类的古老习惯。古代儒教的革命改制或"受命"改制论说到一代新圣王兴起取代旧圣王时，无不称引灾异、"维天降纪"、天帝命龙马神龟赐河图洛书之类，赋予现世的圣者转变现世生活秩序的人义法权。革命或受命的转变需要托天帝的赐"命"，革命或受命者必须自居圣人（有德），现世秩序的转变免不了的争战也得神圣化。如此天帝"神义论"并非儒教专有，据称支撑当年黄巾起义的道教经籍《天官历包元太平经》中就写道："汉家逢天地之大终，当更受命于天；天帝使真人赤精子下，教我此道"（《汉书·李寻传》）。在重新"受命"的历史紧急关头，难免"洪水将出，灾火且起，涤荡民人"——但无需惊讶，随后就将出现"天下大吉"的"太平世"。

尽管如此，要想在儒教和道教这样的中国本土思想中找出与 regnabunt cum illo mille annis［作王一千年］这样的理念，不会有什么指望。政治精英和社会底层都可以利用的革命改制论或受命改制论看似带有千禧年主义的某些类型特征，其时间转变的意涵无论如何与千禧年主义不同。"五百年必有王者兴"的习传知识，使得现世世界的时间转变不过是历史周期性反复出现的朝代时刻，而非历史的终末时刻。千禧年主义的历史时间之所以能成为终末性的转变，乃因为自在的上帝从虚无中创造出来的这个此世根本没有自己的自然。儒教和道教的天帝观念不是绝对"义"的超越者，此世有其自体自根的自然，与天帝之间没有绝然的二元断裂。儒教历史观与犹太—基督教历史观的根本差异与其说在于某些人以为的前者是所谓"顺进式"，后者是所谓"倒进式"，不如说在于那更为根本的 Genesis［创世记］。

无论神义的还是人义的正义诉求的要价，都取决于那个自然的裂伤的断裂程度。以一个正义的新天地的出现为前提的现世清洗，在古老的千禧年主义是终极性的，就是为了彻底修复那个绝然断裂的自然裂伤。在现代的千禧年主义中，超越的神义论变成了现世历史的人义论，改变的仅是自然裂伤的原因，而非裂伤本身的否弃。在近代人义论的集大成者黑格尔的学生的内心，仍然充满终末论想象和弥赛亚式的使命意识，为遭受剥削和非人待遇的大众预言即将到来的正义，那个终末性的政治想象仍然是要彻底修复自然的裂伤，只不过这裂伤不再是神人之间的误会导致的，而是资产阶级掌握现世的政治—经济—文化霸权的不义状态导致的。于是，革命的正义源于人义的想象：消除此世的种种不义。

儒教公羊学派的三世论构造了通过"据乱之世""升平之世"进入"太平之世"的终局性历史时间演进观念，但这种观念中的现世秩序的转变反倒不如革命或受命说来得强烈。况且，三世之说一直没有成为中国古代政治法理和历史哲学的主导性观念。公羊学派的早期大师董仲舒的政治—历史法理毕竟是五德相胜学说，这种学说的轮转法则无法得出终末转变的政治—历史法权。儒教的宇宙自然没有出现那种绝然的裂伤，现实的政治行动就不可能是什么自然裂伤的彻底修复，而仅是自然五德的轮转相胜。

作为终末性历史哲学的三世论与作为更迭现世统治秩序的政治法理的受命论本来不大相干，然而，一旦两者在历史提供的机缘中融贯为一，就可能出现中国的千禧年主义。这种情形恰恰在近代中国与西方思想的相遇中发生了，而且不止一次——洪秀全的受命论与道听途说的基督教终末论结合起来，为太平天国运动提供了"奉天诛妖"之说，接下来是晚清新公羊学派复兴三世说融贯西方世俗化的千禧年论，构造出负有扭转民族乾坤使命的终极性受命改制论。西方自然的绝然裂伤抹去了中国自然的五德轮转，并不需要等到儒教西马发动的终极性革命运动。尽管千禧年思想在中国古代显得不如西方那样来得强烈和源远流长，一旦历史的偶然打乱了世界中本来老死不相往来的民族部落秩序，千禧年思想就会成为汉语思想的人义论，法新王的儒教士便会创造性地转化出"一万年太久，只争朝夕"那样的千禧历史关头的时间感觉。

千禧年主义本质上是一种唯灵主义的政治思想，或者政治的灵知主义［Gnosticism］。本来只涉及个体生命得救的圣灵信仰，首先在《启示录》中，随后在约阿希姆（Joachim）的圣父—圣子—圣灵的三段论政治历史观中转变成了政治的弥赛亚主义，成为种种现代政治灵知主义运动的滥觞（据沃格林之说）。因此，我们已经不可能把千禧年主义当作与己无关的西方问题来看待，即便人们可以说，传统中国思想中根本没有这种东西——毕竟，我们已经有过中国式的政治灵知主义运动。

从思想方式来看，无论哪种千禧年主义，其基点都是新的开端的必然性（神义的作用也好，历史的规律也罢）。不仅朋霍费尔在走向刑场时会说，"终点对于我是开端"，为"主义"献身的热血党人在走向刑场时同样会说而且事实上也说过类似的话。可是，基督教的终末论与古老而常新的千禧年主义对于"开端"和"终末"的理解都是绝然不同的。的确，基督教的终末论与古老而常新的千禧年主义终末论都基于对新的开端的信仰，但两者的终末论完全不同。对于基督信仰的终末论来说，终末就在耶稣基督的"时间将到，现在就是了"（《约翰福音》4：23；5：25）。基督的终末带来的是现世中的新时间，上帝国已经通过基督的身体临世——"基督在十字架上是带着问题死的"（莫尔特曼语）。不仅如此，基督是带着自身的困苦走上十字架的。在十字架上，耶稣作为上帝的儿子对天父喊道："我父，你为什么离弃我？"在走向十字架的路上，耶稣作为人的儿子喊道："……我口渴！"

这位上帝带来的终末既不是清洗此世的命令，也不是教人冒充救世主对自己在此世的邻人说耶稣在十字架上对自己的天父说的"成了"，而是基督与"世人"一同受苦的爱。正因为基督教终末论的"新"是基督临世受苦和受死的爱，而不是一场终极性的决战，基督信仰的终末论与古老而常新的千禧年主义终末论对"新"的开端的信仰不可同日而语。

在资本主义时代，幸福日益成了私人的感觉问题，正义却无法缩减为纯粹感觉的私人问题。现世缺少正义又偏偏是人类与生俱来的创伤，恢复正义秩序的理据也就成了人类类似本能的需要。唯有一次的神意的千禧关头被世人援引了可能不止一千回，表明神义的愤怒总归是人义的激情。古老的中国民间宗教一如既往，二十世纪的中国不过多了一个盛装灾异的千年想象的箩筐。既然二十世纪已经把个人、群体（阶级）或民族国家遭受的不义看作必须彻底修复的自然裂伤，历史的人义激情就不会在下一个百年消失，二十一世纪的人义激情和想象仍然需要千禧年一类的语言箩筐。扔掉这个匡复正义的箩筐，返回到没有裂伤的自然，这个世界可能变得过于懒散、没有激情，过于寂静主义，有如佛陀想象的那个世界。如果人们背着这个箩筐穿越二十一世纪，无可避免的种种人间冲突还会以种种神意或人义的道义名义展开。

无论哪种情形，二十一世纪都会仍然是一个宗教的世纪，而且多半是宗教的人义激情和超然寂静结伴而行。紧迫的时间感不会离我们而去，问题是，何谓紧迫的时间感？

记得看过一部电影，讲一群星际科学考察家在某个星球上发现了某个高度文明的人类被毁灭后的废墟。当这些科学家叹息不可知的命运力量时，从废墟中发现的一句诗却让他们禁不住泪流满面："我们活过、爱过，这就是生命的终末意义。"即便世界今天就要毁灭，只要在爱中活过，生命就是不朽的——历史的紧急关头不是世界末日就要临头，而是我的生命还在等待。

1999 年　香港

修院生活与爱欲神秘论

在汉语知识界和文化界人士眼中，欧洲中世纪文化一直几乎是黑暗、蒙昧、专断的代名词。不过，学界许多随意性的对欧洲中古文化的轻蔑论断，其实并没有学理依据。百年来，中国知识界虽然致力于了解、认识欧洲的文化和社会，但对欧洲中古时代的文化和社会形态的认识事实上相当贫乏。无论就文典迻译，还是就研究涉猎来看，均不及对欧洲古代（希腊、罗马）和现代的认识程度——这当然并不意味着我们对欧洲古代和现代的认识已经足够踏实和深入。

既然我们对欧洲中古时代的认识相当贫乏，论断欧洲中古的贬损性观点又是从哪里来的？我们怎么知道欧洲中古时代黑暗、蒙昧、专断？稍为回顾一下现代中国思想文化史就可以知道，这些知识人贬损欧洲中古时代的观念，是在学舌西方现代启蒙时代知识人的说法。

欧洲思想界对中古时代的评价，并非只有启蒙运动知识人的黑暗—蒙昧论一种；与此截然对立的一种欧洲中古文化观，是将中古时代的文化和社会形态视为历史生活中的卓越典范；

中世纪是检验文化、社会形态的理想标准。①

看来,对欧洲中古文化和社会形态的评价,总是以某种思想立场为基础的,这表明了现代语境对历史认识的约束力。启蒙运动的理性主义与法国大革命之后兴起的保守主义对中古时代截然对立的评价,关涉社会制度、政治安排、精神气质以及日常生活品质等重大问题,不能在这里讨论。需要指明的仅是:要评价中世纪,必须先放弃既有的启蒙偏见,如实地认识中世纪的文化和社会形态。②

欧洲中古时代的文化和社会形态具有独特的重要性,原因之一是:如今的所谓现代文化和社会形态与西欧中古文化和社会形态有内在的关联——现代性源于西欧的中古,现代文化和社会形态的性质在相当程度上是由西方的基督教形态形塑而成的。现代民族国家及其法律制度,都与西欧中古时代成形的基督教会有内在的关联。③ 值得强调的是:是西方的而非东方的基督教形态,提供了现代文化和社会形态的某些重要基因。

要认识欧洲中古时代的文化和社会形态,需要了解基督教的西方教会的文化和组织形态。然而,如果把西方基督教会推定为教皇革命或东西方教会的分裂,还并不恰切。仅提出认识西方基督教会以便了解西欧中古时代,尚远远不够,还必须了解,西方基督教会的文化和组织形态赖以形成的动力因素是什么。

---

① 参见 R. Nisbet,《保守主义》,邱辛晔译,台北:桂冠图书公司,1992,第 104 页以下。

② 关于西方中古的精英文化,参 G. Jaritz,《瞬息与永恒之间:中世纪日常生活史》,Köln,1989,第 128 页以下。

③ 参见 H. J. Bermann,《法律与革命:西方法律传统的形成》,贺卫方等译,北京:中国大百科全书出版社,1993,第 627 页以下。

按此探究方向，修道院制度是值得首要注意的社会文化现象。

修道是几乎所有宗教都具有的一种宗教生活方式，其基本品格是：离弃尘俗生活，直接与上帝（神或梵天）相通。修道行为可以是个体式的（独居生活），也可以是群体式的（修道院、寺院），对社会文化形态产生制度化影响的，是群体式的修道生活。

东西方的宗教中都曾不同程度地发展出群体式的修道生活制度（修道院制度、寺院制度），这种宗教生活制度形成了一种独特的文化—社会性的共同体，其独特性在于：它有别于习俗的社群生活共同体，有自己独特的宗教式共同生活准则。由于宗教理念不同，修道生活共同体的制度化准则必然不同，以此准则为基础的宗教共同体与其所处的社会环境的关系随之不同，因而，对整个社会文化的影响也不同。举例来说，东西方基督教都发展出相当完善的修道院制度，但东方基督教注重个体神秘主义趋向，更多强调冥思默想和禁欲苦修，加之东方基督教会与国家制度更为一体化的关系，使东方基督教的修道院制度远不如西方基督教的修道院制度那样具有分化的社会—文化功能。

西方基督教的修道院制度的创始人通常被认为是圣本笃（St. Benedict，480—550），他首次设定了简扼而有约束力的修道共同体生活的制度化准则；教皇格利高里一世（Gregory I）领导的教廷把自愿形成的修道院制度纳入了整个西方大公教的制度体系中，这固然使自愿性修道共同体受到教廷的控制，但也从内部改变了大公教的组织结构。① 西方基督教的中古形态的形成，与西方基督教的修道院制度分不开。

西方基督教的修道院不仅具有一种独特的宗教功能（促成与大众化教会有别的精英式僧侣教团的形成）②，而且由于其独特的补赎理念和组织形态，具有影响深远的社会文化功能，因此 C. Dawson 把西方的修道院制度视为西欧文化传统形成的重要因素。③ 扼要地说，西方修道院制度具有：一、文化传承功能：使因蛮族入侵后湮没的罗马文化得以保存并重新发挥制度化影响（如罗马法的研究）；二、教育功能：以修道院为中心，把拉丁基督教文化带入蛮族社会，尤其在农民阶层中开启文化；三、经济功能：不仅通过自给自足、独立的经济实体形式，发展出一种独特的财富占有形式，而且发展出清贫劳动的经济伦理；④ 四、社会功能：修道共同体的共契原则改变了部落共同体的生活原则，促成了社会忠诚的转向——家族忠诚转向灵性共同体忠诚，地域性忠诚转向圣徒忠诚，改变了封建社会的内在结构；五、政治功能：修道院的制度化带动了独立的政治团体的形式，推动了国家制度中政治力量的分化。⑤

---

① 参见 E. Troeltsch，《基督教社会思想史》，戴盛虞、赵振嵩译，香港：基督教文艺出版社，1998，第 163 页以下。

② 关于西方中古的精英文化，参见 G. Jaritz，《瞬息与永恒之间：中世纪日常生活史》，Köln，1989，第 128 页以下。

③ 参见 C. Dawson，《宗教与西方文化的兴起》，长川某译，成都：四川人民出版社，1989，第 40 页以下。

④ 参见 A. J. Gurevich，《中世纪文化范畴》，庞玉洁、李学智译，杭州：浙江人民出版社，1992，第 283 页；P. Boissonnade，《中世纪欧洲生活和劳动》，潘源来译，北京：商务印书馆，1985，第 64 页。

⑤ 西方修道院制度的社会文化影响相当广泛，包括贸易、技艺、医疗、军事等方面。参见陈钦庄，《试论修道制度及其对西方文化的影响》，见《宗教与文化论丛》，1993（1），第 83 页以下。

当然，修道院共同体制度的首要的文化功能是：发展并践行了一种灵性生活的理想。

正如西欧中古时代的文化和社会形态遭受到诸多贬斥，修道院共同体生活形态亦受到诸多现代启蒙式的贬斥，其中最为流布的贬斥是对禁欲理念的抨击，修道院生活被视为扼杀人性的反面典范。

修道院共同体生活的禁欲理想"在今天看来"是违反人性的——这个在今天看来意味着，现代世界的人性观的巨大变化。与评价中古时代为黑暗、蒙昧的论断一样，评价禁欲理想为违反人性的论断，亦是以一种启蒙后的人性观为前提的。

但并非所有现代思想家都认为中古时代的修道院生活的禁欲理想反人性，也许，按中古基督教的人性观，现代人性观才反人性。舍勒在其卓越的论著《道德建构中的怨恨》中，透辟地比较分析了基督教的爱观与现代的爱观，其中有对禁欲观念的精湛论述：中古时代是欲望的禁欲，以便把目光投向神性境界；现时代是精神的禁欲，以便把目光投在人之本性中最低下、最具动物性的方面。[①]

从福音道德的根本上萌生出来的首先只会是人的精神解放的禁欲，其次是发展和磨炼自主的，亦即不依赖于为之效力的组织机体的生命功能的禁欲……基督教的禁欲观只要不受到古希腊颓废哲学的影响，就不会把压抑甚至消除自然欲望作为自己的目的，其目的仅在控制和支配自然欲望的自主权，使灵魂和精神彻底渗透到自然欲望中去。基督教的禁欲是积极的，而

---

① 参见 M. Scheler,《价值的颠覆》，罗悌伦、林克、曹卫东等译，香港：牛津大学出版社，1996，第 84 页以下及第 116 页。

不是消极的。它的根本意向所指，是最高人身的自力对低层的自发欲望造成的障碍的自由。(同上，第 96-98 页)

受自然本性欲望的支配，还是以精神支配自然欲望，是区别现代人性观与中古人性观的关键。无论舍勒论点的立场如何，事实是，对中古修道院共同体生活的禁欲观念的评价，总带有一种人性观—世界观立场的前设。中古修道共同体是在一套自在自为的语义系统中生活的，要恰切地认识中古修道共同体的禁欲生活，就得按其自己的语义系统来理解它。

中古修道共同体的语义系统的首要训义，是灵性的共同生活，它以上帝在耶稣基督身上体现的爱为楷模。爱是基督教的主题，也是其他宗教的主题。但基督教的爱观与其他宗教的爱观有品质上的不同。[①] 在基督教的信理中，爱是人与上帝相通，上帝扶助人成为灵性肉身的重生行为。从《旧约》何西阿先知的爱的故事、《雅歌》，到新约的《约翰福音》、保罗的"爱颂"，呈示出基督教爱欲观的原初面貌。中古修道共同体生活中的爱观，是基督教爱欲观的一个重要发展阶段，即所谓爱欲神秘论 [Erotische Mystik]。[②] 爱观不是一种理论，而是灵性生活本身。修道共同体生活中的情谊是这种爱欲神秘论的体现，中古修道共同体生活中的情书便是其见证。这种生活实践历史地提出了一个堪称亲吻神学的主题，其含义是，在灵性情谊的爱的共同生活中效法基督。

[①] 参见 M. Scheler，《爱的秩序》，林克译，香港：三联书店，1994，第 4 页以下。

[②] 参见 J. Thiele，《上帝的爱欲：我们只有作为爱者方才成人》，Stuttgart，1988，第 125-156 页；亦参见 A. Nygren，《挚爱与欲爱》，New York，1969，第 613 页以下。

书信是个体内心的直接、率真的表白，它们不是为了公之于世而写的，而是个体间交往的袒露。正因为如此，书信历来是思想史的一个重要文献来源。对于研究中古修道共同体的爱欲神秘论而言，书信作为思想文献的价值就更为重要。爱是活出来的，不是论证出来的。情书是爱的生活的见证，中古修道共同体生活中的情书则既是灵性之爱的见证，亦是爱欲神秘论的生动体现，是亲吻神学最切身的思想材料。

十年前，北京师范大学图书馆书满为患，廉价倾销前辅仁大学图书馆收藏的大批西文书。我闻讯赶到时，英文书已被抢购一空，余下一堆德、法、拉丁文书籍。在乱堆如山的书堆中，我挑了上百本书，其中一本为 J. Erost 编《阿贝拉尔的受难史及与海萝丽丝通信集》（Berlin，1932，共 367 页），读后颇感震慑：基督教思想中竟然有这种文字、感情和精神！

仅从这部书信的篇幅来看，亦可知中古修道院情书的遗留文献不少，在巴塞尔读神学期间，我选修了"神秘主义思想史"研讨课，接触到更多的相关文献。

中古修道共同体生活中的爱观，是基督教思想史上的一个独卓篇章，理应纳入"汉语历代基督教思想学术文库"。但文献纷繁，选编颇难入手。笔者留欧时在坊间偶遇施氏女士选编的文选《亲吻神学》（北京：生活·读书·新知三联书店，1996），甚为欣喜，托我的德文老师李承言教授迻译。正如本书编者所言，她尽量不作评价和解释，而是让书信本身说话。通过这些心灵倾诉，我们可以了解中古时代的修道男女曾经拥有过的爱。

1995 年　香港

莫扎特与神学家

无论中国还是西方的古代经典，都不仅只有文字作品，还有绘画和音乐经典。尤其音乐，在中西方的古典世界中，品位都是最高的。我国学界对西方音乐古典大师们的认识，还停留在一般介绍阶段，对经典作曲家及其经典作品的精神内涵缺乏深入的了解——莫扎特就是一个现成的例子。

莫扎特在欧洲文化史上占有突出的位置，不仅音乐创作史如此——柴可夫斯基和马勒都把他奉若神明，思想史上的影响（例如对基尔克果）同样如此。莫扎特的作品是近代基督教精神孕育出来的，以至于可以说，莫扎特的作品当属于近代基督教文化史不可或缺的一部分（巴赫同样如此）。

笔者选编的译文集《论莫扎特》（华东师范大学出版社，2006）提供了从基督教思想角度探究莫扎特音乐的两份现代文献：一、现代基督新教神学泰斗卡尔·巴特在莫扎特诞辰二百周年时写的几篇隽永的随笔；二、现代天主教神学最有影响的思想家汉斯·昆在莫扎特忌辰二百周年时写的两篇研究论文。基督宗教与欧洲音乐的关系，并非仅体现在欧洲音乐史上至今仍在发展的宗教作品（教堂音乐、弥撒曲、安魂曲、圣母悼歌等），也体现在神学家对音乐的沉思——施韦策尔（A. Schweitzer）曾写过五十多万言的巴赫研究。

巴特的几篇短文虽属杂感性质，却透露出他的思想中一些颇为独特的方面，例如，他把莫扎特的弥撒曲与自己卷帙浩繁的教义学联系起来：两者都是堂皇上帝的荣耀。这些短小随笔不仅令人赏心悦目，也是研究巴特思想的有学术价值的资料。比如，《论莫扎特的自由》一文通常被看作巴特的一篇重要文献，涉及他对基督信仰的理解，这就是他所说的"基督徒的自由"：基督信仰的欢乐超越痛苦但并不离弃痛苦，生命中有无从摆脱的困境和不幸，尽管如此，基督信仰对生活充满爱心。

汉斯·昆的两篇论文则有相当的学术性，分别讨论两个有关联的问题：第一，莫扎特作为一个天主教徒，其音乐作品的宗教属性是什么，昆试图解答这个有争议的问题；第二，通过对莫扎特弥撒曲的神学解析，力图说明莫扎特音乐的基督信仰的品质。

这两篇作品实际都是两位神学思想家以自己的思想诠释莫扎特的结果；反之，也是莫扎特音乐的影响史在神学中的反映。收入本书的第三篇作品，出自音乐学家之笔。不过，居尔克并非一般的音乐学家，应该说，他是学者、诗人型的音乐家。居尔克出生于魏玛，早年主修大提琴、德语古典文学和哲学，分别在耶纳大学和莱比锡大学获得哲学博士学位和大学教授资格。后来，居尔克长期担任歌剧院指挥（时间最长为德累斯顿国家歌剧院指挥）和交响乐团指挥（客座十余个乐团），晚年（1996年起）才担任弗莱堡国家音乐学院教授，著述多种（论及贝多芬、舒伯特、勃拉姆斯、布鲁克纳以及思想家卢梭）。论莫扎特的文章是他最受业内人士称道的作品，尤其涉及莫扎特最后的交响曲与共济会的关系的，乃重大的思想史课题。

2005 年 5 月　广州

里尔克与个体信仰的现代可能性

基督教思想的表达不仅有理论著述,也有诗歌和散文作品。西方文学作品中的基督教思想,是基督教思想史的重要组成部分。我国学界历来忽视文学作品中的基督教思想,反映出基督教思想史认识上的残缺。

现代基督教思想更多、更活泼地体现在诗歌和小说中:法语作家雨果,俄语作家陀思妥耶夫斯基、托尔斯泰、梅烈日科夫斯基、艾特玛托夫,德语作家卡夫卡、伯尔,希腊语作家卡赞扎基,均堪称小说神学家;在诗歌方面,英语诗人艾略特和德语诗人里尔克,堪称二十世纪的诗人神学家。

里尔克和艾略特在二十世纪文学史上声誉极高,《荒原》和《杜伊诺哀歌》被视为现代诗歌史上的两部"天书",语文的创意和思想的深蕴,都达到了难以企及的境地。值得注意的是,这两位大诗人又是二十世纪卓绝的基督教思想家,尽管在思想取向上,两位诗人的关注点截然不同:里尔克显得专注个体信仰的现代可能性;艾略特尽管也探讨信仰问题,但更多关注基督教与传统和国家政制的关系。如果说,里尔克以诗的语言和思索发展了基督教的个体主义,艾略特则发展了基督教的社会主义。基督教个体主义与基督教社会主义恰是现代基督教思想史上的两个基本发展面向

——就前者而言，基尔克果早已提出了一系列基本命题，并在布尔特曼的思想中获得了新的论证和精致的神学构造。因此可以说，里尔克是基督教个体主义思想发展的一个重要环节。

除在诗作中表达基督教思想外，艾略特还以论著形式阐发自己的见解，里尔克的基督教思想则仅以诗作和日记、书信的形式表达出来，因而更具私人性，这与他的基督教个人主义观念相宜。①

里尔克于1912年在亚德里亚海滨的杜伊诺城堡动笔写作《杜伊诺哀歌》，1922年完成于瑞士的穆佐城堡（Muzot），历时十年。这部作品由十首哀歌组成，与《致奥尔弗斯的十四行诗》构成里尔克的思想结晶，令人痴迷地呈现出对现代世界中个体生存的意义根据的探问。哲人如海德格尔从里尔克的诗作中看到形而上学的现代性问题，神学家则从中看到基督神学的现代性问题——天主教神学家巴尔塔萨说过，里尔克的诗作浸透着经过转换的传统神学母题。

为什么是转换了的神学母题？如何转换的？这是研究里尔克神学思想的首要疑难。要弄清里尔克的神学思想，有超乎寻常的难度，因为，里尔克的基督教思想不是以理论思维方式展开的，而是以高度意象化的诗意思维方式展开的。

新教思想史家勒塞（Kurt Leese）的里尔克研究以透辟的分析力见称，是这方面为数不多的力作。勒塞的现代基督教思想史研究相当独特，因为他关注教会神学家之外的现代神学思想：《新教之人的宗教》（*Die Religion des Protestantischen Menschen*, München, 1948）主要分析教会神学家的思

---

① 参见艾略特，《基督教与文化》，成都：四川人民出版社，1990。

想;《西方的宗教危机与现代的宗教处境》(Die Religiöse Krisis des Abendlandes und die religiöse Lage der Gegenwart, Hamburg, 1948) 则着力分析非教会神学家的思想——"里尔克的宗教观"即为该书中的一章。他在分析之始就强调,若以教会神学的思维习惯去理解里尔克,注定失败。"诗人神学家"一词并非笔者故作新奇的臆造,而是勒塞的提法。教会神学家的思考不可不从既存的神学命题出发;诗人神学家的思考则是从生活现实中的信仰问题出发,因而是活生生的、富有创意性的神学思想。

天主教神学方面研究里尔克的力作,当首推瓜尔蒂尼(Romano Guardini)的《论里尔克的此在释义:对〈杜伊诺哀歌〉的解释》(Zu R. M. Rilkes Deutung des Daseins, Eine Interpretation der Duineser Elegien, München, 1977)。勒塞的分析主要依据里尔克的书信和日记材料,瓜尔蒂尼则以神学的传统解读方式解读"哀歌"这部"天书",透析其中驳杂新颖的思想要素。

选编《哀歌中的天使》(华东师范大学出版社,2006) 这个集子旨在为深入理解里尔克诗作中的神学思想提供最基本的文献。除《杜伊诺哀歌》和《致奥尔弗斯的十四行诗》的译文外,勒塞的"里尔克的宗教观"提供了对里尔克神学思想的一个全面的、批判性的分析,文中提供的一些里尔克日记和书信中的宗教思想材料十分难得。瓜尔蒂尼一文系他解读《杜伊诺哀歌》一书中的第二章,"天使"概念是里尔克神学思想中的一个决定性要素,瓜尔蒂尼的分析有助于我们深入理解里尔克的诗作。

国朝学界对里尔克的研究相当贫乏,醉心里尔克诗文的人很多,里尔克诗集译本也不少,但迄今未见有人肯花功夫做注释本，或者编译有关里尔克的研究文献——仿佛个个在灵魂方面是高人，懂得了里尔克。笔者选编这个集子，起因正是自己读不懂里尔克。

2004 年 12 月　广州

关于基督教思想史

十九世纪以降，西方学界写各类学术史成风，文学史、哲学史、伦理学史、心理学史书纷然杂呈，而且部头越来越大——基督教思想史也不例外：从十九世纪末叶到二十世纪初叶，德国新派神学大师哈纳克（Adolf von Harnack，1851—1930）积数十年之功，成就三大卷《基督教义史教程》（Lehrbuch der Dogmengeschichte；英译本 History of Dogma 分为七卷），在基督教学界刻下了一个难以逾越的历史纪录。

从前并没有"基督教思想史"这样的提法，正统提法是"基督教义史"。因为，所谓"基督教思想"并非个体性的（有如哲学思想），而是教会性的，属于教会群体，或者说受教会法度规约。哈纳克在《基督教义史》绪论开宗明义："教义史是教会通史的一门学科，它所拥有的研究对象是教会的诸教义［the dogmas of the Church］"。与此相应，从前也没有"基督教学说"之类提法，"学说"是个体性的东西，正统提法是"基督教义学"。自从德国浪漫派思想家、新教神学家施莱尔马赫写了《基督教信仰学说》（尹大贻先生曾答应我翻译此书，可惜先生不幸过早病逝），开了新派做法先河，"教义学"变成"基督教思想学说"。从那以后，"基督教思想史"一类史著也就屡见不鲜了。近一个世纪以后，新教神学名家梯利希（Paul Tillich）写的《基督教思想史》（尹大贻译，香港道风书社，2005）算得上其中翘楚，非常哲学化。

帕利坎的五卷本《基督教传统》显得志在刷新撰写基督教思想史的历史纪录，哈纳克的大著虽名为《基督教义史》，但做法已算新派。因为，即便是在爬疏"教会的诸教义"，毕竟还有如何爬疏的问题。如哈纳克在其《基督教义史》绪论中所明言，他当然要企达"护教的"（apologetic）目的，但也要求得"学术的"（scientific）目的：既要做神学家，又要做史学家（Historiker）。帕利坎的《基督教传统》虽用副标题 A History of the Development of Doctrine 对书名作了进一步规定，但其新派做法依然"青山遮不住"。毕竟，与《基督教义史》的书名相比，帕利坎的书名要学术化得多。

各类学术史蜂起，原因之一是现代大学的教学需要：读书人多起来，为了让学生们尽快掌握相关学科的历史背景，学科类的史书颇为方便。不过，我们切不可以为，只要熟读思想史，自己的学识就牢靠了，从而产生一种虚假的学识上的满足。无论卷数多大，思想通史总不可能深入历史上某个思想家作品的细节，阅读原著的功夫仍然是首要的。何况，思想史家即便很"客观"，也是一种思想立场。思想通史的长处在于，帮助我们在阅读原著之前对历史上浩瀚的思想获得一个明晰的线索。就此而言，思想史家如何描述思想在历史上的起承转合就显得非常重要。不消说，谁要写思想史，谁就得对历史上所有重要的思想家有不仅通盘而且细致的具体把握，但同样要求思想的洞见。帕利坎的五卷本《基督教传统》在学界闻名遐迩，也的确名不虚传。坊间同类史书形形色色，《基督教传统》线索清晰、卷帙适当、材料详实、论析允当、不乏独见，迄今少有可与比肩者——五卷在手，如备进入近两千年基督教思想的入门指南。

十多年前，我在香港创设"历代基督教思想学术文库"时，即约请老友翁绍军翻译全五卷，绍军兄欣然应诺。译出卷一后，帕利坎教授要求须由自己的中国弟子沈宣仁教授审读译稿。沈教授当时年事已高，健康亦欠佳，一拖数年，幸得他亲炙弟子陈佐人教授接手审读，方才面世。遗憾的是，几经周折，本来颇有热情翻译全五卷的绍军兄，终于放弃了其余各卷的翻译。余下四卷的汉译是否以及何时方能续之，我这个肇始者虽未能忘怀，却也始终一筹莫展。毕竟，如此大部头的翻译工作，要找到合适译者委实不易。

2008 年　广州

伯纳德特与海德格尔

伯纳德特是古典语文学家,他熟悉 20 世纪的大哲海德格尔吗?

前不久,我在迈尔(Heinrich Meier)教授家做客,他给我看伯纳德特送给他的种种礼物,最为珍贵的当然是施特劳斯写给伯纳德特的数十封书信的原件。让我好奇的是,还有施特劳斯送给伯纳德特的海德格尔的《林中路》和《路标》,扉页上有施特劳斯的笔迹:for Benardete。

2003 年,德国曾举办纪念《自然权利与历史》问世 50 周年暨追思施特劳斯逝世三十周年学术研讨会。据会议组织者迈尔说,伯纳德特为此提交了论文提纲,题目是"哲学与诗之争"(The Quarrel between Philosophy and Poetry)。从提纲看,论文将涉及海德格尔、尼采、荷尔德林。不幸的是,伯纳德特提交提纲后不久就病重入院,研讨会召开前半年病逝,我们无缘得见论文全豹。

鉴于伯纳德特早年曾写过索福克勒斯的《安提戈涅》疏解,可以设想,在伯纳德特心中,海德格尔、尼采、荷尔德林与索福克勒斯的关系问题已搁存了相当长的年月。倘若如此,还可以进一步设想,早在写作《安提戈涅》疏解时,伯纳德特心中已经存有海德格尔、尼采、荷尔德林与索福克勒斯的关系问题。据伯纳德特回忆,施特劳斯在读过伯纳德特的《安提戈涅》义疏后写信给他说:"读过你的[义疏],读海德格尔的[义疏]就跟读一个穿平头钉靴子的人差不多了"——伯纳德特在回忆中补充说,施特劳斯这话的意思是,海德格尔的解读水平(而非哲学水平)被他的《安提戈涅》义疏贬得很惨。

既然如此,我们阅读伯纳德特的《安提戈涅》疏解就得多一分留意。比如,为什么作者给自己的这部看起来几乎是古典文献专业性的注疏著述选取了 Sacred Transgressions 的书名?

Sacred 是一个普通的英语语词,但这里的含义显得当从古老的希腊神学传统来理解。Transgressions 则是这一神学传统中的一个重要概念,其古希腊语原文为 ὑπερβασίη。在荷马那里,这个语词的含义首先指"践毁神圣的誓约"(《伊利亚特》三,107),也指冒犯共同体的生活习规(《伊利亚特》十六,17-18,中译本译作"不公";《奥德赛》三,行 206,中译本译作"无耻傲慢";《奥德赛》二十二,168,中译本译作"不义行为")和狂肆的见解(《伊利亚特》九,501,中译本译作"犯规":ὅτε κέν τις ὑπερβήῃ καὶ ἁμάρτῃ [人犯规犯罪])。在赫西俄德那里,这个语词写作 παραιβασίας(《神谱》行 220,中译本译作"犯罪行为")。这个复合词的前缀 ὑπερ 本身带有"越过"的含义,由此引申出的 hubris 的基本含义是"僭越"(埃斯库洛斯《被缚的普洛米修斯》717-722:ὑπερβάλλουσαν,中译本译作"过河"),主要指忤逆诸神的治权(埃斯库洛斯《七雄攻忒拜》502,中译本译作"狂傲";亦参索福克勒斯《俄狄浦斯在科洛罗斯》120)。按古典语文学家的考究和归纳,παραβαίνω 这个动词通作"违法"解。

问题在于,如果 Transgressions 就是"违法犯罪",何以又是Sacred？

《安提戈涅》中出现了两种"法"：传统的宗法和国王的立法。我们知道，雅典肃剧的发展与民主政制的兴衰有密切关系。公元前508年，克莱斯忒涅（Cleisthenes）的立法第一次将民主政制引入雅典，其时埃斯库洛斯才十几岁。国王的立法本身是忤逆传统的宗法，因而算Transgression——僭越了天神划定的界限。安提戈涅忤逆国王的立法，也算Transgression，却是忤逆人义的法。伯纳德特的《安提戈涅》义疏用Sacred Transgressions这个书名，无异于否定了黑格尔的著名说法：《安提戈涅》的肃剧是"两种片面的伦理力量的冲突"。克瑞翁的Transgression与安提戈涅的Transgression不可等而视之，安提戈涅依传统宗法Transgression，因而是Sacred，克瑞翁的Transgression忤逆传统宗法，不可称为Sacred。黑格尔的说法恰恰表明他站在现代启蒙主义的立场来看待古典肃剧。

用今天的术语来讲，Transgression当属于政治神学而非形而上学，用它作为疏解《安提戈涅》的书名，使得这部古希腊的经典作品实至名归，而非像海德格尔那样，让《安提戈涅》进入一种新的形而上学解释框架。可是，在今天的学科分类中，我们找不到"政治神学"这个专业；在现代哲学、人类学、社会学、语言学、文化学所支配的"宗教学"专业里，也找不到"政治神学"的地盘。于是，在如今的大学学科中，即便有人想要进入《安提戈涅》也不得其门。

2006年　广州

陶伯斯与施米特

陶伯斯（Jacob Taubes，1923—1987）在西方政治哲学界名气不小，但他一生仅写过一本小书，即1947年他在瑞士苏黎世大学完成的博士论文《欧洲终末论》（*Abendländische Eschatologie*）。这本24岁的年轻人完成的论文（仅62页）当然不会给陶伯斯带来什么学界声誉，直到他去世后，人们才意识到这本书的确有点名堂（1991年重印时编者增加了一个附录，2007年第三版增加了编者后记，有意文［1997］、法文［2009］、英文［2009］、西班牙文［2010］译本）。博士毕业后，陶伯斯再没写过专著。他去世后由学生辑录的文集《从敬拜到文化：历史理性批判的基石》（*Vom Kult zur Kultur. Bausteine zu einer Kritik der historischen Vernunft. Gesammelte Aufsätze zur Religions-und Geistesgeschichte*，München，1996），篇幅也不大。《保罗的政治神学》并非是陶伯斯写的一本书，而是他临逝前几个星期在海德堡的福音学会研究坊的四次学术报告（1987年2月23-27日）——作报告时，陶伯斯手上连讲稿都没有……

《保罗的政治神学》这个书名让人以为陶伯斯是在全面阐释保罗书信，其实，这个讲题阐释的仅仅是一个与施米特的"政治神学"概念相关的问题："终末"或"弥赛亚"观念与政治神学的关系。陶伯斯在"引言"中说,他解读保罗的《罗马书》与新约神学研究无关,而是与施米特相关。他所讲的内容源于他自己与施米特一起阅读《罗马书》第 9 至 13 章——当时他刚 50 岁出头,施米特则已经 90 高龄。因此,这本书的书名严格来讲应该是"施米特的政治神学与保罗"。陶伯斯承认,自己的一生如果"真学到了什么东西,那都是从施米特那儿学到的"。倘若如此,他学到的东西是什么呢?

陶伯斯还强调,他是作为犹太人而非作为哲学教授阅读《罗马书》的——保罗既是犹太人又是基督徒,这与陶伯斯的生存位置颇为相似。陶伯斯出生在维也纳,他父亲是有学养的拉比,犹太教社群的高级祭司。13 岁那年(1936),陶伯斯随父亲迁居苏黎世,在拉比中学毕业后,陶伯斯就读于巴塞尔大学哲学系(辅修史学),却喜欢与住在巴塞尔的两位 20 世纪的神学泰斗——新教的巴特和天主教的巴尔塔萨——接触。他的博士论题"欧洲终末论"属于哲学系思想史专业,而非神学系的教义史专业。在苏黎世大学获得博士学位后,陶伯斯远渡重洋来到美国(1949),在纽约的犹太神学院(Jewish Theological Seminary)任宗教哲学助教,同时也听施特劳斯、蒂利希、阿伦特等流亡美国的犹太裔学者讲课。两年后,在以色列耶路撒冷大学任教的著名犹太教思想史家索勒姆(Gershom Scholem)给陶伯斯提供了一个宗教哲学讲师的教职,但陶伯斯在耶路撒冷仅待了两年,因与索勒姆在学问上谈不拢,他又申请洛克菲勒奖学金回到美国,在哈佛大学做了三年访问学者(1953—1956),然后受聘为哥伦比亚大学宗教史与宗教哲学教授。陶伯斯早年在苏黎世念博士时就自称"激进左派",在美国时,他与同样是犹太裔的"法兰克福学派"成员(比如马尔库塞、阿多尔诺)混得很熟;十年后(1966),陶伯斯受聘为柏林自由大学的犹太学和解释学教授,同时兼任巴黎的"人文之家"(Maison des Sciences de l'Homme)的教授,直到去世。

陶伯斯生前在政治哲学界的名气其实与施米特相关——早在1955年,30岁出头的陶伯斯因编书的机缘给施米特写了一封信。随后,他收到施米特寄来的题赠的所有著述。主动与同纳粹政权有过牵连的施米特联系,难免会招惹非议,何况陶伯斯还是一个犹太人!然而,从陶伯斯的忆述中我们看到,在当时的哈佛,悄悄读施米特的年轻人其实不少——包括年轻的基辛格……陶伯斯在19岁时第一次读到施米特的《政治的神学》,佩服得不行。不过,尽管施米特给陶伯斯寄了书,陶伯斯却没敢继续与施米特保持联系,甚至没有回信。直到20年后,已经在柏林任教的陶伯斯才开始与施米特有个人接触。施米特去世时,《法兰克福汇报》刊登了三篇悼念文章,陶伯斯就是其中一篇文章的作者。可见,他与施米特的交往在当时的学界早已众所周知。

20世纪70年代,作为柏林自由大学的教授,陶伯斯组织了一个小型研究坊,专门研究施米特提出的"政治神学"问题,成果是以"宗教理论与政治神学"(Religionstheorie und Politische Theologie)为题的三卷本文集:卷一《此世的王侯:施米特及其追随者》(*Der Fürst dieser Welt. Carl Schmitt und die Folgen*, 1983),卷二《灵知与政治》(*Gnosis und Politik*, 1984),卷三《神权政制》(*Theokratie*, 1987)——这是陶伯斯的教授生涯留下的唯一学术成果。

"终末"或"弥赛亚"是犹太教—基督教的根本观念,在陶伯斯看来,这个观念给欧洲文明打上了决定性的品格印记。换言之,欧洲文明是地道的犹太—基督教文明,古希腊—罗马文明早就被犹太—基督教文明作为"异教"割除掉了。即便欧洲历史上著名的反基督教者——从罗马帝国时期的克尔苏斯到19世纪末的尼采，看似坚定地拒斥基督教，要回到古希腊的世界观，也仍然与犹太—基督教的根本观念脱不了干系。从而，要理解欧洲文明及其问题，必须深入理解犹太—基督教的决定性观念："终末"或"弥赛亚"。陶伯斯的博士论文已经把"终末"观念与整个欧洲思想史联系起来，从他的临终学术报告《保罗的政治神学》来看，他关切的仍然是"终末"或"弥赛亚"观念与欧洲思想史的关系——尤其是与20世纪思想的关系。

如果陶伯斯一生想的都是这个问题，那么，当他承认自己的一生所学到的东西"都是从施米特那儿学到的"又是什么意思呢？从陶伯斯的谈话中可以看到，他已经把意思讲得非常清楚：施米特让他懂得，"终末"观念支配了欧洲文明的政治生存感觉。换言之，年轻时的陶伯斯还仅仅是从哲学观念上来看待"终末"观念，施米特却让他恍悟到，"终末"观念塑造的是欧洲人的政治生存方式。如今我们可以看到，新锐的阿甘本不过是在尽力扩展这个论题——如今可以称之为施米特—陶伯斯论题。

陶伯斯属于那种读书多、问题想得深但笔耕不勤的学者，这类学者在学界并不少见。要从这类学者那里学到东西，就得听他讲课或谈话——《保罗的政治神学》就是证明。

2015年　北京

约瑟夫斯与希腊人

西方文明的源头是所谓"两希"(希腊与希伯来)文明,这两个古老文明自相遇之日起就既有交融也有冲突——或者说,文明的交融离不了冲突,冲突难免会生交融。

约瑟夫斯(Flavius Josephus,公元37—95/100)比希腊化的著名犹太哲人斐洛晚两代,而且出身于圣城耶路撒冷一个高级祭司家庭。公元66年,犹太人起义反抗罗马人的统治,身为法利赛教派祭司的约瑟夫斯被任命为起义军首领,指挥过好几个重大保卫战。起义失败后,约瑟夫斯降于罗马将军韦斯巴西安,转过来帮占领军镇压继续抵抗罗马人的犹太人。公元70年,耶路撒冷陷落,约瑟夫斯又与罗马占领军将领——韦斯巴西安的儿子提图斯成为朋友。此后,约瑟夫斯跟随罗马将军来到罗马,享受优厚待遇(已是皇帝的韦斯巴西安为他提供了丰厚的年金),约瑟夫斯也把皇帝家族的姓氏Flavius作为自己的名字。在罗马时期,约瑟夫斯写了四本书,似乎在向罗马人献媚,蔑视犹太人的民族抵抗情绪,甚至贬责自己亲身参加过的起义——其实,约瑟夫斯著书更有可能是在为自己所属的被异族征服的文明树碑立传。

约瑟夫斯写的四本书是:《犹太战记》(*The Jewish War*),《犹太古史》(*Jewish Antiquiti*,据说书名有意模仿古罗马史家皮克托［Fabius Pictor］的《罗马史》)，《驳阿庇安》(*Against Apion*，又名《驳希腊人》[*Against Hellenes*])，《约瑟夫斯传》(*Life of Josephus*)。Leob丛书收有这些著作的H. St. J. Thackeray英译本（希英对照，Harvard University Press，1926/1993）。20世纪末，荷兰Brill出版社组织学者重新翻译和注释约瑟夫斯的作品，已经出版《约瑟夫斯传》(Steve Mason译，2001) 和《驳阿庇安》(John M. G. Barclay译，2007)，有大量注释（《驳阿庇安》就有两千多个注释）。

除《犹太战记》外，约瑟夫斯的书都用希腊文写成，其时，巴勒斯坦已经是罗马帝国的一个行省。换言之，约瑟夫斯作为犹太文明代言人的身份和处境极为尴尬：自己所属的文明的语文和政制都丧失了独立存在的权利——尽管如此，约瑟夫斯仍然要为自己所属的文明政制辩护。《约瑟夫斯传》也许算得上西方文史上的第一部自传体作品，色诺芬的《远征记》或柏拉图的《书简》即便带有自传性质，记叙的也仅是一段时期的经历，而非自己的一生。约瑟夫斯的自传显然带有自我辩护的性质，然而，这种辩护带有双重性：看起来是在为自己投靠罗马人辩护，实际上也在罗马人面前为自己的文明传统辩护。《驳阿庇安》则明确针对希腊人的文明优越感为犹太文明政制辩护，毕竟，就文化氛围而言，当时仍然是所谓"希腊化"时代。

约瑟夫斯的经历与比他早两百年的珀律比俄斯颇为相似，后者留下的《罗马兴志》（马勇译注，即将由华夏出版社出版）虽然以罗马共和国的崛起为主题，同样带有为被征服的希腊文明辩护的意图。无论珀律比俄斯还是约瑟夫斯，他们为自己所属的文明传统辩护的时候，承载文明传统的独立国家都已经不复存在。显然，在他们看来，优异的文明政制并不会因为国家覆亡而不再优异——政制德性的优劣与国家的强弱甚至存亡并非一回事。尽管20世纪的中国差点儿亡国却幸运地没有亡国，中国智识人因中国的文明政制传统是否值得辩护而爆发的内战不仅旷日持久，而且迄今硝烟弥漫。就此而言，约瑟夫斯的书绝非仅仅对我们认识晚期希腊文化有意义，或者说绝非仅仅对迄今仍然迷惘的世界史专业有意义。

2015年春　北京

自我的棱镜

关于"四五"一代的知识社会学思考札记

一

"代"的同属意识在当代有明显增强的趋势，这对当代文化意味着什么社会学意义？

孔德已从社会学角度考虑过"代"的问题，尤其是"代"的接续问题。曼海姆把具体的社会群比作社会岩层，"代"（Generation）则是社会岩层之一。如果从文化社会学的立场来考察"代"这种社会岩层，可以更为恰切地诊断当前潜隐着的文化趋向的重要特性、话语取向及其存在的问题。

把"四五"一代作为一个社会学的代问题提出来，有明确的限定。首先，它仅指涉特定的社会历史区间中的一组社会岩层，而且，分层范围十分有限，即知识分子层。随之，对"四五"一代知识分子及其相关的代的考察，亦主要在知识社会学的范围中进行。因而，对"四五"一代的社会学考察，乃是为了透视当前的文化——精神运动的内在结构，透视当前文化精神上的与个体和社会攸关的彻底变革现象。

二

我之所以用众所周知的"四五"事件作为"四五"一代的标志,主要是符号上的需要。"四五"一代作为历史文化事件来看,其含义远远超过作为政治事件的四五运动本身,正如"五四"一代作为历史文化事件,其含义远远超过作为政治事件的五四运动本身。

"五四"一代已成为过去的历史文化事件,"四五"一代则是正在发生着的历史事件。对"五四"一代的反省和批判,是外在的、事后的反省批判——后批判,因而与"五四"一代已构成传统的继承或拒斥的关系。对"四五"一代的反省和批判,是内在的、本己的反省批判——前批判。我们置身于"四五"一代之中,正在构造将被历史视为"传统"的东西。对"四五"一代的知识社会学考察,必应导向"四五"一代的自我审视和自我批判。这是一种关涉自我的社会文化前批判。

三

"五四"一代在学术、文艺、政治、精神品质、社会形态、历史取向诸方面,都对中国现代社会的发展产生过决定性影响。就此而言,至少有两个问题不能不加以考虑:首先,所谓社会发展有历史规律可循的话语受到挑战。某个时代是某种知识类型的产物,是人为的而非历史必然的。进而言之,"四五"一代必须就自身提出的知识类型及其观念对自己和社会及其未然形态负责。其次，"五四"一代真的那么功勋卓著吗？在时代历史的困惑中他们没有过观念上的失误吗？知识社会学理应来澄清这一问题，并由此延伸到时代社会—知识类型—社会行动的一般关系的知识社会学分析。在相同的时代社会关联域中，就"五四"一代而言，并非只产生了一种单一的知识型，那是一个"百家时代"。为什么其中一种知识类型能取得有效的社会行动，并建立起意识形态体系？这无疑给知识社会学提出了一个有趣的课题。

"四五"一代当然不会简单地要么继承要么拒斥"五四"传统这个极为含混的标签、意识形态化的术语，也不曾自诩比"五四"一代更高明。问题仅在于，"四五"一代所拒斥的社会及文化类型在相当程度上是由"五四"一代中的某一类型的知识分子采纳的知识观念通过社会行动促成的，这只能激起"四五"一代在时代社会—知识类型—社会行动的具体境况中更多的忧虑、更多的小心。

把"四五"一代作为一项知识社会学的课题提出来，在我看来，首要的亦是主要的旨趣即在于激发"四五"一代内在的自我批判，这种自我批判同时又是社会文化的批判。所以，这一课题只能由"四五"一代自己主动提出。"四五"一代知识分子的社会文化批判大都指向过去，如今似应多少转向自己、转向时代的当前。

四

对"代"的划分，生理学上有明确的年龄层区分，它依据的是生—死之生物性节律。但从社会学来看"代"的划分，情形有所不同。社会学依据的并不仅是生命的自然事实，必须考虑到政治、经济、文化的社会—历史事实。曼海姆在《代的社会学问题》一文中提出，"代"的社会性同属现象，以生—死生物节律的事实性为基础，但并非从这一事实性中引导出来。换言之，对"代"的同属性的社会学考察，应把握的是肉体—精神—心灵的转换，这必然与社会—历史的结构转换相关。

我宁愿更多地从社会学方面而非生物性节律的事实性方面来看待"五四"一代和"四五"一代的"代"的同属性，因为它明显是一个社会现象，而非生物现象，尽管我原则上遵循曼海姆的界定。

我将中国现代知识分子分为四组代群："五四"一代，即上世纪末至本世纪初生长，二十至四十年代进入社会文化角色的一代，这一代人中还有极少数成员尚在担当社会文化角色；第二代群为"解放一代"，即三十至四十年代生长，五十至六十年代进入社会文化角色，至今尚未退出角色的一代；第三代群为"四五"一代，即四十年代末至五十年代末生长，七十至八十年代进入社会文化角色的一代；第四代群我称之为"游戏的一代"，即六十至七十年代生长，九十年代至二十一世纪初将全面进入社会文化角色的一代。

这种区分当然带有年龄层次上的模糊性，实质性的因素恐怕与个人的社会生活经历及教育和个体的精神抉择不无关联。至于代群中的分化现象，亦应在考虑之内。不过，这种划分大体上可行，其首要的依据在于：1. 政治、经济、文化的社会—历史机制的内在转换；2. 各代群所负载的知识类型在当前文化中构成的实际可见的社会冲突。

与此相关的另一问题是"代"的接续问题［Generationsfolge］。不妨说,"解放的一代"和"游戏的一代"分别是"五四"一代和"四五"一代的接续。不仅当前文化中的知识类型之间的社会冲突或趋同可以表明这一点,心性感受形式和精神品性之间的差异或趋同亦是证明。所以,我把"五四"一代和"四五"一代看作本世纪中国文化的实质性社会岩层,它们标志着中国现代文化社会的实质性断层。

五

知识社会学不是文化思想史。深入探究"五四"一代不在我的视野之内,我的主要兴趣已如前述乃是"四五"一代的内在的社会文化自我批判。

知识社会学首要关注知识的类型与社会的内在关联。本世纪有三次巨大的"人震"——地震的死亡人数恐亦不可与之相比。"四五"一代与这三次"人震"中的一次(十年"文革")有特殊的牵缠:参与—退出—反思。这迫使对知识分子的"代"的知识社会学考察不得不更多地引向一个专门的题域:知识类型中潜在着的意义意向问题。社会学家舍勒在其《知识的形式与社会》一书,对这一题域的研究有重大贡献。

"四五"一代知识分子大多先有社会历史演变的个体涉入,后有学院的知识教育训练,知识类型之选择的价值意向具有在先的规定性和自觉性。这与第一次世界大战之后和第二次世界大战之后出现的一代欧洲(尤其德国)的知识分子,至少在生成形式上相似。当年流行的所谓"新黄埔三届"的说法,颇有社会学的刺激性。"四五"一代的知识价值意向与特定而且集中地发生的历史社会事件,有必然而且内在的关联。

但是,严格地讲,"五四"一代虽不像"四五"一代那样,颇为划一地先有强烈的整体性社会投入,再有知识类型的明确选取,这种情形在"五四"一代中仍然不是绝无仅有的——比如熊十力的例子。不仅如此,"五四"一代知识分子同样在一连串大的社会变故和动荡中形成。就此而言,知识类型的价值意向与生活关联域过于直接的连结,不是两代人的实质性差异。事实上,"五四"时代的科学救国主义、经济救国主义、文化救国主义、政治救国主义、教育救国主义以及种种西方思潮的引入,至少从形式上看,"四五"一代在重复。

实质性的差异恐怕在于:尽管两代人都有在先的强烈整体性社会投入,但社会投入的心性意向的实质内涵不同,社会历史事件本身的性质亦绝然有异,这不仅是导致两代人的知识类型的价值意向性差异的原因,而且是使得知识类型之价值意向性的重新提审成为迫切问题的原因。

六

"解放的一代"尽管不是有在先的整体性强烈社会投入,但这代知识分子的社会参与及其十年"文革"的涉历,同样引人注目。就知识类型及其价值意向来看,"解放的一代"颇为特殊,在我看来,首要的特点是知识类型及其价值意向的意识形态同一、整合化。从知识社会学角度而言,这代人的知识类型及价值意向在一开始就被有效地织入意识形态的话语织体和组织机制之中。必须注意的是,意识形态绝非仅是一套准知识型思想观念,它更是一套有效的社会机制。此外,这一代群的知识类型之意识形态化,仍与社会历史域有直接关联,意识形态的一体化在很大程度上是主动参与,而非被动采纳。这里依然有激发起知识社会学兴趣的关于价值意向的课题。

由此可以理解,尽管这一代群亦多经社会磨难,依然很难在知识类型及价值意向上失范于意识形态的话语和组织运作。例如,即使是这一代群中的一些与既有意识形态话语相抵牾的知识分子,其言述亦带有意识形态的话语功能。至于诸多右派人士,实质上是真正的左派,则是众所周知的,从知识社会学角度看,也不是一个难解之谜。

就知识社会学而言,作为意识形态的主动承续者,"解放的一代"如何与"五四"一代连结起来,恐怕也是一个富有刺激性的课题。

七

"四五"一代明显不是既存意识形态的承续者,就此而论,这一代群与"五四"一代又有形式上的类似之处:他们都是既有文化制度的破坏者、话语"传统"的反叛者——本世纪中国的两次文化危机是由这两代人分别挑起的。

文化危机与信仰危机互为表里,从根本上讲,文化危机指示的是知识类型后面的意义意向的实质性断裂。"四五"一代挑起的文化危机在层次上比"五四"一代的文化危机更深,其中隐含着的意义意向的断裂更甚,这从对"游戏的一代"所作的社会学透视中可以见到。所以,我宁愿从"相信"这一意义意向的特定范畴入手来考虑文化危机。

危机在此有双重含义:首先是传统意义话语发生动摇导致

的危机，随之是潜伏在意义活动话语的重新定位过程中的危机。

"五四"一代至少在形式上中断了传统的意义话语。他们从反叛"传统"中站出来，并积极地、迫不及待地要给意义话语重新定位，随之是重新定位后的坚信转化成的社会行动。

"文化大革命"末期，我曾将一首题为《寻找真理》的劣诗示于一位三四十年代即已成名，后来身任高级文化干部但当时仍在监管中的作家，向他请教。他当即指出，"寻找真理"是他们那一代人的经历，他们找到了，我们不应该有这种念头。

这段轶事颇能说明问题。从知识社会学角度看，这里隐含的问题是：真诚的相信的意识意向是否能保证意义意向性对象为真。

"五四"一代的意义意向的重新定位直指西方的意义观念。但是，重新定位的意义意向并没有从整体和传统根基方面深究西方意义观念的知识类型，而是更多地匆忙采纳十九世纪产生的各种思潮。而这个历史时期，恰是虚无主义在西方猛然聚生的时代。"五四"代群的意义意向如此重新定位无疑与本己的社会历史事实性相关，而且，这种知识类型的取向模式，早在"五四"代群之前——例如王国维——就已奠定了基础。但是，我们依然不能承认这是一种必然的重新取向，事实上，也有其他取向。

八

"四五"一代不是从反叛既存知识类型及意义话语中站出

来的。如说真诚的相信,这种品性"四五"代群并不缺乏。然而,"四五"代群从真诚的相信走向了真诚的不信。这就敞开了一个问题:真诚的相信并非可以直接推导出意义意向性对象为真。问题依然还在于:相信的意向对象是什么,这一对象的意义形态的根基是什么。

不过,这已经涉及意义现象学问题,不是知识社会学应该过多谈论的题域。从知识社会学看,上述问题已表明,在给意义话语重新定位的过程中同样隐伏着危机。进而言之,"四五"代群的重新定位同样已置身于这种危机之中。

"四五"一代从真诚的相信走向真诚的不信为拒斥意义话语的对象性失误提供了条件,也给出了新的危险。

这种危险是双重的:一方面,在"四五"代群已然分化了的意义话语的重新定位过程中——"五四"代群中也经历过这种分化,可能重复"五四"时代的某些失误,例如,当时的一种知识类型的价值意向性对象,就以历史形态为价值根基,这最终会自食其果:历史的偶然总有一天会嘲弄这种价值意向本身。"四五"代群中已经出现的各种知识类型,应该担负价值意向的自我批判的任务。

另一方面,"四五"代群从真诚的相信走向真诚的不信过程中,已经出现"一无所信"的趋向,而且此趋向有增无减。据报载,武汉大学一位女学生自杀未遂,当问及自杀原因时,回答是:翻开书本,如今处处见的是叔本华、尼采、弗洛伊德,是虚无、空虚、无聊……事实上,"四五"代群的"一无所信"已作为一种意义话语的新定位在转化为社会行动。

"一无所信"实质上亦是一种相信,同样构成一种类型的知识形式,它相信——真诚地相信——"不相信"和空虚。这种知识类型导致的社会行动显而易见:游手好闲、性即乐、追逐时潮、无所谓、耍嘴皮子（闲谈）。如果"四五"代群不以自我批判为批判来展开社会文化批判，那就至少在形式上承继了"五四"代群中的某种知识类型。

九

从整体上看，"四五"代群与"解放的一代"有一形式上的相近似之处，这就是与"相信"的意义意向相结合的理想主义心性品性。

理想主义同样应置于知识社会学的考察范围，它不仅关涉知识类型及意义话语，而且与更为广泛的知识分子品性问题有关。

理想主义在上述两代群中已然不同，这里涉及的要害之处依然是理想主义的实质而不仅是形式问题。简单地说，"四五"一代的理想主义已经历了实质性的嬗变，感伤质素极重。"四五"代群中，理想主义已更多地成为精神品性，而不是意义话语。这种品性意味着，不管这个世界如何无聊、让人沮丧，毕竟仍有美好的、值得珍惜的、为之感动的东西存在。

"游戏的一代"从一开始就鄙视这种品质，他们嘲笑"相信"的意向本身，嘲笑对珍贵的、神圣的东西持重，嘲笑知识类型本身。这一代群接续了"四五"代群中分化出来的"一无所信"意向，并在哲学上加以推进，也很快在西方找到了同伴。这一代群具有主动失范于任何知识类型的冲动，进入游戏空间，其游戏的规则就是游戏本身。从精神品性上讲，他们的重大特点是，已不知道什么叫因高贵和神圣的东西而感动。中国知识分子的精神品性将再次面临新的挑战。

十

若从二十世纪世界文化的范围来看,"四五"一代还与另一日益引人注目的文化现象相关:流亡文化。

流亡自古就有,但文化的大规模流亡,则是二十世纪的特殊现象。我至少可以指出二十至四十年代的俄国流亡文化和三十至四十年代的德国流亡文化以及当代东欧的流亡文化,前者的流亡中心地是巴黎,涌现出别尔嘉耶夫、布尔加柯夫、洛斯基、蒲宁等一大批杰出的哲学家、神学家、作家、诗人;后来的流亡中心是美国,它产生了法兰克福学派的社会文化批判传统,涌现出霍克海默、阿多尔诺、布洛赫等一大批杰出的文化思想家。流亡文化从本己的民族性遭遇出发,又超逾了民族性本身,成为独特的、有广泛影响力的知识类型。

我不太乐意说"四五"一代已经在构成流亡文化,但社会事实似乎日益在提供刺激。这一问题颇为复杂。早于"四五"一代的侨居欧美的中国知识分子,至少在形式上带有流亡性质。至于"四五"一代的流亡文化,则至少已有构成的社会趋向。

我对这一问题的关注,当然仅限于知识社会学的范畴,即是说,如果会有一种流亡文化,那么,它的知识类型及意义话语将是诱人的课题:它是否也能既从民族性的特殊生活关联域出发,又超逾民族性的偏狭,进入基本的生存论语境。

至少就目前来说,社会学方面提供的材料使我不自信。不仅于此,即使是文化类型学方面的考虑也让人不感到自信。人类学家米德的研究表明,文化品质在相当程度上决定着人的素质。中国文化的素质至今令人感到有所缺憾。就此而言，由知识社会学引导的"四五"一代的内向性社会文化自我批判，恐怕更为迫切。

1989 年 2 月　深圳

当代中国文学的景观转换

一

法国作家、思想家马尔罗（Andre Malraux）曾经说过，俄罗斯从来没有过文艺复兴，也没有过雅典。这话当然不适用于俄国，但却适用于中国，而且我还得补上，中国不仅从来没有过文艺复兴，也从来没有过启蒙运动；不仅没有过雅典，也没有过耶路撒冷。

俄罗斯曾有过文艺复兴，虽不曾有过雅典，却有过耶路撒冷。另一方面，俄罗斯精神震撼世界，原因之一即是俄罗斯小说家们为耶路撒冷精神所作的雄辩和对雅典精神提出的有力指控。

经常以拥有灿烂丰富的古代文明自恃的中华民族，到了二十世纪，突然一下子变得既自卑又自傲。在念念不忘自己的文化血统的同时，又急切地想要全盘占有文艺复兴的风采、启蒙运动的理性，占有雅典的诸神和神殿，占有耶路撒冷受难的磔刑架。

但是能吗？如果答案是否定的，进一步问，为什么不能？或者换一种问法，为什么自有其精神传统的汉语文化非要趋近前述诸种文化精神，急切地想要禀有其内在品质？是因为汉语文学艺术中所蕴含的精神品质总不能与其相比吗？谁不知道，自"五四"新文化运动以来，追求欧洲文化精神及其形式最急切的莫过于文学？

不幸的是，一场"西"梦终归成了一场梦，而且是噩梦！这场梦仍然是一场"西"梦，只是，它变成了噩梦。梦中的主角成了日耳曼式的普罗米修斯，他从儒家的"天"上盗来火种，把中国大地重新焚烧一遍。

所谓"梦"是就那种想与西方某种历史理性的理念认同的意愿来讲的。就实际的情形而言，并没有什么"梦"，只有不留痕迹的杀戮、没有声音的恸哭和没有墓志铭的荒坟。

然而时至今天，汉语文学仍然没有在言说上进入基本的生存论位置，尽管已经有了自己的"现代派"文学。看来，自卑与自傲的复杂纠缠一时难以消除。

是因为经受的磨难还不够么？是因为承受的痛苦还不够深重么？中国人作为个体生存着的人不曾与苦和不幸无缘过。有意识的生命的本质之一即是他知道什么叫受苦，如德国哲学家舍勒（Max Scheler）所言：一切意识的基础都是痛苦，一切较高级的意识的基础则是不断上升着的痛苦，生命在本质上并非强力意志。西方文学的穿透力，绝非因为西方人比中国人的受苦更为深重，而是因为西方文学所依赖的精神背景具有不同的审视痛苦的景观，和由之形成的言说个体实存的形式。汉语文化传统有消化痛苦的意志，现代汉语文化追慕西方文学，看来是想要透入到痛苦的骨髓中去，而非消化痛苦。当代文学的苦恼不过在于，它至今还没有获得透视历史和个体苦难的话语形式。

二

　　二十世纪的汉语文学可以分为两大阶段:"五四"以来的文学和"四五"以来的文学。至于五十年代至七十年代的"文学",则被某些人恰当地比作德国三四十年代的"文学",视为权力话语的有机形式之一。被阉割了的人,只有被阉割了的文学。文学一旦被阉割,也就自然不再被称为文学。文学不为个人的历史的不幸哀歌,不为单个的、纯粹个人的受苦恸哭,却被挟持去赞美肆虐个人的历史必然进程和社会运动,去歌颂无名无姓的"英雄人物"。

　　"五四"一代的文学与"四五"一代的文学有诸多外观上的一致性:它们都处于两种文化形态(中西)的冲突之中,都受到亡命追寻的驱迫。表达个人在历史困境中的自我挣扎以及个人命运与社会、民族命运的关联,始终是文学的主题。不管从文学的主题学角度来看,还是从文学的形式化追求来看,"五四"文学和"四五"文学都有其内在的连续性。

　　这就是中国的文艺复兴文学、启蒙运动文学、前现代化(十九世纪)文学吗?都不是,但又都多少有些瓜葛。同样,"五四"以来的中国文学也与二十世纪的现代主义文学有瓜葛。这不仅因为语境不同于西方的语境,更重要的还在于,西方文学家那种源于雅典和耶路撒冷、希腊精神和基督精神的审视个人命运和世界苦难的景观,中国文学家毕竟至今尚未据为己有,尽管明显有此意愿。

　　为什么汉语文学家不再满足于用儒道释来审视个人命运和存在的受苦?是因为西洋文化的"侵略"?绝非如此!是因为

中国人的受苦和不幸没有西方人深重和悲惨？绝非如此！与之相关的，只是个人的精神意向，进而是民族的精神意向。命运、不幸、受苦只有形式上的差异，而无本质上的差异和痛苦程度的差异。

"四五"一代文学尽管与"五四"一代文学有种种外观上的相似，却具有内在品质上的差异。这种差异乃是信与不信的差异。尽管也可以在外在方面找到某些这两代文学的差异——例如，在"四五"文学之前，就不曾有过地下文学，而"四五"期间，则出现了"地上"和"地下"的文学，但这些差异都不是本质上的。

笛卡儿主张，一个人必须在自己的一生中有一次对一切稍有可疑之处的东西加以怀疑，只有通过怀疑，才能证明我在，才能找到认识和确信的确切可靠的根据。胡塞尔则告诫，为确保认识的可靠，首先应该悬置存在的判断，把思引回到先验的纯粹自我。西方哲学家的这些理论规定，在"四五"一代人那里成了生存论上的规定。"四五"一代绝非从西方哲学的教科书上得悉怀疑原则，而是从自己切身的个体遭遇中用泪浸泡出了怀疑原则。

"五四"一代的追寻热情看来高于"四五"一代，他们相信，尽管有苦闷、彷徨，总可以找到某种理想。与此相反，"四五"一代从诞生之日起，就被灌输了某种理想，他们也真诚地信奉这种理想——据说，追寻理想不是他们的事，他们的使命就在于实现理想。

追寻真理是"五四"那一代人的夙愿，他们经历千辛万苦终于寻到了真理，这就是由日耳曼式的普罗米修斯所宣称的真理——现在还提出重审理想，就是落伍于时代。

追寻到的理想也有可能是伪理想，整整几代人的青春、鲜血和眼泪被用来涂抹渎神的偶像,受人操纵的历史进程竟在积累和增加人类的罪恶——而基督的上帝并不操纵历史,相反,他以末日审判来批判历史,并让自己的独生子惨死在十字架上,用他的宝血来洗赎人类的历史之罪。当然,"五四"一代没有理由苛责自己的历史理想,但他们也没有权利非要我们信奉这种历史理想。

"四五"一代从虔信走向了不信,这是对种种伪理想的拒斥——他们不再盲目地相信什么。"四五"一代的文学恰是这种不信的表达。

这种不相信绝非等于不再追寻真实的信仰。这一代人的不相信是对盲信和轻信的厌恶,是对种种伪信念、伪理想的呕吐。

从这种不相信中,也会产生绝不再信什么的可能。"四五"一代文学可以分为两个层次,也可以说是两代人的文学。这就是经历过"文革"十年的一代和"文革"十年以后诞生的一代。就前一代人而言,他们自幼受理想主义的熏染,理想主义在信念的反叛中仍留有痕印,而后一代人则从诞生之日起就受一无所信熏染。

当人们不再用伪理想主义的景观掩盖个人存在的无辜不幸,不再用个人的生命去填充历史必然这个骇人的深渊,又用什么景观去审视生存的不幸呢?

这一代人的文学已经开始学会尊重个人生存的不在场,并打算透过存在的深渊去窥视超历史、超民族的个体实存的位置。

三

由于这一代人独特的内在品质,这一代人的文学很容易与西方现代派文学心心相印。伪理想的理由被驳回,个体存在的深渊敞开了令人恐怖的裂伤。

早在七十年代末,我就从一本私下传阅的油印文学刊物上读到可称之为"现代派"的小说。其中一篇给我留下了极为深刻的印象:它通篇采用多视角、多层次的所谓复调手法来描写几个对生活过于敏感的小人物非革命性的遭遇。在那个时代,西方现代派作品尚未大量译介,人们还很难找到可资借鉴的样板。在此,我不可能用大量篇幅来举例说明。不妨引一首从当年油印文学刊物上摘抄下来的短诗,以示其一例:

> 我的心灵
> 就是夏天遗忘在生命的树上
> 让我的声音抛下锚
> 停泊在你的门前
> 我的眼睛在水里歌唱
> 是散落在海里的星星
> 我的嘴唇
> 是风,是浪花
> 轻轻地吻着
> 你的手臂和肩胛

诗的作者姓名不详。但这又有什么关系呢?对这一代人来说，重要的是能自由地唱出关于我自己而非阶级总体、关于我个人的肉身存在而非历史规律的观念存在的歌。语词的选择和配置，在此把个体的肉身偶在从历史理性的囚禁中搀扶回自身的亲在。

自那以后，随着大量西方现代派文学的译介，"四五"一代文学几乎是饥渴地汲饮这股泉流。是崇尚西化？是膜拜现代派？否。事实是，"四五"一代的内在精神品质趋近那些被称为"迷惘的一代""垮掉的一代""荒诞的一代""怀疑的一代"的西方现代流派。这一代人的确不用费多大的劲，就能读懂那些被前辈们称为不可捉摸的现代派作品。老一辈作家们当然没有忘记站出来敲打青年，仍想用他们的理想来教训或开启青年。他们并不自知自己早已丧失了在青年人面前摆出有经验的资格，更丧失了开启或教训的权利。用俄国哲学家舍斯托夫的话说，谁要反驳我们的不驯，就请他先去反驳存在中的谎言和不在场。若谁还向我们继续鼓吹为某个人渎神地设定的虚假的历史进程受苦和个体不在场是合理而正当的，的确没有人再会听信了。

不难理解，为什么这一代人的文学在形式上竟能前理解地认同于西方现代派文学。受苦对人来说是普遍的，超民族、超地域的，正如与人一同受难的上帝是超民族、超地域的。

另一方面，仍得指出，这一代人与西方现代派文学的认同，依然驻足于形式方面——而形式与内容本来是不可分割的。这内容当指普遍的生存痛苦，以及审视痛苦的景观。形式在很大程度上讲，乃是这种审视痛苦的景观的图像表达。就西方文学而言，这景观源于雅典和耶路撒冷——理性精神和基督精神。即使是现代派的反叛，也是在此背景上的反叛。西方人本主义从来就没有与神本主义断绝过内在姻缘。没有上帝，也就没有所谓"虚无"和"荒诞"。

不管是二十世纪中国文学的上一辈人——"五四"一代，还是这一代人——"四五"一代，都远远没有把握到西方作家用来审视痛苦的景观。只有对痛苦和不在场的感领，显然不够——仅仅形式上的模仿，仍然无法消除精神透视上的盲点。

四

为什么非要认同欧洲文化精神审视痛苦和不在场的景观？为什么不可以回过头来去认同传统的儒道释祖宗的景观？

据说，只有自己的根，自己民族的根，才是可以还乡的家。"四五"一代人的文学一时间也伴随着当代儒生们的鼓噪，开始了"寻根"的跋涉。这股"寻根"热潮很快被更为坚决的拒斥意识力量所阻断。传统意识的"现代化"的血债尚未还清，人们对种种用西方外衣来装扮的帝王复辟还记忆犹新。

儒家的"天"不就曾装扮成在历史理性中显现的"天"重新露面吗？儒家的王道不就与现代历史之道有内在关联吗？

不过，在文学中，"寻根"热更多体现在与老庄精神的认同，有了现代的"竹林七贤"。这当然又是旧戏重演，中国文学史上不知道上演过多少回这种"回到老庄"去的归路，结果如何呢？继此之后，人们是否准备再次迎候帝王登基呢？是否甘心再次把个人的不在场和苦难当作自然的法则来"清静无为"地消化掉呢？是否决心再次充当"难得糊涂"的高士，把"无所住心"当作精神品质的最高要求？

还有另一种老生常谈：文学是人学。但这个"人"是需要界定的,即是每一个孤独的受苦的肉身存在。文学是对这一个或那一个渴望在场的肉身在者的忧心和关怀。它在属于个体的肉身存在的言说中救护无辜不幸者和犯罪的不幸者成为人。"寻根"文学并不会甚至不想要使中国人成为个人,而是成为中国人。单个的位词被消解在普遍的名词里,于是,个体的身位就被一笔勾销了。

这一代人的文学当然不会甘心重陷中国文学史上的无数次恶性循环。生存的不在场已经敞开,新的文学已有决心把我们带出"中国的……",从而使中国人成为个体的人。

五

"五四"文学作为汉语文学的新开端,不幸被中断了。"四五"文学的命运如何呢?

当代中国文学作为一个概念,不能等同于"四五"文学这一概念。后者指当代文学中实际存在的一股潜流,其主体是青年作家。时至今天,文学还没有获得自由的存在权。

当今文坛最诱人的口号莫过于"走向世界"。事有凑巧,德国文学在十八世纪末至十九世纪初"走向世界",俄罗斯文学在十九世纪末至二十世纪初"走向世界"。中国文学会在二十世纪末至二十一世纪初"走向世界"么?

何谓"走向世界"?

的确,这世纪末的中国,不仅在文学领域,而且在各门艺术领域都出现了一些独特的个体言述。这确是一个难逢的时代,它可能将是中国人找寻自己的个体肉身存在以及精神素质得以脱胎换骨的时刻,文学将使汉语这种肉身性语言回到个体的存在场所。这才是真正的"走向世界"——实存之在世。从历史来看,这是不难理解的。不管是十八世纪末至十九世纪初的德国文学,还是十九世纪末至二十世纪初的俄罗斯文学,都为理解和言说这个实存在世注入了新的精神血液,同时还形成了自己民族语言的新的文学传统。自此以后,文学大师代不乏人。即使在苏联这样的制度下,俄罗斯人仍然有自己懂得的帕斯捷尔纳克、艾特玛托夫、阿斯塔耶夫、阿赫玛托娃、布罗茨基。

从新一代的汉语文学中,还见不到能为理解和言说这个实存的在世注入新的精神血液的力量。要指望这一点能得以实现,首先要求文学叙述重新命名——为无名的个体肉身命名。我坚持以为,不把雅典和耶路撒冷精神"据为己有"——汉语文学叙述不可能返回个体肉身,汉语文学也不可能进入世界——实存在世。

仍然是七十年代末的油印文学刊物中的一首诗这样写道:

> 我们像块木头
> 被捎着、刨着
> 钉着、锯着
> 最后,连自己看着
> 都陌生了
> 对整个宇宙,我们还将
> 嘲笑他说:
> 心,总是那一颗。

这首诗凝聚着一代人的个体遭遇和不在场,凝聚着他们肉身存在被抹去的记录。但这个世界上绝非只有中国人在受苦。

这一代人的文学也许会把我们带出中国，进入世界。而所谓进入世界，不过是换一种景观，从存在的根性、从个体的处身性，而非仅只是从中国的国家和民族性来审视个人的困境，更确切地讲，从个人与终末论的关系进入个人的生存处境，那样的话，也许汉语文学有可能更深入地透视中国人的特殊存在，进而为世界文学提供出汉语文学的经验。

汉语文学不曾有过文艺复兴、启蒙运动、宗教改革、前现代化，这一切也许会聚集在即将到来的世纪末和世纪初一起发生。

1986 年 11 月　深圳

流亡话语与意识形态

> 恶魔不是以魔术来征服人的意志,而是以虚构的价值来诱惑人的意志,奸狡地混淆善与恶,诱惑人的意志服从它。
>
> ——俄国流亡哲学家洛斯基

一

流亡话语现象之所以值得文化社会学作为一项重要课题来讨论,其理由不在于,流亡话语是二十世纪文化的突出表征之一,而首先在于,流亡话语是人之文化的原生现象。流亡是人的存在的一个生存论现象,流亡文化不过是其表达形式。早在人类精神文化的第一个繁荣期,流亡话语就已经突出地呈现出来:荷马史诗《奥德赛》以流亡为主题,旧约全书整个来说是流亡话语的结集,屈原的《离骚》可视为第一部汉语流亡文学作品,而孔夫子则把流亡视作一条在道不显的时代的生存之道——"道不行,乘桴浮于海"。流亡话语伴随着人类精神文化的发展,正如流亡伴随着人的存在,直到今天,不仅未曾减少,反而更显突出。

流亡是人类文化的一个维度,一种独特的话语形式以至于一种人的生存方式或临界处境。

我先不从哲学方向上去提问，也不从历史现象描述方面来处理这一课题，那将是一个繁复的工作。当我打算从文化社会学视域来考察某个时代的流亡话语，而不是对它熟视无睹，这暗含着我设定的问题是：既然流亡（Exil一词的中译似应为"放逐"）与人类精神文化几乎有一种孪生关系，那么，由此所显示出的社会存在与知识类型的关系是什么，以及在流亡话语中所显示出的人的生存论上的存在处境和精神处境是什么。

文化中的某些——而非所有——话语形式有如情意结般隐含着多维度的人的存在处境和精神处境的症候，流亡话语就是这样的话语形式。对某一时代的流亡话语的透视，有可能获得至少三个维度的景观透视：第一，话语的原初政治性——政治性［Politik］既是在这个词的希腊词源（politeia）的含义上来使用的（即具有"公民性""公众性"和"国家性"等含义），又是在这个词的当前汉语意识形态中的含义上来使用的；第二，话语与个体处境之关联的独特现实性；第三，话语中精神意向的历史处境性。

本文不打算从文化社会学的立场来处理一般流亡话语及其历史形态，只打算对某一特定时代——二十世纪流亡文化加以分析，进而讨论这一时代的上述三个维度。从历史的情形来看，流亡话语是政治迫害的结果。但我亦不从政治学的角度来讨论这一问题。政治亦是一种话语行为，无论民族性迫害还是宗教性迫害，均是一种话语权力行为。由于流亡以及流亡话语均非二十世纪独有的现象，当我要审理二十世纪的流亡话语时，就必须着重关注其形成的独特语境，因此我将着重讨论流亡话语与另一种类型的话语——意识形态全权话语的关系。由于本世纪四个主要的流亡文化形态（俄国、德国、东欧——

以波兰和捷克为主、中国）的形成和发展，无一例外地与某种全权意识形态话语相关，我的论题自然将集中指向流亡话语与意识形态全权话语的关联和张力关系。

二

在展开我的论述步骤之前，需要对"流亡话语"这一概念作大致的描述性讨论。

"流亡"（Exil）一词在希腊文中意为"逃亡""畏避""放逐""补救""避难所"。从流亡话语与人类精神文化活动的生存论关系来看，人类的精神文化形态（哲学、宗教、文艺、伦理论说等）在一开始就有政治之维。某种话语类型与现实政治权力的结合，并导致对另一种话语类型的政治迫害，亦是话语本身的一种生存论规定。反过来看，流亡话语的存在及其形态，刚好可以反映人类的某种社会政治处境及其形态，如历史上的种族迫害、宗教迫害形成的流亡话语。

流亡话语的首要含义在本文中因此不是指在文学作品中从古到今都得到表现的流亡主题（Exil als Thema der Literatur），这至多只是文艺学上的一个类型学主题。流亡话语的界定可以是：一种与个体或群体本己的存在处境和精神处境相分离的生活形式（Exil als Lebensform）、话语形式及其所建构的话语类型或精神定向。首先是与存在地域相分离：话语自有其生存论上的土地因素，流亡话语即与其本己的土地在场被迫相分离的话语活动；随之是与精神地域相分离，每种话语亦自有其本己的精神地域，流亡话语可以被看作精神处于异在状态中的话语形式。不管生存地域还是精神地域，在传统的流亡话语现象中，经常涉及民族政治冲突。生存地域和精神地域的语言在性与流亡话语形式的独特张力关系，乃是最重要的方面。

在讨论流亡话语现象时，将生存地域与精神地域作为两个最基本的因素加以某种程度的分别处理，是必要的。如此才能不仅避免对一种自始就有的可称之为内在的流亡话语现象的忽视，而且可能将问题延伸到现象的更为基本的层面——生存本体论的流亡性。

从以上的简要描述出发，二十世纪的流亡话语现象有这样一些特征：它们与现代政治民主进程相关，而且处于传统文化与现代文化的冲突之中；就生存和精神地域的分离来看，表现为民族性地域的丧失——过去历史上的流亡话语大都尚在本民族的地域之内（如中国古代之"放逐"诗文、俄国十九世纪的国内流亡文学），尽管欧洲的情形略有不同；随之，也表现为属己的生存语境的丧失——过去历史上的流亡话语亦多在属己的生存语境之内。二十世纪的流亡话语不仅带有国际性，而且由于本己民族性和语言在性处境的丧失，加深了流亡性。

三

就二十世纪流亡文化的规模而言，1922年是一个让人清醒的标志。尽管在1917年的俄国革命之后，已有不少俄国文人学者陆续流亡国外，但直到1921年为止，新政权尚未顾及在文化领域施行全面清洗和无产阶级化，以至于像别尔嘉耶夫这样的自由思想家尚能在1919年建立"自由精神文化学院"，举办公开的哲学讲座，对象甚至包括红军官兵和工人。1922年，新政权突然逮捕了全俄一百二十多位著名学者、文人和科学家,其中包括别尔嘉耶夫、洛斯基(N. Losskij)、弗兰克(S. Frank)等世界著名学者,将他们(连同家属)一并驱逐出境。

对此应该问一下,究竟是什么意识或知识类型构成了如此广泛的话语迫害的基础,以至于有时甚至像自然科学家这类可以为新政权效劳的知识人也被迫流亡?全权专政固然是流亡显而易见的原因,然而,全权专政的正当性,从社会学来讲依然要求有一套知识—价值体系来支撑,否则,全权专政的正当性及其实施是难以设定的。更重要的是,人们很难理解和解释全权专政在起初受到相当多知识分子拥护和热情献身的情形。例如,在文化教育领域施行彻底的清洗,是在一种理论上具合理性(而不是非合理性)的话语前提下进行的,即是由某种强权政治力量以意识形态话语在道义合理性而不是非合理性给予支持的前提下进行的。不管是所谓"阶级的纯化"(俄国)——要由无产阶级的红色教授和文人来占领文化教育阵地,还是所谓"种族的纯化"(德国)——要由有种族血性的知识人来占领文化教育领域,情形无一例外的是:先有一套意识形态话语的确立,随之将这套话语转换成社会行动。即使像1922年和1934年那样的大逮捕、大驱逐不曾发生,流亡文化亦不可避免。一旦某种话语全权意识形态化,个体性话语就不可能有容身之地。

本来,任何一种话语都是个体性的,问题相当引人之处在于,何以某种个体性话语会成为总体性的、全权道义性的话语,以致形成意识形态的话语形式。事实上,本世纪的流亡话语无不与某种名之为某种"主义"的知识—价值话语有关。固然,在"主义"这一名称之下,有不同的知识—价值类型,并非所有"主义"话语都必然导致全权专政的正当性。但同样明显的是，肯定有一些"主义"的话语类型必然导致全权意识形态的专政之正当性的确立。因而，此类总体话语背后的知识—价值论基础值得审察。

现代全权专政的施行者无不以为，如此全权专政具有历史及存在的合理性，具有合历史发展规律的知识—价值根据，因为他们代表着某个总体的价值或利益，尽管这个总体的担纲者可以是某个种族或阶级。然而，一旦这个种族或阶级本身被作为绝对的总体来看待时，它们就禀有绝对的意识或绝对的价值。从个体到总体的转换中出现了一种信仰的形式。全权专政以及在此形式下把某一类人消灭掉或逐出某个地域，乃是一种信仰的实践或信仰的体现。于是，才出现有人——经常甚至是知识人满腔热忱地去实施专政的情形，施迫害者真诚地相信自己是在行善、救人、救世。波兰流亡哲学家科拉柯夫斯基（L. Kolakowski）注意到：恶魔声称他们是出于大爱才对你们行恶，他们要解放你们，给你们提供心灵的帮助，给你们带来伟大的学说让你们灵魂开窍。施迫害者这样声称时，他们并没有说谎，他们相信自己是天使，并早已打算为自己的崇高事业献身。

如此属灵的力量来自其赖以成立的知识—价值话语的独断客观合理性，这种独断客观合理性又产生于某种科学理论与价值目的论的奇妙结合。

全权"主义"话语在其诞生之初，带有强烈的价值意愿，要为人类社会及其发展探寻最基本的现实因素，要为人类社会获得幸福之可能性提供最具说服力的实在根据。我对"主义"一词的用法是：一种把个体有效的话语转换为总体有效的话语的言述行为。现代的种种"主义"之正当性论证的特点在于实证科学的引入。正因为某些个体自以为其理念是可实证的，因而是客观必然、普遍有效的，故理所当然地应有政治权力。上世纪的某些思想家们一直在努力寻找人类存在之基本推动力。有的找到了生产力和生产关系及其历史的机制，有的则发现了生物学的要素如种族之类。应该说，这种"寻根"大概会引发社会学家们的职业精神不断追寻下去，不然的话，松巴特（W. Sombart）何以会因种族论历史观之出现导致的对经济史观独断论的兼并而感到高兴呢？

一旦社会学家或其他什么科学家凭其"洞见"所寻到的基础事实成为客观的所见，并与救世的主观意愿相结合，自然产生全权"主义"话语。有多少"洞见"所寻到的基础事实，就会有多少全权"主义"话语，进而施行政治手术。

在寻求理性的社会学家对形而上学的著名非难中，实际表现出另一种形而上学的成分——韦伯看到了这一点，所以，他才要竭力从社会学中清除这种"隐藏的形而上学"。

对本文的问题来说，重要的在于，出现了这样一种话语类型：它以科学的表述形式把主观意识变成客观事实（或规律）——与此同时发生的是把个体话语变成总体话语。哈伯马斯看到，对旧有意识形态的消解是以建立另一种意识形态的方式来完成的。但新的意识形态已全然不再想仅只是意识形态，它也要成为下层建筑，成为社会存在本身。有社会学家说，社会存在决定精神意识，人们后来发现，情形也是可以颠倒过来的。不然，就不仅很难理解历史在其客观必然的展开中走向善的目的的论断，也难以理解以后所发生的一些事情：意识形态何以反而成了下层建筑，而社会存在倒成了意识形态。与此相关，一旦道义性的东西被变换成自然性的，自然性的东西被变换成道义性的，残忍就可能变成美德，而不仅仅是合理了。

四

意识形态的下层建筑化和社会存在的意识形态化给社会存在与话语类型的关系带来了新的结果：社会意识的一体化、总体化，个体话语不可能在这样的处境中存在。如果某种个体话语还想为其个体存在保留一点地盘，就只有流亡一途。

二十世纪的流亡文化表明，意识形态已远不仅是马克思所谓的虚假的占统治地位的意识和哈伯马斯的意识形态批判理论所谓的某种不足，因为，他们实际都没有亲身体验过作为意识形态的社会存在。

应该问的倒是，意识形态何以成为一种社会存在。这一问题虽然饶有兴味却非常复杂，在此我只能有限地简要讨论。任何社会存在样式都是一种语言的样式，因而，可以通过对某个意识形态话语的考察来看这一问题。例如，所谓"自绝于人民"——"人民"一词具有巨大的道义迫害力量，凡不能被认同为"人民"者，就是应该被消除的个体存在。"人民"一词的道义迫害力量，首先不是得自于其数量上的不可推算性，而是其道义色彩和总体性，正是这两个特点表征出全权社会中意识形态话语的一般样式。

应该问："人民"是谁？可是从没人问"人民"是谁，似乎谁都知道它是谁。每一个个体的"我"自以为是"人民"，但随时可能被人称为"人民的敌人"。"人民"听起来自然地拥有肯定价值的道义正当性，因而，个体不得不认同它；又由于"人民"一词带有总体性，每一个体都自以为属于其中（其实又都不属于其中）。在"人民"这一称谓中，人本身

——每一个体的肉身存在——并未在场。正是这种情形，使个体存在悄悄地失去了生存的正当性和处身性。流亡就意味着脱离"人民"，"自绝于人民"，成为个体之存在。因此，何谓全权意识形态话语——"人民"一词可以给出说明：人们（每一个体）在一种不属己的或自身不在场的话语系统——"人民"话语中言说自己，个体言说没有指示出言说者自身的在场和处身性，而是指示出一个非存在的总体。这个总体本由某几位知识分子构造出来，只具个体言说性，而今情形则被颠倒过来。于是，在全权意识形态的总体性话语中，个体自以为在言说自己，其实是那个总体在言说自己。

西美尔（G. Simmel）指出，历史理性主义把生产力绝对化为历史过程的独立变化时，就赋予了经济领域以一种相当于黑格尔的精神发展的逻辑辩证的神秘自我运动。这种解释不完全到位的地方在于，他没有注意到，历史过程在历史理性主义中被附加上一种道义正当性，而这种正当性在理论上是不可审察的。重要的是作为社会存在的历史过程——按照历史理性主义，它是客观必然的——与道义正当性的连结所产生的一种全权的话语力量：不仅从客观规律上讲，而且从道义上讲，每一个体都必须在这一历史过程中消失，成为它的血肉之躯；从道义上讲，每一个体的话语都必须是这个总体的话语，否则就是非道义的，当然也就是邪恶、反动的——历史必然地在动，某某人却不动，因而必须消灭他们。马克思在一开始就反对黑格尔的意识学说，他声称：没有分离的意识，意识永远是人的社会存在的意识——这的确很有见地。

全权意识形态话语的建构及其下层建筑化的可能性之奠定，看来得自于继承了黑格尔关于意识的总体性观点和辩证发展的最高综合的意识之绝对性论点。前提是需要轻轻地把它颠倒一下，让某种意识成为历史的——当然也就是道义上正当的最高意识，然后再把它说成社会存在之表象，总体的特征就有可能随着这种意识一并进入社会存在——进入的政治手段当然还需另行规定。结果是三重性的：1. 某种意识由此获得了客观实在的力量（它不仅不是主观的，而且是历史客观必然的、社会存在的）；2. 社会存在获得了意识性的主观样态——成为一种总体意识的表达；3. 个体存在及意识被总体存在及意识取代。更奇妙的结果还在于：依据这种知识类型，某个占有权力的个人就可以把自己的话语改塑成人民话语，把自己的意识变成人民意识，由于这一话语和意识的高度道义口吻和历史总体的言说方式，以至于诸位个体真以为那就是自己的话语和意识，正如某个阶级的话语和意识不是由无数这个阶级的个体所掌握的，而是由几位不是属于这个阶级的知识分子所掌握的那样。但采用这种知识类型和话语形式，他们也就敢于把自己放在总体的整个阶级以至于所谓历史规律的位置上，代为立言。

　　这些讨论与流亡文化有什么关系呢？流亡就是被放逐，被迫离开处身之地，流亡话语就是一种不在家的话语，而全权话语是在家的。流亡的，是个体性的，其对立面则是总体性的，流亡的话语形式，是个体言说个体自己，而非个体言说总体。本来，任何话语都是个体性的言说，实际只能言说个体自身，无论其话语带有多高的道义性或科学性，言说者本身及其言说并不因此而成为总体性的。本世纪的一种奇妙创造的知识类型及其话语形式即是个体言说总体，进而成为总体言说，一旦这种言说通过实践为"人民"所掌握——正确说法应该是通过掌握"人民"变成了实践——就会产生无穷的力量，某种个体意识和话语就必然会被分离或清除出去而流亡他乡，否则就只有甘愿成为人民话语的言说。流亡作家昆德拉甚至看到了"性"

言说这种最带私人性的话语形式如何被总体化。流亡话语乃是总体话语社会存在化的一个结果，无论这总体是民族、国家、历史、阶级还是"人民"。

五

在人民意识形态话语进入社会存在之初，知识人面临着一个是否放弃个体言说并认同意识形态总体话语的自我抉择，这也就是决断自己是否流亡——不管是外在的流亡还是内在的流亡。

就历史的情形来看，至少有三种不同的知识分子类型：1. 认同以致献身人民意识形态话语的知识分子（哲学家、文学家或其他人文科学乃至自然科学家和一般知识人中都不乏其人）；2. 在两者之间徘徊的知识分子；3. 决意不放弃个体言说的知识分子。

第一类知识分子很大程度上不一定是为意识形态话语的道义性或类似科学性所迷惑，主动放弃个体言说。情形也经常是，知识分子自身所常有的一种想使自己的个体言说成为总体言说的类似于本能的冲动，或者是当个体言说不能充分表达时就想加入团伙的要求——例如马雅科夫斯基和胡风的事例。他们不能区分人民言说与个体言说的根本差异，即使在道义的层面上也如此，以为人民言说可以成为个体言说的更佳表达式。

第二类知识分子从根本上说也不能做出这种区分，不然，他们就不会抱有幻想。不过，此类知识分子倒经常有可能是受到人民道义性和理想性的吸引。这大概与二十世纪的人民症问题有关。据冯友兰回忆，当年他与朱光潜等一批知识分子几乎每天在一起讨论是否出走。还有布洛赫（E. Bloch）的事例——直到他亲身成为人民意识形态的社会存在的一分子时，他才发现个体言说没有空间，他不得不第二次流亡。

第三类知识分子对个体言说有比较清醒的认识——俄国基督教思想家、哲学家舍斯托夫（L. Shestov）向来把哲学视为个体性的生死问题，只与个体相关，所以，没有等到驱赶，他就流亡了。但这类知识分子相对而言并不在比例上占多数。这一事实在相当程度上不仅说明了：在本世纪，知识分子所经历的历史命运是，把进入人民意识形态话语的言说当作个体言说的表达，而且说明了：知识分子身上与生俱来的想超逾个体言说的意愿。这是知识的形式本身给知识者的一种诱惑。由此也不难理解人民话语知识类型产生广泛魅力的原因之一。

不过，不管在哪里，毕竟有些知识分子能够看到维护个体言说的重要性。引人注意的是一些在开初赞同人民言说知识类型的知识分子的转向及其彻底性。基督思想家别尔嘉耶夫、布尔加柯夫（S. Bullgakov）和弗兰克早期都是相当激进的马克思主义者，布尔加柯夫还是出色的马克思主义经济学家——这里有一个从实证主义向唯心主义的转变过程。此外，像尼默勒（M. Nemoller）这样的著名反纳粹神学家，最初也曾一度拥护希特勒的社会主义主张。

人民意识形态话语对意识规范力量是超强的，即使不考虑其他为其所用的政治强制手段。那种想在人民意识形态的总体言说中保持个体言说的企图，最终证明是失败的。我们看到，冯友兰、朱光潜、梁漱溟这样的知识分子在晚年几近于"第二种忠诚"，熊十力也差不多要用"原儒"来为"主义"作论证。

知识分子的话语抉择是一个相当复杂的课题，值得做个案研究。知识分子的类型问题亦绝非无关紧要,如果考虑到为希特勒的屠杀奉献理论及技术和为斯大林的迫害奉献智慧的是知识分子的话,更不用说那些为意识形态全权话语之建构铺路的知识分子了。例如,别尔嘉耶夫指出过老托尔斯泰的道德论与后来的人民道德论的内在关联;德国流亡哲学家洛维特(K. Lowith)指出过象征派诗人盖奥尔格及其圈子对民族社会主义(纳粹)意识形态的贡献。当然,知识分子的类型问题必须与知识的类型问题本身联系起来考虑。

六

如果既不认同总体言说的知识类型,又不愿意离开故土,就只有内在的流亡。这种情形在流亡文化史上显得更为重要,因为它们既然拒绝在总体话语的形态中言说,当然就在这样的社会存在的样式中不可能得到个体言说的机会,很难像外在的流亡那样公开表达出来。内在流亡话语也是自始就有的,只是,它们仅在现代才得到所谓"地下文化"(地下文学、艺术、哲学)的名称,这要归功于现代印刷技术的发达。不过,外在流亡话语与内在流亡话语的差别首先还是土地性的。在民族社会主义(纳粹)时代,德国作家 E. Barlach 和 J. Klepper 称自己的创作活动为"精神流亡"(Geistes Exil)、"在祖国的流亡者生活"(Emigrantenleben im Vaterlane)。事实上,内在的流亡现象比外在的流亡要广泛得多。

不管在生存形式还是话语形式方面,内在的流亡都与外在的流亡差别显著,在意识形态化的社会存在中生存,连漂泊的权利也是不具有的。哲学家布洛赫、戏剧家布莱希特都既经历过外在的流亡又经历过内在的流亡,他们一定深有体会。

内在流亡首先突显出的是知识分子的精神定向和存在决断的问题,这有土地和语言两个方面的因素。一方面,土地与思的生存论关系(而非人类学关系),以及个体偶在与思的关系。涉及流亡的决断,某种带情绪性的感受便先于思的判断,以至于感受具有一种思所达不到的认识功能。另一方面,说到语言,一种语言就是一种存在方式,思想和感受的方式,所以,外在流亡的哲学家阿多尔诺(T. W. Adorno)感到自己在英语世界无法深入自己的哲学思考。除非是被驱逐,许多文学家、哲学家更宁愿选择内在流亡的磨难——索尔仁尼琴的例子——不是没有理由的。个体言说的根在内在流亡中被植得更深一些。

内在流亡的个体言说显得更具个体性。以俄国为例,阿赫玛托娃的《史诗》和《安魂曲》,帕斯捷尔纳克的《日瓦戈医生》,巴赫金的散文以及有"俄罗斯的达芬奇和帕斯卡尔"之称的弗洛伦斯基(P. A. Florenskij)的神学、美学著作和诗作,无不显示出个体言说的力度。此外,仅就语言形式而言,要想在一种由人民意识形态话语所操纵的言述语境中保持个体言说的属我性,肯定相当艰难。这本身就要求个体精神的超常自主力,而这种自主力的丧失,在其他地方没有比汉语境中更严重的了。内在的流亡话语充分显示出形式作为反抗(Form als Protest)的功能和个体性所能伸展到的维度。当然,外在的流亡话语也自有其表达式和独特性——例如蒲宁的晚期小说。俄国诗人布罗茨基的内在流亡期的诗作与其外在流亡期的诗作的明显差异,显示出个体处身性在两种流亡语态中的不同精神意向。

内在流亡的个体言说形式多种多样,例如流亡国外前的波兰哲学家科拉柯夫斯基的哲学散文，编剧家兼导演基思洛夫斯（K. Kieslowski）的电影作品等。对我们来说，深入考察内在的"流亡话语"，有可能充分揭示出个体言说与人民意识形态的话语的张力关系，不过这是另一篇专门研究的话题了。

七

本世纪的流亡文化引人注目的另一现象是，外在流亡的个体性合作学术活动，其中所显示出的思想定向，所形成的学派及其学术传统，均值得考察。

别尔嘉耶夫作为俄国流亡知识分子的代表，在流亡期间，除了自己的大量哲学创作——其主题为个体的精神自由——外，先后组建并领导了"哲学—宗教研究院"（1922年，柏林）和"俄罗斯宗教哲学研究院"（1924年，巴黎），创办了思想学术杂志《路》和《东方与西方》，先后聚集了舍斯托夫、布尔加柯夫、弗兰克、尹林（I. A. Ilin）、拉扎烈夫（Lazarev）、卢雷（Lure）、雷米佐夫（Remizov）等著名思想家。布尔加柯夫也组建了"俄罗斯正教神学研究所"，领导其研究直至去世，后由申科夫斯基（V. V. Zenkovskij）继续领导学术研究计划。文学家、神学家梅烈日科夫斯基与其妻子——象征派诗人吉比乌斯在巴黎主持"文学与宗教哲学"沙龙多年，亦创作甚丰。从二十至四十年代，俄国流亡知识分子的国外学术活动惊人地繁荣（法国巴黎斯拉夫研究所编撰的从二十年代起的俄国流亡作品，仅目录就已达六百余页）。除上述学术机构外，还有巴黎的"俄罗斯科学研究所"、布拉格的"俄罗斯大学"等短期机构和学术杂志《俄罗斯沉钟》《俄罗斯之声》等。语言学家雅柯布森（R. Jakobson）、社会学家索罗金、作家蒲宁的贡献亦是人们耳熟能详的。

从学派和思想传统来看，俄国流亡思想家们形成了俄罗斯的基督教存在哲学，并传承和推进了东正教神学；从思想定向上来看，俄国流亡思想家们从本民族的历史磨难出发，深入到人的存在的一般本体论领域。这表现在两个方面的展开和推进：一方面，从哲学上深入反省人民意识形态在俄国成功建立的思想根源（如别尔嘉耶夫的《俄国共产主义的起源》），再就是对历史理性主义在价值道义论外观下包裹着的虚无主义本质的批判，这早在俄国革命之前就已开始——例如弗兰克的《虚无主义伦理学》（1909）、布尔加柯夫的《路标》（1909）和别尔嘉耶夫的《知识分子的精神危机》（1910）等著作。别尔嘉耶夫流亡后主持编辑长达二十年之久的《路》杂志之名，就得自于他们三位早期马克思主义者在1913年共同出版的一部文集《路》。该文集公开表明其思想转向的理由——流亡以后，这批思想家在这一问题上的哲学反省更加深入。一个意外的收获是，由于陀思妥耶夫斯基对虚无主义思想的先知般深刻预见，流亡哲学家们一再重审陀氏提出的问题，陀思妥耶夫斯基思想的哲学和神学深度得以揭示出来。流亡之后，这批俄国哲学家又把经过发挥的陀思妥耶夫斯基的思想带到欧洲，进一步深入对陀氏思想的哲学和神学的解释，以致对西欧哲学、神学、文学产生了极为广泛、深远而且持久的影响。

由此看来，对人民意识形态及其虚无主义实质的哲学和神学批判，必然延伸到信仰问题，由此产生出基督教存在论的思想定向。在此定向中，个体自由决断的基督认信得到强调是有理由的。的确，正如哈伯马斯所看到的，对意识形态话语的解除，不能是用另一套意识形态来取代原有的意识形态，关键在于重建被扭曲了的个体的自我理解。然而，倘若只限定于这一层面，不在信仰论层面上也同时展开自我批判和社会批判，个体的自我理解之重建难以获得牢靠的基础——当今后现代讨论中提出的"启蒙之启蒙"就颇能说明问题。

关于德国流亡哲学家、心理学家在美国的个体性合作研究及法兰克福学派的最终形成，我们知道得已经不少，引人注目的是其研究指向：民族社会主义兴趣的群众深层心理基础及极权统治权威形成的社会和思想根源问题。富有成效的不仅是，从民族性的存在遭遇及处境出发伸展到生存论层面的分析定向，而且还有充分运用本世纪心理学、社会学、语言学的进展成果来探究全权意识形态的各方面之分析方法。

当代儒家学派在香港的形成以及新亚书院的建立，可视为汉语流亡学者们的一次合作性思想努力的尝试。如果将其与俄国和德国的同类情形加以比较，它同样既有处境性反省，也有民族性思想传统的复兴趋向：儒家思想传统的重释和发挥。然而，如果不是相当奇怪至少也令人费解的是：在民族性遭遇及处境与问题的一般存在论层面之关系上，当代儒家不仅显得缺乏自我意识，而且有明显的狭隘文化民族主义思想趋向——至于流亡文学方面则几乎没有值得提及的力作（至八十年代为止）。

八

流亡话语作为个体言说得以形成的一种独特形式，一直与政治处境有直接关系，但流亡话语并非一定得带有政治话语的功能。况且作为对人民意识形态的总体话语的消解，流亡话语几乎是无效的，因为它不在人民意识形态的存在语境中发生，由此只具有某种生存论的意义。重要的是，关于个体言说的重建问题有可能重新得到提审，本世纪重要的流亡思想家和作家无不以自己的方式对个体言说的重建表示出关注。正是这一点，也使得流亡话语与所谓现代性和后现代性论题有了某种连接点。

就此而言，应提到本世纪实际存在着的另一种流亡，它不是前面论及的流亡，即不是一种语言、一种精神、一种文化、一个个体的流亡，而是语言、精神、文化、个体本身的流亡，可称之为在体论的流亡（exil ontologque）。这种意义上的流亡最早由希腊诗人通过俄狄甫斯神话在悲剧的形式中揭示出来。流亡本是一种逃避——避难，而在体论的流亡则无从逃避，一如俄狄甫斯王试图通过流亡来逃避厄运，结果是众人皆知的。海德格尔曾用"无家可归"的彷徨来标识这个世纪的存在症状，"无家可归"的处境就是流亡。思想不在家、精神不在家、情绪不在家、个体身位不在家，这一切都可总括为语言不在家，语言没有言说自己。

这种流亡潮早自上个世纪就开始了，它不是民族性的，也不是世界性的，而是个体生存性的。由此不难理解，何以本世纪某些重要的哲学家、神学家、诗人、小说家、艺术家、音乐家之精神意向都是流亡性的。作为例证，我可以提到卡尔·巴特和海德格尔均颇为入迷的"途中"概念以及昆德拉小说中的性漂泊主题为两个突出的例子。值得进一步考虑的是：也许人本来就没有家，家园只是一个古老的臆想观念，人永远走在回家的途中——旧约《创世记》早告诉过这一点，而人过去总以为自己在家，二十世纪的思想不过重新揭开了一个事实而已。

然而，对我有吸引力的仍然是这样一个问题：是否正是这种人们几乎没有意识到的流亡性驱使人们曾经那么热情地去建构全权意识形态话语呢？——别忘了，人民话语的经典作家正是在流亡中构想出总体——绝对的历史意识和个体言说总体的话语形式的。

1990年3月　芝加哥

《读书》与读书人的变迁

——写在《读书》刊行十五年之际

翻阅1949年前的杂志文献著录，可以看到一番思想文化杂志的兴旺景象：新型知识人成群结伙，杂志品种、旗号和主张多不胜数。出版业的发达和杂志的纷然杂陈，改变了知识的生产和效力样式，形成现代型的知识样态。知识"界"的说法，只有在现代型（城市）的知识活动中才是实在的：尽管思想主张和"主义"论说不断聚合、裂散，知识人阶层却不断结集、分化、冲突，构成现代型社会中一个相对分化的界域。

"五四"前后的思想文化杂志虽然品种繁多，但大多短命夭折。创办一个杂志，打出自称慎独的思想文化旗号不难，难的是维持杂志的生存。思想文化杂志的短命，并不意味着某杂志所想要散布的文化和思想主张自身没有生命力。短命的原因，主要是杂志的财力不支、政治格局的嬗变或知识人群体暂时结集后的分化、散伙。办杂志是一项知识的现代生产行业，思想主张的流行势力依赖于现代社会的经济条件和政治环境。由此可以见到思想主张与社会结构的一种现代型动态关系：政治冲突、经济制度以及知识人思想的互动，可以从杂志的生存状态——其中凝聚着思想文化的活动状态——得到一定程度的辨识。

思想文化杂志的刊行活动，表明思想文化已经社会组织化。专业学科杂志所标明的专科知识人之组织化是显而易见的。思想文化与专业学科有所不同，其组织化的方式也不会一样。韦伯身处德国知识界分化后的重新结集之际——亦是知识出版业兴盛和思想文化杂志蜂起之际，他关注报刊的发展与知识人组织及学问品质的关系，警惕某种激动、狂热的报刊文风中表露的知识人领袖欲的表现主义姿态。文化思想型杂志看来亦可能是知识人丧失自我定位的诱惑，把思想和学问引向新闻式的鼓噪。

从《读书》月刊十五年的历程中，可以辨识出诸多中国当代知识界的状况，当然，主要是知识界中思想文化者群体的状况。在这一群体身后，是一个庞大的中国现代型科层阶层。近年来，思想文化知识群体与国家科层阶层的分化，加剧了前者的分化和惶恐心态。

一

作为一份思想文化杂志，《读书》1979年4月创刊，已刊行十五年有余。与八十年代中后期出场的种种夭折的品质相近的思想文化杂志相比，《读书》显得命大。原因似乎不难勘定：《读书》是官营杂志，其刊行由国家行政体制支撑。然而，倘若考虑到如下情形，《读书》十五年就不容轻易解释：《读书》的言述品质与众多同样由国家行政体制支撑的思想文化杂志（如中央和各省市社科院官营的杂志）的言述品质殊为不同。

《读书》的言述以文化闲谈和思想清议为主。八十年代中期,一时有不少"新"思想的引介,但实际上,除七十年代以来的西方思潮外,大多"新"思潮并不新。二战前的西方思潮,1949年前的思想文化杂志多有评介,1949年以后,则有"哲学译丛"、《现代外国哲学社会科学文献》持续引介(笔者曾在北大哲学系资料室发现过德里达初出茅庐时的论文译介——对黑格尔哲学的解构)。海外学界长期误以为大陆学界自五十年代初以来就与海外西域思想完全断绝了因缘,事实上,断绝仅发生在"文革"最初的五年。《资产阶级政治家关于人权、自由、平等、博爱言论选录》(世界知识出版社,1963年初版,1966年三印)和朱光潜受有关部门委托组织编译的《从文艺复兴至十九世纪资产阶级文学家艺术家关于人道主义人性论言论选辑》(商务印书馆,1971年版)可视为中断与接续的标志。

西方思想的引入并未中断与八十年代的"新"思潮的引入现象,似乎显得矛盾,实际却指示出两个值得从知识社会学去分析的问题:大陆当代知识界中思想知识的效力方式和思想知识群体的分化状况。

《读书》的言述品质若被置于这一问题视域来看,就蕴含着丰富的知识社会学的解释资源。探究这些资源,将有可能对当代大陆思想域的论域位置之嬗变和思想知识人的结集—分化状况,有较为切实的认识。《读书》十五年,恰与中国大陆的改革十五年同步,在相同品质的思想文化杂志中,只有《读书》一直伴随着十五年的改革历程:思想解放、农村经济改革、文化论争、政治改革以至于当今的社会结构和日常生活形态的大变动。两种十五年的吻合,纯属偶然。从偶然事态中,抽不出什么必然因素。值得审视的是偶然事态的发生结构之样态,即思想论域、知识人群体和社会机体三结构要素的织体状况。

二

《读书》的言述品质虽以文化闲谈和思想清议为特征,但就文风而言,在初创之时,并非与"闲"和"清"相符。我在别处曾提出,五十年代以来,伴随着思想改造运动,知识界的文风向社论语态统一,词汇的选择和修辞及论说方式逐渐丧失了私人性格。文风的转变表明的是思想改造运动的实际效力,它一直持续到八十年代(至今仍然没有完全失效,只是部分语域失效)。《读书》的文风从不闲的闲谈、不清的清议,逐渐走向闲和清,记录了知识界中部分知识人脱离思想改造法力的过程,亦实际地催促了摆脱社论语态的进程。

何谓"思想改造运动"?我在此尝试给出一个知识社会学的释义:它是政党伦理建构其合法性的社会行动步骤。政党伦理是当代中国社会伦理的样式,由政党意识形态为理念基础而形成的一套评价体系、思想和行为规范,它受到政党国家的政治体制给予的社会实在性的有效支撑。当代中国的社会实在由政党意识形态、政党伦理和政党国家的社会体制三个基本结构要素构成,政党伦理是介于两者之间的中层形态,不仅规约思想—知识的活动样式,亦规约日常生活的价值评价。当政党意识形态需要转换成政党伦理,以便与政党国家的社会体制同质同构时,"思想改造运动"就会被设计出来。

政党国家的建构,是中国传统社会转型、达成现代型民族国家的实际结果。清末民初,中国社会中政党蜂起,与中国的现代型民族国家的建构冲动相关,党争实为种种政治力量重新整合中国社会的意识形态和政治方略的实力较量,但目的是一致的:使中国在国际政治—经济格局中成为一个强有力的政治单位。共产主义的社会主义政党意识形态,本是由新兴知识人阶层中一小群人建构的,并通过社会化动员和革命行动完成了中国的现代型民族国家之政治建构——政党国家。为了使由一群知识人拥有的理念转换成一种社会伦理,政党伦理就借助一系列文化批判和思想改造首先在文化、教育领域取得合法性和政治优势。

政党伦理的建构进而规约了思想活动的样式和知识效力的方式,五十年代以来的中国知识界,无论中国传统典籍之整理,还是西方思想的译介,都有比 1949 年以前更为系统性的积累,然而,其思想—知识效力受到政党伦理的规约。

《读书》的闲谈和清议言述,实际是政党伦理在思想知识界的影响逐渐嬗变的表征,这种嬗变发端于"文革"后期。政党伦理影响的嬗变,显明了一场理念性威权的危机,新一轮的意识形态威权之争和社会伦理的重构性冲突随之来临。一个可以提出的知识社会学问题是:政党意识形态如果不去拥有传统的对社会伦理的那种支配权,是否意味着卸下了一个过重的负担。

三

《读书》的创办,是由几位出版界的老职业出版家促成的,它的发展和兴盛则其后继的职业出版家主领和推动。这几位职业出版家为《读书》逐步拟定的文化闲谈和思想清议的编辑原则,契合了当代中国知识界中群体分化的实际状况:

尽管三十年来，知识界在政党伦理和政党国家社会体制的双重规约下已趋于政党科层化，分化的群体类型仍然实际存在。

百年来，在中国社会的现代性转型过程中，传统社会诸流品中的士、农这两个流品的结构和品质的变迁，最值得考究。钱穆曾强调，传统的士这一流品，并不就是读书人，也不就是知识分子。严格地讲，"知识分子"的称谓在西方古代社会中亦找不到社会学的定位。"教士"同样不是读书人，也不就是知识分子。知识分子是随现代型社会的成形而出现的新兴阶层，与现代型的劳动分工和社会分化相关。以中国古代社会中没有现代型知识分子为由，拒绝这一术语，容易丢失一个问题旨趣：士在中国社会的现代转型中的品质转变和阶层角色的位移，即士如何转变为知识分子，转变为何种知识分子。这恰好是中国的知识社会学应予关注的课题。

概略地讲，中国传统的士这一流品在中国向现代民族国家的生成进程中，经历了三次大的转型期：清末民初的废科举、兴新学，伴随政制选择、新型科层的形成和职业分化而发生的转型；五十年代初，政党民族国家建成（完成国家内部的政治—社会整合），伴随政党伦理的建构和政党型官僚科层的形成而发生的转型；八十年代初以来，政党型民族国家的改革，伴随政党伦理的嬗变和政治—社会改革引发的社会再分化而出现的转型。

《读书》十五年，与中国大陆知识人的第三次转型期同步。从《读书》十五年中呈现的论说或清议主题，可以清楚地看到这场转型的轨迹：破论说禁区——"新"思潮热——文化热——读书人的寻求定位——大众化、商业化冲击……政党伦理嬗变之初，论说的关切点是意识形态性的，经济改革和社会结构的变动又把论说的关切点引向捍卫读书人的利益和权力，新的社会分化和大众文化的转型（不是出现，大众文化在清末民初已出现）导致文化资产的重新分配，使读书人忧心忡忡……在种种论说和清议中，中国当代知识人的类型分化和知识人阶层作为整体的分化，转换为文化或学问的"主张"之争。

四

勘察知识人阶层的变化，可以从分析知识人阶层的形成机制之变化和知识人群体内部的冲突入手。

知识人的身份资格主要靠受教育的程度和职业分配来确定。但受教育事先需要资格。五十年代以来，受教育的资格由经济资产转变为政治资产，原有的知识人阶层的形成机制发生改变，打破了阶层内部的复制机制：有经济资产者才有条件受高等教育——受过高等教育者可占有经济资产。政治资产代替经济资产成为受教育的资格（"文革"后期发展到极致），是政党伦理的社会化形态之一，促成了知识人的大众化，知识人的阶层成分被修改了。公费教育制度的建立，从制度上加强了知识人的大众化。七十年代末修改受教育资格，政治资产不再是先赋性的，而是获取性的。在很短的几年转换期内，大量社会底层人和流民进入大学，形成八十年代的一个独特的知识人类型。

受教育资格的两次大修改，是当代中国知识人阶层发生内部冲突的重要原因之一。至少可以勘定四种不同的资格类型：1949年前的经济资产型知识人，五十年代后的政治资产型知识人，七十年代末的自力资产型知识人和八十年代以来的智力资产型知识人。由于不断有新的下层阶层的人进入知识人阶层，大众的利益、趣味和伦理随之被带入思想—知识域，知识人阶层的成分结构也复杂化了。

然而，在政党国家的法统之中，政党伦理最终决定文化资本的分配，并决定文化思想资源的解释权。八十年代以来，随着政党伦理效力的改变，出现文化资本的重新分配和思想资源之解释权的争夺。无论是古代的士流品，还是现代的知识分子阶层，从来就不是一个和谐群体，而是一个聚集着各种利益冲突的场所。在政党伦理的法统时期，知识人之间的冲突受政党伦理的规导，往往以政党提供的符号展开争斗，政党伦理的社会法权式微后，知识人阶层内部的冲突将更趋激烈和多样化。

八十年代知识界中的团伙现象，反映出政党伦理嬗变后的知识界状况。知识人团伙的结集，大多以杂志和丛书为基地，出版界成为知识人阶层冲突的重要场所之一。知识人团伙现象的社会学涵义是多层的：知识人阶层与政党伦理的紧张，知识人阶层内部各种类型人之间的紧张，中央（北京）知识人与地方知识人之间的紧张（上海、武汉、成都、南京、广州的团伙理应受到关注），以及（当今）国内知识人与留洋知识人之间的紧张。只关注上述第一类型的紧张，是海外的中国知识分子研究的一大缺陷。

《读书》不像八十年代的种种团伙性的思想文化杂志那样忽而夭折，除去政治—经济的原因外，还由于它不是知识界的一种团伙性杂志，而是职业出版家主持的杂志。可以说，职业出版家在八十年代以来迄今的思想—知识界的变迁中，起了决定性的作用。中国的知识社会学不可忽视对出版业的分析研究。尤其值得注意的是，出版业是政党国家的政制体制的一个重要部分和政党伦理社会化的机制，民间知识人势力与既定建制知识人之间的冲突,因此亦是当前知识人阶层的冲突样式之一。

五

八十年代以来,中国知识界论争频出,思想主张种类繁多。每一场论争、每一种思想主张的背后,都潜隐着错综复杂的政治—社会的结构性变动因素。这样一来,对论争或思想主张的分析,就不能只着眼于单纯理念的层面。

《读书》并没有呈现所有八十年代以来的论争,也没有呈现所有思想主张。《读书》对撰稿人实际有一个选择机制,即与某些类型的知识人有亲和力。显然《读书》并非专业性学术思想杂志,也不可能包罗各思想文化领域的论争。官营思想文化杂志在八十年代以来,都有不同程度的改观,这与知识人的结构性变迁有关。与种种官营思想文化杂志相比较,《读书》所呈现的论争或思想主张,仍可视为一种类型,尽管在这一类型中又有品质完全不同的分类。

《读书》十五年,推出了一批撰稿人,他们的知识趣味、行文风格、关注的书本,构成了自成一体的思想风貌。如果对这些撰述人各自的思想样式分别加以分析,大致可以勘定其在变动的知识人阶层中的位置。当代中国大陆知识人,严格说来,都是政党国家体制中的文化资产的占有者(文化学术机构、大学等),即都有自己的单位。无单位的知识人的出场,是九十年代的事,而且是经济—政体改革的结果。因此,种种思想主张或论争的社会性基础,实际锚在知识人的个体欲求与受政党伦理—政制规约的日常生活之间的结构性紧张之中,中外古今的思想文化资源不过是这种紧张借以表达的一个挪用资源。

九十年代以来，中国社会的结构性大变动，修改了思想—知识的语境，文化—思想热点向关注社会问题位移，思想建构因此可能获得另一种空间，因为，知识人的个体欲求与社会日常生活之间的结构性紧张已发生了重大变化。与此相应，分化后的知识人阶层逐渐重新结集，而且区域已扩散到北美、香港等地（近来《读书》上北美汉语学人的言论篇幅明显增长），一种多元的汉语思想文化的空间性张力正在形成。

汉语思想的基本问题仍然在于：究竟什么是"中国问题"，什么是个体生存的意义根基。汉语思想的知识人在切问近思中尤为需要的还是：读——书。

1995 年 10 月　香港

国家伦理资源的亏空

近十五年来汉语世界在政治—经济上的结构性变化，带出了汉语知识界的一番新景象，其中伦理资源的亏空，尽管较少受到关注，乃是根本性的变化之一。

古代中国社会的伦理资源是由士大夫提供的，这种知识人的伦理资源不同于欧洲传统社会中由教士阶层提供和维系的伦理资源，它强调以民族文化的特殊价值理念为基础的意义体系和伦理秩序。同样重要的是，这种知识人的宗教性的社会化和制度化机制，不是由组织自主的教团性的独立建制来贯彻，而是由与国家的官僚集团的结合来贯彻。晚清废科举以及政制的改革，儒家知识人宗教性的社会化和制度化的实在基础丧失了。为了维系传统儒家理念的宗教性，儒家知识人必须重新寻找社会化的基础。

一

"主义"建构是中国现代化过程中适应民族国家的建构要求而形成的文化理念体系。两种取得社会法权的"主义"建构的文化理念都蕴含着文化民族主义的要素，注重强调民族文化的特殊价值理念，尽管这一理念在汉语马克思主义思想体系中一定程度上受到普遍主义因素的制约。重要的是这种制约产生出来的仍然是儒家的马克思主义宗教性及其国家伦理秩序。

两种"主义"建构接替儒家理念成为制度性的文化宗教时，延续了传统的宗教性知识人与国家官僚集团相结合的形式，而且使宗教性知识人群体自身相当程度地分化为一个独立的阶层，在性质上已类似于教团性组织。现代中国具有社会法权的大政党均不是纯政治性的政党，而是有宗教承担的宗法性政党，它们提供对世界和人生的意义解释，规定国家伦理秩序的正当性，划定社会精神生活的方向。这样一来，政党伦理就会成为国家伦理。

以上的简要描述性分析，为我们考察近十五年来汉语知识界中文化宗教性的变化提供了一个框架。由于文化宗教性的承担者是知识人，我将主要关注知识精英的变化与汉语世界中国家伦理资源的关系。

二

晚近所谓东亚崛起的文化反思，一开始就定位在东亚现代化模式与亚洲的传统伦理结构的关系问题上，以找寻传统伦理中的资本主义亲缘因素。这种设问是循韦伯的现代学设问方向提出来的。在我看来，东亚现代性的现实建构过程及其尚未定型的未然形态应当是更为值得关注的设问方向。与此相应，西美尔、舍勒的现代学设问方向同样值得注意。东亚现代性问题尚处于历史的开放状态，近十五年来汉语世界的政治、经济、社会、理念的变迁，在任何一个领域都是相当漂浮性的。倘若学术思维不去认识东亚现代性的社会机制的浮动,以及与此浮动相关的文化理念的浮动,就不可能把握住东亚现代性属己的诸问题。

三

汉语社会的国家伦理资源的当代变迁,涉及汉语世界的社会伦理的结构性变动。当前,无论在大陆还是在台湾,世间的大众宗教的复兴以及长期共存,受抑制的佛教、道教向文化建制领域的推进,显明了传统占支配地位的知识人宗教的制度化衰落。知识人型宗教对民间型宗教和教团型宗教的抑制能力减弱,日益丧失自身的社会化效力。

近十五年来汉语世界的重要变化之一是:拥有社会法权的政党伦理在现代化经济—政治转型过程中逐步式微。随着政党伦理在中国各地不同程度的式微,精神伦理之社会化和制度化机制不能再靠与政制结盟的方式来达成,精神伦理的社会化机制面临危机。这正是当代汉语世界中民族性的国家伦理建构的根本问题所在。

四

现代社会学的历史考察表明,精神性伦理的社会化机制主要有两种:第一,通过在社会中相当程度地分化的教团组织,把精神伦理有机化地融入社会基层,并有效地整合民间的大众型宗教冲动。比如历史上西方基督教和东方基督教的情形,这种文化宗教性的承担者是受过理性化教育的神职阶层。第二，通过国家的官僚层级组织，把精神伦理有机地植入社会基层。比如历史上的中国儒家士大夫，其文化宗教性的承担者是受过儒家科举教育的官僚。文化宗教性的类型特征是精英伦理：通过建制化精英选择机制遴选出来的少数精英决定着文化和精神的品质。精英伦理与大众伦理一直处于一种结构性的紧张之中。在现代化过程中，由于社会机制的结构性变动和阶层力量的优势转换，大众伦理一直保持着从未减弱的对精英伦理的颠覆势态。在中国，"主义"宗教作为政党伦理的建构，实际表明了尽可能平衡已出现危机的精英伦理与大众伦理之间的结构关系，以抑制儒家的精英伦理在丧失社会化机制后实际已经出现的国家伦理之失序。

五

至今的问题是：一旦精英伦理丧失与国家政党伦理的结盟，同时它又没有社会性的教团组织作为重建其社会化机制的基础（现代儒家的精英伦理正处于如此境况），其命运看来就只能在如下两条路上选择：精英伦理要么向纯粹个体化的方向发展，进而日益丧失社会化的功能，把对社会伦理的制权让给大众伦理；精英伦理要么向既存的大众伦理靠拢，削弱自身中所谓"高超"的道德内涵。

这样一来，精英伦理承担者的形成值得关注。首先值得注意的还不是文化宗教性之承担者的个体方面，而是维系承担者阶层之形成的社会机制。

文化型宗教精英知识人阶层的自我维系的社会机制是高等

院校的人文学科和研究机构。"主义"宗教的政党伦理对大学教育的控制不同程度地减弱，种种现代主义思潮必然重新涌入高等院校。目前来看，在汉语知识界，占支配地位的各种主要思想虽然都具有大学和研究机构的建制保障，但是社会化机制都相当脆弱。

六

近十五年来，作为汉语知识阶层的培育机制的大学和研究机构，出现了新的区域结构：除大陆、台湾这两个汉语知识界的主要区域之外，香港的汉语知识界日趋活跃，为数可观的大陆、台湾、香港留学北美的知识人，逐渐结集为一个新的文化型宗教知识精英群体。由于这四个不同地区的政治—经济—社会机体有不同程度的差异，其中的大学建制受制于各自的社会—文化机体的规约，尽管不可忽略流动因素的影响，伦理资源将日益显出不同的建构意向。

如果中国古代的精英伦理是知识人型的，或者说中国古代占支配地位的宗教是文化型的，而非祭司—教团型的，那么，从目前情形来看，在政党伦理衰弱之后，汉语世界的国家伦理资源将进一步亏空。尽管祭司—教团型宗教（尤其佛教）有日益明显参与社会伦理建构的行动，仍不足以平衡民间型大众伦理的伸展力。

精英伦理要想维系住自身的生存并尽可能重建社会化机制，看来只有固守并维护大学的人文领域，然而，即使这一领域亦面临被缩减的困局。

大众伦理在形成新的样式（如气功教伦理），精英伦理在没落,大众知识人的伦理却在通过流俗文化扩张,这亦可视为大众伦理新样式之一。种种伦理样式的消长,实为东亚现代性的问题之一。当今汉语世界的精英气质和体验结构发生了什么样的变化?伦理结构之重构是怎样的?由于汉语世界的不同社会机体(大陆、台、港、东南亚及北美华人社区)的差异,一般性的分析已甚难展开了。

1994 年　香港

知识分子的"猫步"

1968年欧美热闹过一阵子左派学生运动,打那以后,知识分子就成了学界的"问题"。上个世纪九十年代初,国朝学界也一时热衷谈论知识分子问题:"角色""使命""志业""批判意识""人文精神",充斥报刊文字和学术论文。经过一番自我认识的努力,人民以为知识分子变得成熟、自重、有涵养,未料我们知识分子却纷纷走起 catwalk[猫步]。

行走时心目中时时想到左右脚下之间恰好有条直线,脚步当然不能自自然然迈出去,必须轮番踩在直线上。"猫步"就这样走出来了。这种步法的名称,据说得自猫有时候的闲步姿态——通常是闲得百无聊赖的时候,比如,见到老鼠,需要跑得飞快,就不可能摆"猫步";与主人或猫类一起玩耍,也不能迈"猫步";要是旁边有条凶神恶煞的狗,就更得收敛起"猫步"。总而言之,"猫步"要么是猫装样子,要么是闲得无聊,才摆出的步法,而且晓得有眼睛在观看自己。

后来,"猫步"据说演化成了时装模特儿的专业步法。在无数闪光灯面前,时装模特儿左右脚轮番踩在两脚间的直线上,让身体——尤其胯部夸张地左右扭动,身姿好像失去平衡感,却在时尚的风尘岁月中留下了急就的韵律。

我们知识分子走起"猫步"会是什么样子?

在意识形态的世界中，直线有各种颜色：左派的红色，右派的蓝色，再不然就用"主义"来命名。无论哪种颜色，只要左右脚踩着直线走——保持"主义"的政治正确，我们知识分子的"猫步"就走出来了。知识分子自己特有的话语如果看起来像时装模特儿的身体，言辞装腔作势，身姿自然就扭动起来。

时装模特儿本来都是自自然然的女人（如今也有了男人）在特定的时间和空间——时装表演场所才摆"猫步"。随着改革开放步伐加快，我们知识分子的模特儿就在报纸、杂志、电视节目中亮相了。热衷表演的知识分子还为"猫步"提供了悲壮而崇高的理由：关注现实当下问题——不晓得"泛泛之词和无谓的激情都是缺乏专业素质的表现"（博尔赫斯语）。

比如说……

历史的肤浅？

两百多年前，当时的世界霸权国家西班牙的士兵和教士们从墨西哥进入了如今美国的加州。在普世主义的士兵和教士看来，这片印第安人生活的土地不过蛮荒之地，开垦不仅需要武力，也需要绝对的宗教。在士兵的保护下，一个叫 Juripero Serra 的神父从 1776 年到 1820 年的近五十年间，沿加利福尼亚西部从南到北建造了二十二座大小不同的天主教堂。1776 年建造的 Mission San Juan Capistrano ［圣若望传教会］据说成了美国加州第一建筑——加州最老的古迹。

这是一座用石砖砌成的差会建筑体，既有以 Serra 命名的 Chapel ［崇拜堂］，又有简朴的修院，整个院子很像我在西班牙和德国看到的中古修院。不同的是,这里有西班牙人传授相当现代的炼铁技术的炉灶。

本来,这个院子不过是一个相当短浅的历史遗物,甚至称为"伟大的石造教堂"也未尝不可。由于美国的历史过于肤浅,这个差会遗址也就成了"美国的珍宝"。整个修院如今被修葺成历史博物馆模样,展出西班牙殖民者用过的马鞍、衣物和加州成为美国一州之前历代君主用的令牌。不难设想,这样的历史遗址会是加州小学生学习美国的加州历史的课堂。据说一到四年级的小学生经常得到这里来感受他们的文明源头,少不了以此为题写篇作文。

在"后殖民主义"的知识分子话语时代,加州小学生如果碰巧由一位左派老师带队,就会遇到这样的思考题:谁的历史?何种遗址?

这样的思考题恐怕也会让大教授伤脑筋,遑论小学生。

历史越悠久,遇到这样的追究历史中的不义的麻烦恐怕越多。咱们中华民族的历史中,有印第安人式的遭遇的民族恐怕也不少。从儒教理想的三代时期起,就有民族间的倾轧。如果把"后殖民主义"的历史理论逻辑贯彻到底,追究历史中的不义就不能限于殖民时代,大概得从"原始共产主义社会"算起。

有多少历史遗址光荣?中国人时常自夸的五千年历史,有多少清白?

有悠久历史的国家中的人民常常看不起美国文化,认为美国的历史太肤浅。但在后殖民文化论盘踞的时代,肤浅的历史有其益处——少一些历史的不清白。除了犹太人,哪个悠久民族的历史荣光不是建立在其他民族的悲剧上的?何况,后现代的犹太民族正在书写的历史,恐怕也很难说得上清白了。

从现代人的权利出发抹平历史,可谓新左派历史理论的肤浅——与这样的肤浅相比,历史的肤浅就算不上什么了。历史中民族的生死存亡从来就受两个东西支配——强力和理念,一个民族没有这样的东西,只有灭亡。肤浅的历史理论不会看到,Mission San Juan Capistrano 记载的恰是这两样历史的原初力量。从这肤浅的"美国珍宝"中,背靠"悠久"的中国知识分子难道不可以领略一番其中的深刻?

三文鱼的人生

在巴黎,一位分别了十年的老朋友请我吃美国三文鱼,邀了一些在巴黎的熟人相聚。其中一位朋友是海洋生物学家,他说,三文鱼从河里向海里游时,肉特别嫩、好吃,从海里往河里游时,肉就不好吃了。那个时候,三文鱼逆流而上,到北方去产卵,然后让自己死掉,以便孵出的小三文鱼吃自己的肉长大。

小三文鱼从河里向海里游,在顺流而游的生命旅途中长大。如果没有被我们这些人类吃掉,就从海里往河里游,也算辛苦一生,然后再为了自己的子女死掉。三文鱼的一生,真富有自我牺牲精神——为了自己的后代奉献自己的一生——从河里向海里、从海里往河里游一回,练好一副身体,就为了死给自己的子女吃,以便让子女接着从河里向海里、从海里往河里游一回,练好一副身体死给自己的子女吃。

出游回归而死,这就是三文鱼生命的永恒复返,它的生命目的就是为子女而死。每一条三文鱼的死给子女吃,就是永恒复返的转换时刻。

作陪的另一位朋友是社会人类学家，受某个基金会委托刚到亚洲做了几项"田野调查"回来。他乘我们忙于吃三文鱼时，报告了其中两项调查结果。一项调查是：中国父母每月的消费额中，受子女支配的份额占百分之六十五——欧美父母的消费额中，子女支配的份额占百分之四十。另一项调查是：老人自杀率，华人地区最高，占世界第一（分别是新加坡、香港、中国大陆）。

因什么原因自杀？调查显示，大多为了子女——不给子女添生活负担。

中国人的人生是不是有点像三文鱼的永恒复返？

中国保守主义（所谓右派）思想大师梁漱溟说，西方思想注重个人自由的权利，固然很有吸引力，毕竟与中国人的传统习性不合，引进这种权利最终要失败。联想到三文鱼的人生，这话真有不少道理。

道理并非在于，中国人的传统习性不易改变，或者改变传统习性未见得就好——道理毋宁说在于，这传统习性改不得。不妨想一下，如果中国人都改变了这传统习性，成了西方式的自由主义者，不会再像三文鱼那样拼命游回河里死给子女吃，中国人不就绝种了？西方世界要中国人接受自由主义人生价值，很可能是一个启示录式的阴谋。

保守主义并非为传统而保守传统，而是为了传统中的习俗伦理和极高的政治智能而保守传统。三文鱼式的永恒复返不仅极高明，而且蕴含极高的政治智慧：如果没有三文鱼式的人生，中国人哪里还可能有逍遥游，又何以可能保持人口数量，以形成当今世界政治所需要的压力？

当然，这一切的前提是，在逍遥游的旅途中，小心不要被有自由主义权利的人吃掉。

倒桶人

君问归期未有期,巴山夜雨涨秋池。何当共剪西窗烛,却话巴山夜雨时。

这人间童话般的巴山在哪里?就在我的家乡重庆——长江南岸一脉连绵的山脉,就是巴山。每年十月,巴山阴雨连绵足足一个月……小的时候,我常常想象巴山夜雨中的秋池。

前年,我在波士顿遇到一位重庆老乡。不是笼统意义上的老乡,我们两家相隔只有一条街,虽然那个时候我们并不相识。他二十岁离开老家,再没有回去,却记得起巴山在哪里,也记得我们共同生活过的那条小巷在激动人心的"文化大革命"年代发生的事情。

我们一起想起了那位"倒桶人"。

我们住的小巷就在这座中国西南最大的城市的中心——解放碑。解放碑在我的记忆中好像鬼怪的眼睛,每天夜里发出幽蓝的光。它本来是国民政府为纪念抗战胜利修建的"记功碑",解放后,"记功碑"自然成了"解放碑"。这座城市虽然古老——有巴山夜雨的古代童话,而且曾经是抗战时期的中国政治文化中心,但我们小巷的住户都没有厕所。每天清晨,每家每户听见一声"倒桶",就把自己家中的尿盆屎桶拎出来。但见一中年农民,挑着担子走过小巷,把尿盆屎桶里的东西接走。

1967年夏天的一个清晨,整整一个通宵的巷战暂时停息下来，街上静得出奇。突然，"倒桶"的喊声打破了内战间歇时的宁静，却没有哪家哪户敢像往常那样出来倒桶——害怕挨冷枪。"倒桶人"从城外来，不知道前晚的战事，不知道革命和保皇两派（如今称左派右派）知识分子还蹲在战斗工事旁。他把挑担子的扁担扛在肩上，不停地在巷中来回走，"倒桶"……"奇怪，今天怎么没有人出来倒桶？"

附近高楼的高音喇叭突然发出尖厉的声音："那个扛枪的是哪派的（让我联想起如今问左派右派）？！站住！""倒桶人"听见声音，好奇地张望四周——"哪里有扛枪的人？"

高音喇叭喊了三次，"倒桶人"扛着扁担仍旧在巷中若无其事来回走，不停喊"倒桶"……

高楼上的冲锋枪响了——是点射，一连四发子弹。"倒桶人"应声倒在自己的粪桶旁。

没有人来收尸——因为"倒桶人"哪派都不是；"倒桶人"的家人不知道他死了——也没有想到他会死，因为知道他哪派都不是。

"倒桶人"的尸体在小巷躺了一个星期，他的身体慢慢变灰、变黑，然后有液体透过衣服渗出来，发出难闻的气味。我们的小巷有一个星期没有"倒桶人"把尿盆屎桶带出城外，每家每户都散发出尿盆屎桶的臭味。

我的那位老乡早已经成了美国人，他的中国记忆就是古典诗词中的巴山夜雨和这位亲眼见过而且十分熟悉的"倒桶人"——我们小巷的生活中最重要的人。

我这代知识分子本来大都是"倒桶人"的老乡，与新派知识分子的出身不同。"倒桶人"的老乡出身的知识分子以前没有真正的报纸看，新派知识分子是在改革开放的报纸中长大的。从精神品质上说，改革开放的报纸与十九世纪欧洲兴起的启蒙文化的报纸传统一脉相承。

十九世纪初期，有个欧洲知识人某天早上起来突然意识到，起床不念圣经而是念报纸不知何时已经成了习惯，感到一阵心悸。

这件事听起来像是说，现代知识人被报纸教坏了。其实，应该是先有现代知识人，然后才有报纸。不过，在中国倒是先有（洋人办的）报纸，后有（中国的）知识分子。中国知识分子起床念报纸而非念经书，也已有百年的历史。

自从有了报业，我们知识分子夜晚的天空中，就再也没有出现过星星，对脚下土地的感觉变得稀里糊涂，知识分子时装业随之出现了。从前，士人与市民，就像山林里的野猪与海洋中的鱼群，从来不会混淆相互的气味。自从出现报纸杂志这样熙熙攘攘的集市，市民的气味就走进了知识分子的感觉。早上起床念报纸，就像踏着吸取了头一天的城市所有尘灰的淤泥，走在迷蒙的湿热晨雾中。

报纸杂志集市的出现，对我们知识分子提出了更高的品性要求。知识分子面对模棱两可的市民，需要新的见识能力、新的言辞本领——制造晨雾的本领。至少需要特别的回忆能力，记得起人类过去某个历史时刻的血腥和蜘蛛网般的恐怖；还需要特殊的见识能力，看得见迫在眉睫的危险和通向深渊的精神斜坡；不可或缺的当然还有特别的语言能力，懂得把格律和平仄隐约在色情的模糊、好奇和喜悦中，让市民自以为找到了熟悉的欲望——其实一切都是解释不了的日常。

没有这样的回忆、见识和语言能力，我们知识分子如果要进入报纸杂志集市去"关注当下问题"，非成为模特儿不可。

知识分子模特儿说起"问题"来煞有介事,有如模特儿的职业表情——装模作样的明智,眯起眼睛盯住道德高处的霓虹灯。知识分子模特儿需要的天赋只有一个:没有自知之明——以为人类或民族历史的大义就在自己肩上,对于自己纯属无中生有的胡言乱语不会感觉到索然无味。那些为国家大事操心的话,听起来语重心长,其实才是民族的玻璃窗上擦洗不掉的有伤风化的污迹。

我们知识分子本来应该看守住人类的精神遗产,走"猫步"的知识分子模特儿却把所有的人类精神遗产以百分之一的价值押在当铺,以便换取"现实"这一小铜钱。"如果知识人个体以为能给予大众些许人性,总有一天,大众会利滚利地偿还"(本雅明语)。

2000 年　香港

透过她人的欲望看自己

我认识张旭东和汪静时,他们都是北大学生艺术团的艺员。旭东在乐队,汪静跳芭蕾,一奏一和。

一到暑期,北大学生艺术团就去外地演出。有一次,在复兴桥镇演出,观看的人太多,秩序突然大乱——可能有不良分子捣乱。维持秩序的公社民兵收拾不住局面,不得已鸣枪弹压。一时间,几乎所有人都趴在了稀脏的泥土地上。枪子横飞,好几个搞事的人都吃了法治的子弹。旭东冲到汪静身边,要拉她趴下,她偏不,仅仅蹲着,说会把跳芭蕾的裙子搞脏。

这事过去十几年了,记得当时旭东对我说这事,我也不免惊恐。不仅惊恐没长眼的枪子会伤到汪静,也惊恐汪静的唯美主义到了不沾地的地步,今后在实际生活中怎么得了?

他们结婚后得一子,命名我为"教父",我却只见过"教子"半岁在盆里洗澡的照片就去欧洲"插队",旭东和汪静不久去美国,音讯就断了。

两年前——也就是分别近十年以后,我突然收到汪静寄来的一包稿子,打开一看,是几篇美国女作家小说的翻译稿。我早知道,旭东已经在美国名牌大学当了教授,我一直惦记的是,怕跳芭蕾的裙子弄脏而不怕枪子的汪静怎样了。在北大中文系念书时,汪静就特别喜欢西方现代小说,不像旭东,虽在中文系,但不太务正业,总是读些前卫的哲学书,常跑到研究生楼找我等习西哲的打嘴仗。

汪静来信说,她这些年都在读当代美国女作家的短篇小说,读了五百多篇,从中选出比较喜欢的译成了中文。这唯美主义者希望我看看她的译文是否要得,她大概只记得我在北大念的是美学专业,不晓得我早就改行了。再说,美学与唯美主义有什么相干!

如今有那么多女作家,倒让我吃了一惊。

自我拯救中的她者

我想起三十年代的一位女作家阿莱丝·玲(Anais Nin)。

玲生在巴黎,父亲是西班牙作曲家,算个现代艺人。玲十三岁随家人到美国,开始写日记,那时她极为崇拜的父亲离弃了家庭。自己对自己说心里话,是好多女孩子的习惯。

两年后,玲已经没有钱继续在学校念书了,但她偏偏喜欢看小说、读诗歌,于是每天跑图书馆。她不知道,喜欢上文字的女人,迟早要被会玩文字的男人把身体拐走。二十岁那年,玲嫁给了金融家 Hugh Guiler,不是因为他有钱,而是因为他也酷爱文学。Guiler 有钱,又喜欢文学,他们在巴黎的家成了当时名作家的聚会所。

玲一直想当作家,写过一些小说,好像一直没有什么名气。1966 年,玲已经六十三岁了。她将自己年轻时的一段日记改写成小说,马上博得名作家的声誉——文坛称之为"本世纪最有价值的忏悔录"。

小说名为《亨利、茱莉和我》。

亨利是谁？茱莉又是谁？原来，玲二十八岁那年与具有小说界的尼采之称的德国作家米勒（Henry Muller）有过一段情。当时，玲已经与 Guiler 结婚八年——也就是刚到婚姻出问题的时段（中西方的阴阳家都说，七年为时限）。米勒有一个令人神魂颠倒的绝美妻子，名叫茱莉（June）。玲不仅讲述了与米勒的事，还讲了与茱莉的事。用当今的话说，不仅是异性恋情，还有同性恋情。

茱莉已经懂得自己是一个女人，所以与作家米勒过着若即若离的生活。玲这时还不懂得自己是女人，还没有做女人的感觉。

什么叫做女人的感觉？

米勒写了很多小说，都与千篇一律的性有关，不仅讲色情故事，连文字也真正色情，不愧为二十世纪的萨德（Sade）。但据说米勒并非流俗的而是哲理的色情作家——国内已经有中译本全集，记得罗兰·巴特等法国结构主义—后结构主义人曾合伙写过一本解释米勒的文集，德国人也出版过一部米勒语录，全是从他的小说中摘下来的色情哲学大白话。

这种哲学据说出自米勒的人生信念：他要用亲身的性经历和性叙事"向上帝、人类、命运、时间、爱情、美等等一切的裤裆里踹上一脚"（《北回归线》）。据米勒全集的中译者说："一个个被米勒征服并拖上床的异性是他确认自我的道具，有如猎物之于猎人，鱼虾之于渔人"。

照此说来，无论米勒的妻子还是玲，都是米勒"自我拯救"的性经历中的"猎物"或"鱼虾"。

当情爱中的"猎物"或"鱼虾",也许是女人心甘情愿甚至求之不得的生命激情。不过,玲的日记体小说写的是"我由此成为一个女人的痛苦经历",并没有把自己看成"鱼虾",米勒也没有把玲当"猎物"。玲喜欢文字的色情,米勒喜欢色情的身体同时又具有书写色情的文字能力,于是两人一见就不得了。

刚才说过,茱莉已经成为女人——是否成为女人,不是由年龄而是由生命感觉来确定的。茱莉懂得,男人喜欢的只是自己的身体,而她迷恋的是文字中的自己。遗憾的是,茱莉没有叙述自己身体经历的能力,那时,能叙述身体经历的仍然大多是男人。除非在男人的文字中出现了自己的身体,茱莉绝不会相信男人嘴里"爱"之类的鬼话。当茱莉发现米勒的色情文字不再讲述自己的身体,就开始诅咒米勒要做当今的陀思妥耶夫斯基的愿望不过是痴心妄想,把米勒的手稿撕碎,一走了之。

茱莉同玲好上了,因为她发现玲有写小说的愿望和能力。于是,两个女人的身体就抱在了一起,直到茱莉发现玲竟仍然迷恋米勒的文字,而不是自己叙事,才离开了她。

懂得用自己的身体与男人交换文字,是否意味着懂得自己是女人?

玲懂得自己是女人之前,恰恰以为可以用自己的身体与男人交换文字。离开米勒后,玲出版了一本书,叫《劳伦斯:一个非专业性的研究》,随后自己写起小说来。玲通过叙述自己身体的故事成了一个女人,这就是她"成为一个女人的痛苦经历"。

是人多少都会有点痛苦经历,重要的是玲能自己叙述"我"的痛苦经历,在这叙述中,米勒成了他者,成了她的

"自我拯救"的性经历中的"猎物"和"鱼虾"。玲与米勒的事，米勒在《北回归线》中讲过，玲在其中当然是她者。只有通过自己的叙述，关系才能颠倒过来。成为叙述的主体，对于成为一个人——无论男人还是女人，看来都至关重要。

1991年米勒百年生辰时，名导演Kaufmann用电影语言又讲了一次玲与米勒的故事，按玲的日记体小说讲述。玲是叙述主体，配上萨蒂（Satie）的钢琴小品，有声有色、嫣丽无比。后来有个叫Zirmann的末流导演又讲过一次，玲和米勒都是她/他者，主体没有了，臭而不可闻也。

《亨利、茱莉和我》的文字比米勒的更色情，奇怪的是，为什么迄今没有译成中文，那一定会好卖呀。

尼采给女人的鞭子

都后现代了，女作家多起来，玲的故事再不会发生？女人不再痴心有文字能力的男人？

我不晓得，从《鳄鱼之舞》中也看不出来。

有一点确定无疑，女人写作如今已经算不上什么了不得的事情。从前，女人自己身体的故事大都得由男人来叙述。如今，许多女人都有了讲述自己的身体故事的能力。

世界真的不一样了。

我想起尼采的预言。

尼采——还有马克思和弗洛伊德，被公认为二十世纪最耀眼的思想明星，他们的思想对现代社会的影响，无人能及。但比较起来，人们更容易记住尼采而不是马克思和弗洛伊德的话——从来没有读过尼采一页文字的人，也可能会引用这位大哲人的话。原因很简单,尼采的文字容易成为世人的口头禅。

小的时候,我就听到过一句尼采的格言:如果到女人那里去,不要忘记手中的鞭子。

这句格言究竟是什么意思?从前,人们一直以为这句格言说的是:男人应该绝对地主宰、支配女人,就像"一个个被米勒征服并拖上床的异性是他确认自我的道具"。据说,尼采是大男人主义,对女人甚至有一种虐待狂式的心态。在如今的后现代社会——也就是女性主义成了"政治正确"的社会,人们不再经常提起尼采的这句格言,是否因为"政治不正确"?

尼采年轻的时候,与自己的好友——请原谅,我一时想不起他的名字——同时爱上萨乐美。正好赶上照相技术上市。萨乐美是个天生就懂得什么叫做女人的女人,而且碰巧颇有文字能力。为了在两个喜欢她的男人之间保持平衡——俗话说的脚踏两只船,萨乐美提出了当今社群主义式的共同体友谊论。机敏的尼采听到后,高兴得不知所以,兴冲冲提出三人一起去照相馆照张相。当时的照相馆都有道具一类的东西,那照相馆里的道具碰巧是一辆马车。于是,两个男人一致同意萨乐美的提议,摆出这样一种姿势:俩人扮成两匹马一起拉这辆车,萨乐美站在车上,手里拿着一根鞭子,作驱赶两匹男马状。

这照片真还保留下来,我在一本什么书中亲眼见过。女作家多起来,我就想起这张照片。照片中萨乐美手上高高扬起的鞭子令我恍然大悟,尼采那句格言的真正意思刚好相反:提醒男人去女人那里带上鞭子,不是为了抽打女人,而是为了让女人抽打自己。如今不再有人提起这句格言,恰恰因为那张照片记录的情形已经成了现代之后的生活现实,成了"政治正确"的现实本身:后现代文化的"政治正确"的含义是,男人把鞭子给女人，让女人抽打自己。

老实讲，女性主义是男人而不是女人搞出来的。上个世纪末，女性主义兴起时，鼓吹女人性比男人性更是人性的，恰恰是男哲人——比如那个写了《母权论》的德国哲人格洛斯（Gross）和以《货币哲学》出了名的西美尔（Simmel）。当然，萨乐美式的女人十分乐意接过男人手中的鞭子。

尼采并不喜欢权利平等的自由民主主义，拥护贵族政制。所谓贵族统治，就是优质的统治劣质的。尼采一再说，女人性比男人性劣质得无法比拟。既然如此，尼采怎么会同意把鞭子给女人，而且同意摆那种姿势照相？

这问题我想了好久，不得其解。眼下只有一个临时的答案：尼采聪明绝顶，而且预感极准，他感觉到，男人把鞭子给女人是自由民主现代性的必然结果。同时，深刻的尼采也晓得，无论生活多么不幸、残酷，人除了爱生活——当然包括爱其中的不幸和残酷，没有别的出路，这就叫"热爱命运"。于是，尼采同意照让萨乐美拿鞭子的相，以身试法，让现代性的残酷本相尽早成为审美的反讽。

女作家写的小说，是否会是一根根抽打男人的鞭子？

据说，一个男人若有日本女人做妻子，再有美国的住房，就是天堂般的生活；相反，如果是美国女人做老婆，有的却是日本住房，那就惨了。普通美国女人都那样，美国女作家写的小说还不会是抽打男人的鞭子？

从《鳄鱼之舞》中，我看不出这种迹象。

迪士尼乐园与谁调情？

是否因为美国女作家不够精神？

我一直以为，美国没有"文化"，倒是有迪士尼乐园这样荒唐的地方。

在荒原上建乐园？这疯狂的想象被美利坚主义变成了现实：在西部的一片荒原上，人类第一个人造乐园以迪士尼的名字呈现出意大利古典风情的小巷、东非原始的神秘丛林、哈布斯王朝如歌的河流。成千上万美利坚人每年都要到这人工乐园来找寻一次伪造的幸福。

幸福不是生活与生俱来的，需要制造甚至模仿。生活本身是痛苦、不幸，幸福才成为生命的需要。凡人所有的，都不是人所需要的。乐园当然不是人间所有的，所以成为制造和模仿的需要。人类已经在文字中制造了许多乐园，这些乐园并不能当真去实现，它只是一种调情。小说的叙事、诗语的诉叨，都是与生活的痛苦和不幸调情，使悲哀的变成迷人的。如果把调情当真——当成真的爱情，把小说或诗语当成现实，不是滑稽，就是误会。人间—乐园的构造本身就是无稽之谈，除非闹着玩，一旦把它变成现实，调情就索然了。

与生活调情——使生命中痛苦的本质弥散出销魂的魅力，寂静主义者叔本华及其现代传人西美尔都说这是一种形而上的本领，它出自对生命本身透彻骨髓的悲剧感：销魂的能力基于对生命悲哀的感受力。但是，据深谙美利坚精神的思想家布鲁姆（Allan Bloom）说，在美国这片从不悲天悯人的土地上，根本没有德意志式悲剧感的市场。

如果形而上的调情根本就不是美利坚主义的生命需要，美国人制造迪士尼乐园与谁调情？

布鲁姆的回答是：迪士尼乐园不与谁调情，只是美国情调的虚无主义的迷彩灯火，一阕没有深度的虚无主义流行曲。这说法可能过于夸张，难怪遭到好多美国人白眼。任何国家都有一两个这样的另眼人，一种文化中有几个这样的人，未尝不是幸事。

若非要说与谁调情，我看迪士尼乐园就是与虚无调情。迪士尼乐园制造的不是幸福时光，而是虚无时光。在这时光中，没有销魂也不需要销魂的能力，只有无聊在驻足、集聚、起伏，就像乐园中骑在兜圈的假马上飞奔的成年人脸上的微笑，或者坐在钢绳牵着的电动木船上沿制造的激流而下的老夫老妻们的尖叫。这些微笑和尖叫表明，形而上的调情的确不是美利坚人的生命需要。

可是，从《鳄鱼之舞》来看，悲哀和销魂的能力，美国女作家还是有的。某些女性主义小说家尤其是评论家，巴不得女人的悲哀和销魂叙事把男人的身体抽打得遍体鳞伤，但这些女作家的叙事并非如此。以为如今的女作家个个都是或应该是女性主义者，就搞错了。当代美国女作家并不那么可怕，甚至我所看过的当代法国女作家的作品，也并非根根是抽打男人的鞭子。

女性小说并非等于女性主义小说，再无需男人来替女人讲自己身体的故事，把握自己的悲哀和销魂，才是女性小说的"历史意义"。

透过她人的欲望看自己

这是一部上个十年美国女作家的短篇小说选,汪静对每位作家及其所选的作品有扼要介绍。看得出来,这个集子经过唯美主义者苦心挑选而成。其中的作品精妙也罢、粗浅也罢,总之是近十年来美国有叙述能力的女性讲的故事。

按理说,应该由一位女性来对这些作品说上几句,为什么我要争着来说开场白?

基斯洛夫斯基的《十诫》中"爱情"一诫有电视版和电影版,电影版比电视版多二十来分钟。

两个版本讲的是同一个故事,仅仅结尾不同。少男多米克十九岁的手被三十三岁的少妇玛格达握住放到自己的大腿根上让他亲身把握欲望。多米克一阵哆嗦,从自己的欲望中张皇而逃。玛格达本来不过想同多米克玩玩爱,没有想到多米克来"真诚",跑回家割腕,让身体中的血流出来与从自来水管放出来的水混在一起。只把"爱"当 make love [玩爱] 的玛格达被多米克的割腕领入他的欲望,一场误会急转直下……以后的事,两个版本讲的就不同了。

人都生活在自己的欲望中,但很少有人透过别人的欲望看到自己的欲望,这就是日常实际。基斯洛夫斯基要讲的生命真实是:透过别人的欲望看到自己。故事说的是少男多米克和少妇玛格达透过对方的欲望看自己,结果自然不会一样,收场自然得有两种。多米克先欲望地偷看玛格达的欲望,玛格达的欲望成了他的欲望的镜子,从中多米克看到自己欲望的单薄,进而对自己的欲望彻底失望,所以,电视版以多米克欲望的冷感收场。

玩爱并不是玛格达的生命想象,而是她的生命想象受到伤害后的自我放弃。从多米克的欲望中,玛格达看到自己欲望的真实——对温馨的渴求。电影版那多出的二十分钟,是玛格达透过多米克的欲望看到的自己欲望的希望。

多米克与玛格达的事是生活中司空见惯的误会,相互错失爱的"真诚"是生活的实际,不可错失的生命真实是:看清自己的欲望。

大凡小说都是欲望的两面镜,既鉴照出叙事人自己的欲望,也鉴照出读者的欲望。我很有兴趣通过读这些当代美国女作家的叙事来反观自己的生活想象,就像我读其他西方小说时那样。

结果如何?我已经私下对汪静讲过了。我想说的是,每位读者都可以这么试试。

译笔么?对于一个唯美主义的译者,我哪有挑剔的资格?

2000 年 7 月　香港

也谈"二十一世纪精神"

[**题记**] 1999年,文化热情永远旺盛的乐黛云教授到香港开会时,利用机会组织到会的台湾、欧洲的中国学人搞了一次小型座谈。时值世纪之交即将来临,座谈题目被定为"二十一世纪精神"。下面是笔者在座谈会上的发言,据录音稿整理,原刊乐黛云教授主编的《跨文化对话》第一辑。

首先,我想对这个题目表示一点诧异,讲"二十一世纪精神",这个题目对我来说,可能过于宏伟和漫无边际了些,不是我能够把握的。作为一个做点学问的人,我不可能谈得很宽泛。况且,一个知识人在考虑精神文化问题时,恐怕得分清社会的一般精神状况或者民众的精神状况与知识人所追求的精神,这两者很不一样。民众想什么、信什么,大概不是一个搞点学问的人——哪怕他搞的是精神文化方面的学问——可以指指点点的,民众精神有自己的走向及其社会、政治、经济理由甚至人性的理由,知识人很难左右。

知识人也有自己的精神走向及其社会、政治、经济甚至人性的理由,我大概能谈的只能是知识人的理由;民众的理由就没有资格来谈了。

诸位前辈一上来就说到宗教方面的事情,乐教授也要我谈宗教方面的事情，好像我也是"宗教学专家"。好多人都以为或者认为我是"搞"宗教的，这是个大误会。我有基督信仰，也做点基督教研究，但从来不"搞"宗教研究。我做的社会理论研究中涉及宗教问题，不是通常意义上的宗教研究，仍然是社会理论和政治哲学研究。对于宗教的事情，其实我一向不清楚，更谈不上了解社会中民众的宗教精神。作为一个学人，我倒是想自己活出一种基督教精神。至于社会中的基督教徒和教会的事情，就不是我想并能够解释的了。比如，据说欧洲上教堂的人数虽然下降，但欧洲很多人还是认为自己有基督教信仰，也许不再是一种教会信仰。许多人不上教堂礼拜，平时还是常去教堂坐一阵子，当教堂是心灵歇息的地方。于是，教堂与教会就不是一回事了。我还听说，美国有机构做了一个统计，在美国自称有宗教信仰的人占百分之九十，其中百分之九十三认为自己有基督教信仰。如果说基督教在西方已经死了，从教堂和社会学调查中看到的情形又是怎么一回事呢？这我真的搞不懂。

　　因此，在谈"二十一世纪的精神与信仰"这样一个大题目时，就只能限制在我从事的学术领域，而且不出中国的思想语境。思想或者说精神，总是与问题纠缠在一起，没有同问题的纠缠，思想或精神恐怕不会出现什么新情况。从中国思想的语境来看，非常根本的问题——作为一个中国知识人在谈思想文化问题时无法摆脱的问题——是中国文化和西方文化的关系。中国知识人这一百多年来尤其紧迫地感到的文化上或精神上的自我认识问题。我觉得，这种冲突问题对中国知识人来说，是历史的、无法摆脱的命运。要理解下个世纪中国知识人思想的发展，恐怕得从这个角度入手。

　　其实，二十世纪的中国思想界已经谈了很多中西精神冲突,但是,思想界对中西精神冲突的认识、了解是否没有问题呢?对于西方精神的理解是否足够了呢?这是我看当今和将来的中国思想问题的起点。

如果我们要理解二十世纪中国精神的状况,那么,就像刚才(台湾辅仁大学校长)李震教授所说的,得从理解西方近代开始,尤其要理解西方在近代是如何变化的。以往我们对西方精神的理解还很成问题,问题就在对于西方思想中的现代性问题还没有了解透彻。我想谈两点,都与中国思想的现代变化和中国精神在下个世纪的问题相干。

首先是对西方政治统一理念瓦解的理解。西方中世纪的神权政治统一文化体的崩溃,也就是欧洲内部社会经济的变化和路德新教打破神圣罗马帝国政教式统一的政治秩序的事情,其实相当难以理解。我指的是从政治哲学的角度相当难,历史故事好像是思想界众所周知的。神权政治秩序的崩溃和现代的人权和国家主权政治理念的出现,我们在思想上已经把它当作理所当然,却没有充分了解这一事件本身其实是个后果严重的问题,何况二十世纪的西方思想并没有完全把它当作理所当然。比如,所谓政治道德与宗教道德相分离,也就是马基雅维利所说的"政治道德"不能用一般宗教信仰来衡量的说法,或者路德的双刃论,就是这种问题的反映。这事不是过去几百年了吗?怎么韦伯讲,伯林接着还讲?韦伯讲还不算让人费解,伯林讲就让我搞不太懂:既然"政治道德"与人生道德分离了,各有各的理由,他在总结二十世纪西方政治思想时,攻击民族社会主义干什么?"政治道德"原则的出现和民族国家兴起的理由,不是已经为他攻击的所谓极权的民族社会主义作了辩护吗?政治理念上的分裂,究竟是什么样的问题,我们搞清楚——别说搞清楚——有明确的意识吗?如果没有,怎么可能让思想与真正的问题纠缠起来？近百年来，中国知识人把西方这样一些分裂性的东西，尤其一些政治原则不分青红皂白接受下来，却并没有充分了解政治精神分裂的哲学问题之所在。

再就是如何理解西方精神统一体的分裂。以前，基督教能够与古希腊、罗马传统融为一体，形成一个统一的教化体系。这个体系在十八、十九世纪完全崩溃，于是二十世纪就有各种精神原则之间的恶战——韦伯所谓"诸神之战"。施米特说，"世界大战不纯粹是狗咬狗的战争"。对于这场精神恶战——各种"主义"、各种"信仰"的恶战，我们搞清楚或者说有明确的意识了吗？我们恐怕得自问，我们这些与思想打交道的学人究竟在想些什么问题。

这两个崩溃的结果就是二十世纪的问题，而且汉语思想已经染上了。中国思想与西方思想的接触也有几百年了，大家都晓得耶稣会士入华的事情。但对这件事的理解有没有问题？我们的历史思想家有谁看到耶稣会士本身恰恰就是西方的现代性事件？谁都晓得，这个组织的出现就是为了对抗宗教改革。但尼采说，耶稣会士将西方绷紧了一千多年的精神紧张之弦松弛了下来。对于尼采来说，耶稣会教义可与"民众启蒙"相比，这又该如何理解呢？

西方精神随后出现了新的紧张，尤其通过复兴基督教以前的古代精神（比如古希腊的神话精神）来反对基督教文化和现代文化，这样一种思想从近代初期一直到当今，还在发展——想想从赫尔德的神话论经谢林的神话哲学到当今布鲁门贝格的神话哲学。就汉语思想对西方精神的认识而言，我们过去恐怕过于将西方精神看成了一个整体，没有认识到西方思想其实一直处于非常分裂的精神状态——尤其欠缺对其背后相互冲突的精神的感觉，以为只有中国精神与西方精神在冲突。

从这两点来看，二十一世纪恐怕还会延续下去的根本问题乃是，我们生活于其中的社会——无论国内社会还是国际社会——没有一个公认的、有共识的政治原则。人们可以说，个人信仰问题——比如我信佛，你信基督教上帝，可以交给私人来决定，我信什么是私人问题。但公共精神秩序——所谓政治精神秩序呢？可以通过民主商讨来解决？比如说，一个国家应该有怎样的国家伦理，可以通过民主商讨来解决？我对此悲观得很。冷战时期批判独裁统治是理所当然的事，如今，按社群主义论，恐怕已经找不到一个标准来评判说纳粹是错的，因为民族共同体的价值是最高的，自由主义者伯林也承认这一点。于是，为了民族、国家的利益，没有理由说它不对，纳粹被打败，完全是个机遇。

这不是非常严峻的问题？知识人马上也就遇到了这样一些问题——如科索沃问题，马上就把中国知识人激发起来了。科索沃问题已经让西方思想界的精神承受能力显得脆弱不堪，而我们对于现代西方引出的精神分裂状态根本还思考得不够，怎么可能充分思考科索沃事件导致的政治精神问题？对于展望二十一世纪的精神与信仰，我觉得，政治精神的"诸神之战"很难避免或期望彻底解决，在这个问题上，我个人很悲观。不过，这倒不足为奇，就像一个人患了一种病，老抱怨这病如何厉害，没有意义。重要的是认识这病，以便把握好患病的精神本身。因此，我要求自己作为一个汉语学人必须致力充分地理解西方思想的古代本源及其现代分裂，在深入理解的基础上进一步思考上述基本问题，然后才把中国思想文化的问题带进来。

现在学界又有所谓"主义"之争：保守主义、新—新左派、自由主义之争，这三个东西都是十九世纪产生出来的，是西方精神分裂后激烈的思想冲突的表现。但是，敝国学界的这些论争真的触及问题的要害？对西方精神分裂的理解没有深入，我们的论争就不会有什么值得关注的东西。我始终觉得，理解西方问题是理解中国问题的一个前提。当初佛教没有入华时，道教、儒家都有一套对自己的理解；佛教进来后，对道教、儒家都有刺激，迫使我们想想自己在面临一些人生和世界的基本问题时有什么长处或欠缺，由此才产生出宋代以降的新儒家回应佛教的挑战。如今，西方精神对中国文化的刺激，远远超过佛教。例如，政治理念问题恰恰就是佛教入华未曾触及的，当时的中国士人不过觉得，生死问题恰恰是自己轻视了的，因此就必须有心性之学来处理生死问题，不然，中国人的灵魂就被佛教拐走了。如今，政治精神问题成为首要问题。但我们过去把冲击中国文化的西方精神看得过于单一，没有充分了解西方精神的现代分裂。如果汉语思想深入理解这种现代分裂，对于中西方文化精神冲突的把握，恐怕将发生根本变化，汉语思想学术的思想方式和学术理路也会大变。

西方精神非常复杂，可以说是相当分裂、不和的思想体系，所涵盖的一些基本问题也极其重要。在西方的古典思想中，有许多是中国思想未曾触及的（比如古希腊对民主政制的反省、希腊化时期的文明冲突）。认识这些问题，会逼得中国思想朝如今的文明冲突的要害方面走。可是，当代新儒家想的都是些什么？当代新儒家思想不过想按照西方现代思想重新解释儒家传统——看到西方基督教有超越方面，于是说我们也有喽⋯⋯于是，当代大儒都在讲儒家的所谓超越宗教性。通过镜子找出某些东西，通过重新诠释使自己的精神朝前发展，这样的反应方式可能非常吸引人——其实也并不难，但未必会增进中国思想的自我理解，更不用说理解西方精神。

也不要以为，西方人对自己的精神传统的理解已经满足了，事实上，西方思想家在不断地重新理解自己。二十世纪几个最重要的思想家恰恰是思想史家，绝非偶然。我在《现代性社会理论绪论》中提出，汉语思想的现代承负是从中国问题出发理解西方思想，再回过头理解中国的思想。中国思想与西方思想的冲突，是二十世纪汉语思想的承负，下一世纪可能还无法摆脱。我的思考位置令我想起列奥·施特劳斯——他是犹太人，但却是西方政治思想史的大师。施特劳斯在受到德国政治—文化包围的犹太人群体中长大，年轻时他就在考虑这样一个问题：犹太文化与源于希腊的西方思想文化已经交融了两千多年，为什么犹太文化无论在政治还是精神上都无法彻底与西方文化打成一片？施特劳斯不是不知道，自犹太文化与希腊文化遭遇以来，犹太思想者一直有两种态度：要么极力与西方文化（希腊精神）融合，要么排斥西方文化。施特劳斯觉得，这两种态度都不能最终解决处于西方政治—文化包围中的犹太人的文化处境问题，融合或排斥都归于失败。犹太文化与希腊文化（所谓西方文化）的冲突不可能解决，犹太人问题是人的问题的一个样板，这问题就是：人类之间的文化—精神冲突不可能最终解决，人类精神的自然状态似乎就是"一些文化反对一些文化的战争"——这意思是，人类的精神是依群体而分的，不同群体的精神之间就是对抗、冲突的关系。其实，人类的精神是依性情而分的，不同性情的精神之间的关系就是对抗、冲突，个体性情的自然状态就是"一些人反对一些人的战争"。只不过个体性情的精神之间的对抗、冲突显得不如群体精神之间的对抗、冲突来得那么惊心动魄。无论如何，思想正是在这种对抗和冲突中得到发展的。

接触到施特劳斯的思想史研究后，老实说我相当惊讶，因为中国思想与西方思想遭遇以来，中国思想人同样要么极力寻求融合，要么是根本拒绝——这不等于不研究西方思想，而是念中国精神高于西方精神这本经，而我一开始就拒绝这两种立场，却并不清楚自己的位置。

施特劳斯一生的精力主要在研究西方思想传统，而不是像布伯、拜克一类与他有同样身份的思想者那样，以阐释犹太教思想为己任。但他从自己切身的犹太人问题出发，理解人类精神的"自然状态"。对西方思想传统的理解，施特劳斯有特别的问题意识和眼光。比如，一般的哲学史书都说，自古希腊以来，中世纪基督教神学是最重要的转折点，施特劳斯却看到，在中世纪尤其中世纪中期，非常重要的恰恰是伊斯兰教的法阿比和犹太教的迈蒙尼德，他们对柏拉图政治思想的解释和转化，对理解西方政治哲学的发展乃是决定性的，这样一种理解使对自己的思想、精神状态的变化的理解产生了重要影响。凭靠这两个例子，施特劳斯重新提起，西方思想史上真正的哲学大家写东西都很隐微，字面上说的和真正想说的不一定是一回事情，我们不要一看见他字面上的意思，就以为是这样主张的；不要以为大思想家在明显自相矛盾的地方就是讲错了，实际上，越是自相矛盾，越说明他有难言之隐。这样一种"隐微写作"其实是西方思想的一种传统，并非施特劳斯的创造发明。伽达默尔虽然归纳出了很多解释学的原理，但他对解释学恐怕恰恰缺乏感觉，在解读西方思想史上的大书方面也做得不怎么样，居然认为施特劳斯提出的不过是一般写作问题！施特劳斯写过一本很重要的书——《迫害与写作艺术》，讲历史上的思想大家如何写作。"迫害"远非一般意义上的所谓专制政治的迫害，而是根本的人类生存方式的基本冲突：追求智慧的人与老百姓的信仰是相冲突的。追求智慧的人要把自己那套讲出来，又要保住自己的生活方式，不要危及民众的生活方式，就必须用"隐微"方式来写作。因此，这种"迫害"根本就不是简单地涉及某个历史时期的政治问题，并非专制时代才会有这样一些问题，只要有人类存在，就会有精神上的冲突，这是很根本的冲突。这种解释学是从人类生存的政治基础出发的：老百姓信的神与追求智慧的人信的神，不是同一个神。

施特劳斯解读了一系列西方思想史上的大书，深刻地改变了西方思想界近两百多年来对自己传统的理解。现在不时可见跟从施特劳斯的读书原则重新解释整个西方思想史面目的论著——西方思想界对自己的理解也变了。既然西方思想界也在不断地重新深入理解自己，怎么能够说，我们就懂西方了呢？

还有另外一条理解的思想路向，也值得提到。严格来讲，我们在二十世纪才开始有意识地做中西方思想的比较研究。但是，自启蒙运动以来，中国就已被西方思想纳入考虑范围了，而且沿此方向发展出很重要的历史哲学的思路。某些新儒家大师也喜欢谈所谓中国的"历史哲学"，但中国古代思想中哪里有什么"历史哲学"啊，"历史哲学"在西方也是个现代的东西。黑格尔的《世界历史哲学》讲的是什么？先提出一个超历史的"自由"理念，马上就是世界各个文化的对比，好像"自由"理念是一个超历史的普遍尺度，这是思辨的比较历史哲学。接下来是韦伯的比较宗教的社会哲学，把印度教、犹太教、基督教（西方的而非东方的，他的区分非常清楚）、儒教、道教加以比较，比较什么？不是像黑格尔那样，用一个普遍的价值尺度来度量，而是从理性化的类型来看人类各种文化的社会秩序、政治制度、价值理念的基础究竟是什么。韦伯已经明白，"自由"理念不可能是人类的政治精神共识，搞清各种文化的精神结构及其与下面的政治制度的关系，同样是为了认识西方自身。顺着这条线下来，就是沃格林的多卷本《秩序与历史》，政治秩序与政治精神（符号）的关系进入了另一个自我理解的框架。这样一种大思路，就是西方思想不断地理解自己的方式之一。前面说的施特劳斯，可以说是西方思想内在性地理解自己，这一条思路可以说是西方思想比较性地理解自己。西方思想就在这种内在性的和比较性的自我理解中往前走，倘若我们不了解这些，如何能了解自己？如何能够对自己的文化理解得更深些？

在二十一世纪，中国文化精神如果要发展的话，就得在深入理解西方思想的基础上重新理解自己——这当然不意味着要用西方的某种哲学观念来解释我们自己的传统。问题仍然是：首先要理解西方。有人说陈寅恪先生对西方政治思想如何如何了解，因为他念过《资本论》，但念过《资本论》就等于把西方政治思想传统弄清楚了？恐怕不能这么说吧。用他自己的话说，他的一生精力都抛洒给史部集部和那些稀有的近东语文了，而我相信，对西方思想大传统倘若没有下同样的功夫，恐怕不能说能摸到西方政治思想传统的门径。还有我们的钱钟书先生，学界中不少人说他对中西方思想是全知——但据有的业内人士说，他做的不过是辞章之学，《管锥编》不过是传统的类书一类的东西……据钱先生自己说，他的学术使命是"不作调人、善通骑驿"——言下之意，别人说现代中国文化面临的问题是中西方文化的冲突，他却以为未必如此，根本无需去调和，相互通通辞章之义就可以了，不信我通一下给你们看看——于是乎，中国有什么，其实西方也有……西方人有什么，其实中国人也有……

陈先生和钱先生都是各自专业领域里极有建树的学者，但如果把他们所想的当作现代汉语思想的历史高度，把他们的问题意识当作汉语思想如今思考问题的起点，恐怕就成问题了。我的说法张狂？恰恰相反，毋宁说是因为感觉到现代汉语思想贫乏得要命而心急——这两位先生都以精通许多门外语为人称道，我不这么以为，因为，通多种外语其实是专业需要而已。何况，还要看在什么外语上下功夫——他们对古希腊语、古典拉丁语文和思想也未见得用过多少功夫，而这两门西方古典语文恰恰是我们认识西方大传统的基本功。没有在这两门语文上下点功夫，恐怕对中国思想面临的现代性问题的感觉不可能到位。

中国现代思想的精神走向以及对自己文化意识的理解，的确需要彻底反省。我的确很难与"五四"以来的中国现代思想的前辈们一起思想，我了解他们想过、说过些什么，但我不想接着他们想和说，宁可与晚清的中国思想者以及西方现代有见识的思想者一起想问题。如此取舍只有一个理由：是否与现代性问题的要害沾边。但我也不想随便跟着哪个西方现代的思想者一起想和说，于是，不断地看这个说那个说：不怕不识货，只要货比货。如今不少学者是西方时兴某个"主义"，马上拥抱上去——什么后殖民主义啊、社群主义啊、东方主义啊，拥抱得透不过气来，然后拿着这些东西说——好比前一阵子用F14战机（结构主义符号学），过一阵会换成F16（格尔茨的地方性知识）。我想耐心深入了解西方思想及其精神分裂的深层基础，搞明白根本的问题，用廖平的话来说，真正把问题想到"桶底脱落"。于是，十多年来逐一去了解那些值得了解的西方思想大家想了些什么。这样一来，人们又会觉得你学问心不专一，老是变来变去。幸好，思想始终是个人自己的事情，必须跟着自己的感觉走。

我们做学问究竟为谁？

[**题记**] 2005年11月，《开放时代》编辑部举办了题为"中国学术的文化自主性"的学术研讨会，笔者应邀做主题发言。下面为据录音整理的讲稿，原刊于《开放时代》2006年第1期。

《开放时代》希望我来对这次研讨会的论题做个引介，以便诸位在讨论时有个明确的范围。最近几年来，据说我国学术界所谓的公共话题越来越少，大家缺少共同关心的问题。《开放时代》经过广泛收集意见，确定了"中国学术的文化自主性"这个题目，似乎看起来这至少还是个值得来谈的"公共话题"。的确，从种种迹象看，这个话题最近在我国学界比较热门，呼吁"文化自主性"的声音此起彼伏。

为什么"文化自主性"会成为一个话题？

成为一个话题，至少表明我国学术要么还没有、要么曾经有但丧失了"文化自主性"——美国学界就不会谈论这个话题。因此，我接到《开放时代》交给的任务后就在想：这个话题究竟意味着什么呢？

这里我仅能谈点自己的粗浅想法，趁机向各位请教。

表面看来，"自主性"话题的出现与好些人以为的我国在国际上的地位上升有关系。近年来,我国在国际上的政治、经济形象显得令某些强势国家感到担心,于是,一些学人变得意气高昂……于是,学界谈起了"中国学术的文化自主性"。

不过,"中国学术的文化自主性"问题并非现在才提出来。可以说,自从清末西学大举入华以来,这问题就不曾在我国学界中消失过——大家都熟悉离我们最近的一个事件:七十年代时,几位新儒家学者在香港发表过著名的"中国文化宣言",高扬中国文化的自主性。听别人讲,香港中文大学成立举行典礼时,主持人讲英文,唐君毅、牟宗三等很生气:中国人的学校,怎么讲英文呢?于是提出抗议。如今,我们好些大学的校长已经公然要求自己管理的大学要用英文讲授相当比例的课程——看来,的确到了应该重提"中国学术的文化自主性"问题的时候了。

七十年代时,中国的国际地位远不如当今,因此,文化自主性问题与国家地位的上升看来恐怕没什么直接关系(仅仅是个假象)。毋宁说,这问题倒与二十世纪中国进入现代化进程以后的整个历史处境相关。当然,加入"世贸"前后,举国上下都在热切地要与"国际接轨",高等教育界和学术界出现的好些现象的确堪称近几年之"怪现象",值得我们好好考虑。

其实,早在要加入"世贸"之前,好些出版社就已经在要求学者写的专著要有英文提要和英文目录(不少人文、社科学刊也如此),几乎所有的大学都要求硕士、博士论文得有"英文提要"。差不多十年前我就在想,这些英文提要、目录给谁看?洋人如果是搞汉学的或懂中文的,不会看英文提要(提要能看出什么名堂),不懂中文的洋人学者,谁会看中文书刊的英文提要?我们做英文提要和目录根本就没有对象,完全是在假想自己的"国际化"。有人说，国际的 Information 机构会收录英文目录和提要，换言之，有了英文目录和提要就会被国际的 Information 机构收录。这也是自欺欺人——人文科学不是自然科学，即便收录了，洋人会看？问题的关键是：我们的学术究竟为谁而做？为洋人？德国、法国、意大利的学刊和专著（或硕士、博士论文）有英文提要和目录？我没见过——我总觉得，咱们的学术心态大有问题。

如今，我们有的大学文科竟然也倡导用英文教学，令人匪夷所思。这里确实出现了文化的自主性问题。举个极端的例子：好些年来，我国大学的外语系都要求硕士和博士生用外文写论文（不知是我国哪个所谓名牌大学的发明）。可是，这并没有与"国际接轨"呀，国外大学的汉学系有谁要求论文用中文来写？外语系的学生用外文写论文，自己不知所云不说，写出来的论文国外不接受，国内也没有出版机会，不仅局限学生的学习，还浪费学生的几年心血。学习或做学问（包括外国的学问）得用自己的母语，已经不是学术的文化自主性问题，而是学术常识。

与此种种莫名其妙的崇洋心态相反的是另一种心态：莫名其妙的"自主性"。比如，有人抱怨，如今学界的翻译太多，铺天盖地（我本人就被攻击，说我是"二道贩子"，只知道编译洋书）。不少人问，难道我们不能有自己的思想体系、学术关注和考虑的论题？什么都是从西方来的，我们自己的论题在哪里？翻译是否就没有了"学术的文化自主性"呢？美国学界没有翻译法国、德国、俄国、意大利的学术著作？

为什么我们总是在要么极其自卑、要么极端自大两个极端之间来回摆荡？说到底，所谓文化自主性问题根本上是个心态问题——我以为，这是中国学人百年来的老问题，当然也是大问题。我们就是我们,本来并没有什么"自主性"的问题,没有了"我们自己",这个"自主性"问题才会出来。可是,文化或学术意义上的"我们自己"是谁?自我认识的模糊或惶然,乃是文化或学术意义上的极其自卑和极端自大的根本原因。

刚才简要谈的主要涉及人文、社会科学研究的一些学术规范和大学教育的规定。学术研究与大学教育密切相关,在某种程度上说,大学教育决定了学术研究的格局。因此,大学教育中的文化自主性问题尤其迫切需要关注,由此我想:自主性问题究竟是怎么回事?

如今恰逢废除科举一百年。也许,大学教育的文化自主性问题与废除科举非常相关,换言之,问题源于学科建制的西化。我们现在的学科建制都是在科举废除之后从西方引进的(新学),于是,我们的大学教育的文化自主性问题可以很轻易地就归咎于"西化"。问题是,我们所谓的西方"学制"其实也是现代的产物,古典西学的教育目标和建制并非如此。古典西学与古典中学的差别在哪里?这个问题我们迄今还没有搞清楚。

说到底,我们的大学教育和学术心态的"文化自主性"问题,与其说是由于西化,不如说是由于"奋不顾身"的现代化。

"奋不顾身"到什么程度?胡乱地甚至荒谬地"现代化"——国外根本就没有的"轨道"也要去"接轨"。比如说,咱们的大学文科有什么"一级、二级学科"建制,真是稀奇古怪的发明,劳民伤财、坑害学子。又比如,规定硕士、博士生必须在什么"一级"或"核心"学刊上发表论文才能毕业,也是稀奇古怪的发明,逼使好些学子为了毕业自己花钱去发表"论文",把学术刊物的风气搞得乌七八糟(有人说这是"邪恶规定",看来没错),连政府也没法管。

还有,一些有历史传统的大学为了追赶所谓的"现代化",把老牌的历史系改名为什么"历史与旅游文化学院",把中文系改名为"新闻与文化传播学院",这不是在败坏大学吗?有的名牌大学还"创办"了什么"商贸英语系",国外有"商贸汉语系""商贸俄语系""商贸法语系"?

关键问题不是什么"西化",而是我们自己的文化心态(精神心态)的现代化,这才是中国学人在二十世纪的大问题之一。所谓"文化自主性",说穿了是一个政治共同体的自觉意识,国家是个政治共同体,国家中的学界(含高等教育界)同样是一个政治共同体。尼采在《快乐的知识》里面谈到欧洲、德国与"现代化"的关系时说:"我们"优秀的欧洲人,欧洲数千年思想最富有、最有责任感的继承人得对"市场上传来的颂扬未来的歌声"塞住自己的耳朵。优秀的中国学人当然应该是中国数千年思想最富有、最有责任感的继承人,中国大学的人文、社会科学当培育这种继承感;如果作为政治共同体的学人群体没有这种精神上的自觉,不仅所谓学术和大学教育中的自主性问题不会明确,恐怕我们的学术和大学教育很快就会被"奋不顾身"的现代化腐蚀掉。

以上是我对这次会议主题的一点感言,请大家批评。

"哲学与文学"座谈纪要

[**题记**] 2006年5月,刘小枫教授应邀在北京师范大学俄语系做学术报告,报告完后有简短的座谈。下面是座谈纪要,据录音整理(张晓东整理,经本人审阅)。

问:在《圣灵降临的叙事》中,您将俄国的象征主义和后现代主义联系在一起,可是在象征主义之后的未来主义,却是地道的现代主义流派,对这个问题您怎么看?

刘小枫(以下略为"答"):"后现代主义"确实是个非常含混的问题。其实,当时俄国的很多文学流派是反现代的,"后现代"的"后"的意思就是反现代。但是,和我们今天的"后现代"还不太一样。因此,我觉得这样的界定有些问题,我宁可把那个时候的各种"主义"如象征主义等各种新流派看作对现代性、现代主义的批判。这个定位现在基本上比较清楚,我的论点主要是区分梅列日柯夫斯基与象征主义,他不属于文学流派意义上的象征主义,他是一个很特别的作家。

问:刘先生,您是一个哲学家,但是提到俄罗斯,给人感觉就是普希金、托尔斯泰这样的大作家,还有赫尔岑、别、车、杜等文艺批评家,似乎并没有产生欧洲那样的世界级大哲学家,比方说康德。似乎给人一种错觉,好像俄国并没有产生大的哲学思想、大的哲学家,这是不是俄罗斯独特的一种文化现象?是不是可以这样说,俄罗斯的大文学家,其实就是大思想家?或者可以这样说,俄罗斯的哲学家,是通过文艺创作的形式来表达的?这是不是不同于西方传统的一种独特现象?

答:这个问题是由于我国学界对西方思想传统认识不足导致的,当然,误解好些也来自西方学界。你刚才提到哲学大家,马上就是康德和黑格尔,本身就是一个极大的误解。西方传统的哲学不是这个样子的。像黑格尔、康德写的那些枯燥的形而上学书,最早可以追溯到亚里士多德,我们现在看到的亚里士多德似乎就是这个样子的。但亚里士多德写过两类书,我们现在能看到的亚里士多德的书,都不是亚里士多德公开发表的,而是他上课的讲义。他自己公开出版的书基本上都没有留下来。据西方古代文献的记载,这些没有留下来的书看起来就很像小说、戏剧,西塞罗就说他还读到过这些书。柏拉图肯定是西方哲学的大家,是不是?可他的作品是文学、戏剧。因此,把康德、黑格尔看作西方哲学的典型,以他们的写作方式为范本,肯定是错误的,至少是以偏概全。德国哲学是近代才形成的一个独特形态,不能代表整个西方哲学的真正传统。卢梭是不是大哲学家?当然是。卢梭写了著名的《社会契约论》,但他自己说,这书不过是他的《爱弥儿》的附录。在我们眼里,《爱弥儿》不过是教育小孩子的小说,在卢梭自己眼里却是一部真正的大作,它模仿柏拉图的《理想国》。我们把它叫小说,但小说只是叙事文体,就西方哲学传统来讲,这种文体首先是一种哲学的表达方式,而且是相当古老的表达方式。诗和哲学在古希腊罗马的时候是融合在一起的。我们对古希腊罗马不了解,看到西方的近代哲学,以为这就是西方的哲学,实在是最大的误解,这是中国哲学一百年来的根本问题之一：我们认识的西方哲学，只是从西方的近代哲学来看，从来没有认真了解它的传统。

从这个意义上讲，俄国的大小说家当然是大哲学家，甚至可以认为，是更了不起的哲学家，因为他懂得怎样来表达哲学。比方说陀思妥耶夫斯基，赖因哈特写过一本书叫《陀思妥耶夫斯基哲学》，可见，西方也公认他是了不起的哲学家。只要不用康德、黑格尔的框框来衡量哲学，你的问题就不存在了——十八世纪康德哲学诞生之初，就有德语思想家、哲学家维兰德说过，倘若康德哲学泛滥，将是人类教育的一大灾难，不幸被他说中了。

问：刘老师，我以前听过有这样一种说法：西方哲学是两种传统，一个是亚里士多德、康德的传统，还有一个是从柏拉图那里来的，延续到俄国的顿悟哲学、启示哲学等，这样的观点是一种误解吗？

答：这样的说法有一定道理，但没有弄清楚，这个传统是怎么来的。刚才讲到，在古希腊时，写作分为两种，一种叫做对外的，一种叫做对内的。什么叫"对内的"？就是只给学生讲课用的，我们称之为"内部讲义"。但即使是这样的写作，也不等于就是康德、黑格尔式的。读一下亚里士多德的《诗学》就知道，虽然看起来很枯燥，其实有戏剧因素在里面。我这一个学期在讲亚里士多德的《诗学》，看到里面很多"机关"，很多情节的起承转合，绝对不像我们所理解的哲学理论。总之，这类写作只是表面上看起来非常理论化。另外一种写作，"对外的"、拿出去公开发表的，像小说、戏剧，我们要明白，为什么要有这种写作方式。我以为，关键在于，当时出现了民主文化。古希腊的经典作品之所以那么重要，就在于为我们反省当今的民主意识形态提供了一面镜子——当今整个世界的正当性就是民主，哪个国家不民主就反动呵。民主成为唯一的政制正当性。可是，在古希腊经典大师眼里，民主政治是个问题。陀思妥耶夫斯基看到，民主文化意味着高尚精神原则的丧失，没有一个高低趣味的区分，庸俗、低级趣味、下流的东西也成了美好的东西，可以去宣扬。如今必须反省民主文化，人类的古代历史上只有雅典才真正出现过民主政治，当时的思想大家们反省过民主文化问题。看看当时的大作家如修昔底德，他写的那本《战争志》其实就是在写小说，在反省雅典的民主，我们要从这个里面得到一些经验，这就是他对于我们的意义。

这是所谓"对外的"写作，这种写作方式用现在的话说就是叙事性的，非常好看。为什么要写得好看？因为人们的文化程度在民主社会普遍提高了，但这不等于人们的精神教养普遍提高了。就好像我们现在高校扩招，什么人都来念书，教书的不得不降低要讲的东西。另一方面，任何时代总有少数人会有非常高的精神追求，心境非常高。民主社会使得这两种人混而不分，不是把低的扯高，就是把高的往低处拉。以前是喜欢读书的人才来读书，不喜欢读书的人不来念书，现在是不喜欢读书的人被逼着来念书。父母花很多钱逼着你来念书，你不念也得念，你还不高兴。怎么办呢？当时的民主社会就遇到这个问题。如果写一本书出来非常好看，那就是各取所需。就像尼采的《扎拉图斯特拉如是说》的副标题："为所有人和不为任何人"。谁都可以看，但是里面那些用心的地方只有极少数的人才能心领神会。因此，这种小说式的写法同时针对两种人，这是一种教育方式——"内行看门道，外行看热闹"。陀思妥耶夫斯基写的那些小说，为什么经常涉及杀人、侦破那些情节，为了好看呵。但总有人会懂得或者说会看陀思妥耶夫斯基以此方式展示的思想冲突，可见，这种"对外"的写作方式一直保存下来了。

回到第二个问题，为什么"对内"写作的传统在亚里士多德那里保留下来了？因为历史的偶然，他对外的写作没有保留下来，对内的写作反而留下来了。这些书在中世纪以后得以流传，但所谓"流传"，不过是在修道院的修士们中间流传，是极少数人在念这些书，他们学着亚里士多德写的书，也都是在内部、在自己人中间流传，是写给少数人看的。到启蒙运动以后，这种东西被人通俗化、普及化了。什么叫启蒙运动？某种意义上讲，启蒙运动就是把康德式的哲学、本来修道院里面的少数人的哲学普及化、大众化。所以，当初就有德国思想家说，康德哲学对人类教育是个大灾难。这种形而上学及其写作方式从某种意义上说是一个传统，但它以前是一个被关在门内的小传统。为什么要关在门内？这是个思想史上的大问题，一时半会说不清楚。总之，我们不看那些德国形而上学的东西，不等于我们没有哲学，不要以为不看康德、黑格尔，就不能成为哲学家，我们的哲学工夫就不好——我觉得我们可以不理睬这个问题。

问：梅列日柯夫斯基写过《托尔斯泰与陀思妥耶夫斯基》，他认为托尔斯泰的"不杀戮，不以暴抗恶"，是和国家革命的杀戮、良心允许的流血一样浅薄。您怎么理解这句话？而且我觉得在这两位大师中间，您更喜欢陀思妥耶夫斯基，为什么？

答：简单来讲，两人的不同主要在于如何理解人世间的恶。托尔斯泰的理解也许过于简单，而陀思妥耶夫斯基要深刻一些，因为他确实看到了恶相当不可克服。这个问题如何来理解？又要从古希腊的经典来理解，因为这个问题在柏拉图、亚里士多德那里就出现了：如何展现恶。我刚才说到亚里士多德的《诗学》，这是对古希腊悲剧的解释。什么叫做悲剧？悲剧最基本的含义就是：完美的政治在这个世界上是不可能的。这虽然让人伤心，却必须接受，从而问题来了：如何面对恶？在这个意义上，陀思妥耶夫斯基比托尔斯泰看得更深。

问：托尔斯泰在《安娜·卡列尼娜》的前言中引用"伸冤在我，我必报应"，说善恶不是我们能决定的，只有上帝可以决定。

答：一方面你可以说他对这个问题有很高的看法，另一方面可以说他把这个问题推开了，不去深入到恶里面。就好像我们在生活中会遇到各种难题，我可以去信佛教，也可以去信基督教，也可以从哲学的角度去化解，是不是？信基督教，对恶的态度、处理和关照，就和佛教显然不一样。信了佛教，你就可以避开恶，信了基督教则不行，你不能离开恶，因为耶稣基督死在恶中，与我们一起承负恶。我觉得，这个问题不需要谁来说服谁，而是要明白各自的立场。并不存在对错、高低，完全是个人信念——情人眼里出西施呵，我就看上了陀思妥耶夫斯基，完了。

问：刘老师，您好，您刚才说到文学和哲学的关系很密切，按照您的理解，哲学不应该是纯哲学，但是目前的东西方的哲学史给人的感觉是纯哲学系统的，而俄罗斯的哲学在传统哲学史中很少提到，对此您怎么看？

答：这里涉及两个问题。第一，康德、黑格尔的东西是不是纯哲学？当然是，但我要说，这类纯哲学只是哲学的一个方面。这类纯哲学在西方传统上一直是极少数人在搞，我们不可能把极少数人搞的东西普及化、大众化。为什么？亚历山大大帝的师傅是亚里士多德，他告诉亚里士多德，不要把你教的那些东西拿到外面去大众化、通俗化。为什么？其中有深刻的道理，今天我没法来细说这道理在哪里。只想说，这种纯哲学在现代变成了普遍化、大众化的教育，是害人的。为什么会害人？柏拉图讲过，亚里士多德也讲过，康德的同时代人也讲过，现代也有人讲过，我们只要留心，就会了解这些理由。

我接着你的问题说，那么多的哲学史，其中的说法很可能都有问题。我们为什么要以那些哲学史的观点作为我们看问题的依据呢？当然，大学里是这样子教的，没有办法。举个例子，"劳德里奇哲学史"据说很权威，可是，那种书不看还好，看了会把眼光看坏。再举个例子，对比一下就知道了。二十世纪以来，中国学界出了很多中国哲学史，如果你按照这些哲学史来了解中国古代的思想，一定越看越歪、越看越糊涂，结果把你越教越差。哲学史写作是什么时候开始的呢？十八世纪。以前我们以为，西方文明一开始就有哲学，其实哪里是这样子的呢，西方的开端当然是荷马的叙事诗、赫西俄德的教喻诗。有些哲学史家狡猾一点，从前苏格拉底开始，但前苏格拉底的自然哲人是些什么，是诗人呵。以为西方从一开始就有形而上学，形而上学是西方最了不起的一个特色，其实并非如此。一开始是诗，后来才出现哲学，所以才会有哲学与诗的冲突。后来，黑格尔颠倒了哲学在历史上的位置。如何颠倒？写哲学史嘛——其实，中世纪的时候，哲学只是神学的婢女。所以，我觉得很多问题不能以哲学史的眼光来看，那完全是害人的。

问：您的《记恋冬妮娅》流传很广，您看过很多苏联小说，有没有您非常喜欢的苏联小说？

答：首先我要说，很多人在这个问题上对我的理解有误，没有明白我写作的不同方式。我是在写散文——写散文和写小说差不多,不要把里面的东西当纪实。好多人以为,我有冬妮娅情结,其实,通过这个人物,我只是描写我们那一代人的一些身不由己的感觉而已,并不意味着我对当时的革命小说有一个一般性的看法。就我个人来讲,无论苏联小说还是我们的革命小说明显带有一种特定时代的理想精神,这种精神本身仍然值得敬重。何况有些小说写得挺不错,至少对我来说,还是有很感人的东西,像《钢铁是怎样炼成的》,我看过好多遍,有好多细节现在还可以描述。

问: 请谈谈中国哲学对西方哲学的立场问题。

答: 哲学对我来说是一个问题,首先我们要问个一百年来挥之不去的问题:中国有没有哲学?

这个问题的回答依赖于我们对"什么是哲学"的理解。我们看到,学界中有人认为,中国自古有哲学,有人认为,中国古代没有哲学。认为没有哲学的又可以分为两类:一种认为,没有哲学好,说明中国思想很高明;另一种认为,没有哲学不好,是中国的欠缺。但是,认为有哲学的人用的是什么标准、什么框框来衡量中国有无哲学呢?那就是康德、黑格尔。大名鼎鼎的牟宗三整天讲中国有哲学,而且说中国哲学比康德哲学更厉害,似乎中国哲学只要比过了康德哲学,中国哲学就赢了。但万一康德哲学并非西方哲学的源,而是其末流,怎么办?无论如何,牟宗三看待中国古代思想以康德为标准,用康德哲学把中国古代思想重新解释一次,问题多多,至少,他并没有触及西方哲学传统的真正要害。我刚才讲,为什么我们要通过了解俄国的古典研究来认识西方的古典传统对我们中国学术界意义重大,就是这个道理。现在懂俄语的学者似乎觉得没有什么事情可做,实在可惜。其实,俄国的古希腊—罗马文化研究,就是一个大宝藏,它接续的是拜占庭传统……

学以知远察微

——深圳特区报访谈纪要

[题记] 2013 年 5 月，深圳大学举办三十周年校庆系列活动，我应深大文学院邀请主持硕士生答辩并作学术报告。《深圳特区报》文化版编辑叶红梅借此机会约谈，访谈纪要经删节以"我的兴趣是搞清西方学问的本来面目"为题刊于《深圳特区报》（2013 年 9 月）。这里刊用的是未经删节的纪要，标题也恢复原题。

记者：谢谢您接受我们的采访。我注意到，您似乎极少接受媒体的访谈。

刘小枫：如果经常接受访谈，即便每年接受一次访谈，我就觉得自己已经不再是个正经的学人。我如果接受访谈，一定是有某种特别的原因。

记者：这次是什么特别的原因？

刘小枫：对深大文学院乃至深圳特区报的怀旧情感。1985 年元月，我到深大中文系报到，中文系才两岁。那时的深南"大道"连如今的县级公路都不如。我在这里做了四年多教书匠，这次回来讲学，特别去校园寻访当年的旧楼……南头镇已经消失了，当时仅一条小街……

记者：在深大四年，有些什么印象深刻的事？

刘小枫：很多哦，比如说罗征启校长，他是深大早期建校的功臣，我是在他的治下茁壮成长的。硕士毕业后教书仅仅三年，罗校长就非要破格提拔我当副教授。我坚持不要，因为按当时的国家规定，副教授以上职称不能出国留学读学位。罗校长说，这很好办啊，你要出国留学，给你开证明时写讲师不就行啦。果然，1989年3月我申请赴欧留学时，人事处长给我开的证明是"讲师"职称。

记者：对深圳特区报又有什么特别感情？

刘小枫：1988年我被破格晋升副教授后，深圳特区报有过一篇报道（编按，即1989年1月22日深圳特区报头版人物通讯《勇气·信念·情怀——访著名青年学者、深圳大学副教授刘小枫》，由本报记者陈寅采写）。我第一次尝到自己的名字见报的滋味，可用"惶恐不已、无地自容"八个字来形容……尽管如此，我还是非常感激深圳特区报对一个普通青年教师的关注。

记者：您先后在深圳、香港、（德国）波恩、广州、北京等地的大学任教，从事学术研究，您觉得深圳的大学教育与学术环境与其他地方相比有什么特点？有没有优势或劣势？

刘小枫：一个大学的优势或劣势从来与地方环境没有直接关系，而与是否有一个好的大学校长有关，与这个大学是否有好的文科有关，与文科是否有好的课程设置和好的教师有关。就大学建设来说，没有正经的文科，大学就没有主心骨甚至没有灵魂。要办好文科，就得以传统学问为基础。这次我回深大得知，深圳大学文学院有了国学班，这就是像样的举措。如果认为深圳的大学不需要正经的文科，那才是要命的想法……

记者：此前我采访过几位当年深圳大学您的学生，他们说，那时您讲课很受欢迎，晚上7点钟在阶梯大课室上的公共选修课，下午 5 点就得去占座儿了。

刘小枫：因为那时我是"青年新锐知识分子"嘛！当时的学生，对新思想有特别的爱好。

记者：有学生说，对您近年"摇身一变"，趋向保守，不太理解，不过，每次您来深圳，学生们还是奔走相告，抢着请您吃饭。

刘小枫：可见，师生情谊还是可以超逾"政见"分歧嘛……不过这也未必，连夫妻感情都没法超逾"政见"分歧。我十岁那年遇到"文革"，记得我家大院里住了一对新婚夫妇，结婚才半年，感情好得不行。"文革"开始后，这小两口就因"造反"还是"保皇"吵得一塌糊涂，家里的东西全砸啦……小两口相互砸。中国人自清末就开始争吵"造反"还是"保皇"，现在学术圈还有很多争吵。如今的自由派与当年的红卫兵都有"普世"精神，他们的精神品质恰恰是他们曾经憎恨的"精神"培育出来的。无论"左"还是"右"，所谓"红卫兵精神"的实质是，用某种普世的启蒙观念狂热地摧毁一切常识德性，不分好坏对错，高尚还是低俗，只问是否忠于某种绝对的价值判断。

记者：一些阅读您著作多年的读者认为您近年已经"背离"十多年前的自己，是不是这样？

刘小枫：就摆脱了启蒙狂热而言的确如此，所以有人说我"叛变"啦……其实，"背离十多年前的自己"岂止我一个。上世纪八十年代的好些青年知识人在九十年代末以来都有了显而易见的变化。三年前，我在复旦大学做了一场"龙战于野：朝鲜半岛战争甲子祭"的演讲，网上就有人说我"叛变了"。这些人的思维明显还停留在他们自己都讨厌的年代：你不是咱"造反派"就一定是个"保皇派"。他们从未去想一个简单的问题:为什么那么多当年的青年知识分子变了?因为中国崛起?因为美国行不义太过分?还是因为对中国的历史有了更深入的认识?我不知道别人是什么原因,只知道我不是因为这些原因。我的原因来自个人感觉:九十年代以来,我们的生活伦理变得越来越"自由",也变得越来越"那个"……于是写了"国家伦理资源的亏空"和《沉重的肉身》……这种感觉得自一个常识:自由伦理不仅不能让人懂得对与错、好与坏、美与丑、高尚与低俗的区分,反而抹去这些区分。让我惊讶的是,为什么我以前竟然连这个常识都忘了?回头一想,其实原因很简单,因为我中了激进启蒙意识的毒,就像我在那个年代只知道"造反有理"……

记者:您去年的新书《共和与经纶》再一次让人感受到您研究兴趣的跳跃性,您这三十多年间的学术研究跨度之大,令人瞠目,有学界中人评价您"驳杂难精"。您怎样评价自己的学术兴趣变换?其内在驱动是什么?

刘小枫:我的学术研究的确做得不"精",但也说不上"驳杂"。我的学术兴趣从来没变,因为我的兴趣是搞清西方学问的本来面目。首先是搞清楚现代西方学问的本来面目,所以得逐个搞清各派现代哲学、比较文学、社会理论、现代神学、政治学……然后是搞清西方古典学问的本来面目。自从中国遭遇西方学问以来,我们从未认真了解西方的古典学问。通过深入了解西方的古典学问,我才认识到我们百年来的思考在哪里出了问题。

记者:所以您组织翻译了好些西方的学术经典,引介了好些西方思想。但也有学者批评您近年引介施米特和施特劳斯……

刘小枫:是的。我感到蹊跷的是,为何偏偏引介这两位具有古典情怀的思想家会招致批评，别人引介要么激进要么保守的西方思想家却安然无恙。不过，我还没有见到学术批评。有个自由派知识人说我引介施特劳斯是"扰乱思想界，误导青年"，听起来就像当年说我们搞"精神污染"……这显然算不上学术批评。尤其滑稽的是，有人说我因引介施米特而变成了"法西斯"。上世纪二十至三十年代，为了挽救因纳粹的威胁而处于危难中的魏玛民主共和国，作为宪法学家的施米特发表了一系列论著，揭示自由主义法学给魏玛民主宪法带来的根本危害。按照议会民主制原则，所有政党都应该有平等的政治机会，施米特针对这一原则问了一个简单的政治常识问题：如果纳粹党的目的就是要推翻现有的民主政体，你会给它平等的政治机会吗？1932 年，魏玛共和国危机已经到了紧要关头，施米特发表小册子《合法性与正当性》明确警告，如果给纳粹党以议会民主的平等机会，等于魏玛共和国自杀。可是，施米特的警告不仅无人理睬，反而遭到口诛笔伐。因此，西方学界有不少学者认为，为纳粹上台铺平道路的恰恰是自由主义的纯粹法学。施米特对宪法学的重大贡献之一是，他提出，倘若人民主权（制宪权）原则衍生出来的修宪权不受限制，声称代表"人民"的政党就可能合宪地执政后推翻既有宪法。战后的波恩宪法采纳了施米特在魏玛时期提出的这一限制修宪权的建议，连《布莱克维尔政治学百科全书》（上世纪九十年代初就有中译本）这样的普通工具书都有专门词条记载这事，可以说是专业常识。纳粹当局利用施米特的法学声望仅仅三年，就有人出来揭发，施米特曾在 1932 年公开主张取缔纳粹党，党卫军随即解除施米特在法学界的社会职务，还差点儿把他送进集中营。

有个华东师大的文化教授在一篇谈晚近十年学术思潮的文

章中说,"自从刘小枫将希特勒的桂冠法学家施米特的思想引进中国思想界……",这种说法如果不是学术上的无知,就是别有用心,或者是内心怯懦,不敢正视议会民主制理论的法理困难。施米特在政治学上的突出贡献是,他凭靠自由主义政治学鼻祖霍布斯的国家学说,挑明了现代议会民主制的法理困难。施米特在1923年出版的《当今议会制的思想史状况》中有一个著名说法:即便镇压了法西斯主义,议会民主制理论的内在困难依然存在……因此,二十世纪的西方自由主义思想大家莫不重视施米特的宪法学说,比如雷蒙·阿隆、哈耶克、阿伦特。批评我的那些人对施米特恨得要死怕得要命,不过因为施米特的论著译成中文后,他们在学理上的无知和学人品格上的怯弱就会暴露无遗。公知也谈论施米特,却对自己毫无自知之明。施米特的书很好卖,"施米特文集"早就断版,出版社正在准备重印,说明喜欢看的人不少。读书人不怕不识货,只要会货比货就行。所谓引介施米特就等于是"法西斯"的说法,出自一位前武汉大学哲学系的教授之口,他的专业是教启蒙哲学。美国学界迄今仍在引介施米特,前年还翻译出版了上世纪三十年代施米特写的关于现代战争与国际大空间的书,按那位哲学教授的逻辑,美国学界也有"法西斯"在活动,德国学界每年都有研究施米特的专著问世,"法西斯"更多,他怎么视而不见啊。

有人对我引介施特劳斯恼火得很,很可能因为施特劳斯提醒我们要区分"古典自由主义"与低俗的自由主义。由于施特劳斯没有政治把柄可抓,这些人就挖空心思攻击施特劳斯倡导的古典教育,这恰好证明他们自己是什么样的人……

记者:古典学问与现代性是您常提及的关键词,两者是什么样的关系? 有人说,您提倡做古典学问,意不在"古",而是在"今",这种说法对吗?

刘小枫:完全正确……我对纯粹的"好古"没有兴趣。我相信,当年王国维研究殷周制度也不是为了纯粹的"好古",而是为了现代中国面临的改制问题而"好古"。如今好些研究中国古代政制史的学人其实也是为了"今"而"好古",与王国维不同的是,他们用现代西方的启蒙观念来重写中国古代史,以便符合一个结论:凡没有自由民主的古代政制都是坏的。可是,当他们面对古希腊的雅典民主政制时,就非常尴尬,因为,雅典民主政制晚期的经典作家几乎无不尖锐批判自由民主……读读阿里斯托芬的谐剧,比如《公民大会妇女》《鸟》《和平》就知道了,现在都有了中译本,读读就知道,"自由民主"理念本身是个问题。现在我们谁都不敢讨论这个问题,否则马上会遭到激进启蒙人士围攻……百年来我们面临的是西方现代启蒙观念的挑战,我相信,如果不深入了解西方的古典学问,就没可能搞清楚西方现代启蒙观念的底细。我们的困境在于,为了救国图存就得搞启蒙,启蒙与救亡成了一回事,结果是彻底掉进启蒙观念不能自拔,还没有搞清楚启蒙观念的底细就用这种观念来臧否一切,不知道启蒙观念的对错问题一直悬而未决,完全丧失对启蒙观念的反省能力。

记者:能谈谈您最近的研究重点吗?

刘小枫:近年来我在研究生于三百年前的卢梭,重新翻译了《论科学和文艺》。你一定会问,为什么研究卢梭。因为卢梭是现代民主理论奠立时期的最后一位思想大家,但他与其说是民主理论的完成者,不如说是民主理论的致命难题的揭示者。卢梭的一些极为重要的政法著作迄今没有中译本,比如《关于波兰政体的思考》《科西嘉宪制规划》……中国学界虽然谈论民主理论已经一百年,但迄今为止,我们对西方现代民主理论的基本难题仍旧懵然无知。卢梭让我感到最困惑不解的是：在历史上他以启蒙思想大家闻名于世，但他的第一篇论说文《论科学和文艺》却是对启蒙的尖锐批判……他以自由思想家闻名于世，在《论科学和文艺》中却痛斥当时的自由派智识人是"狂热分子"。如今有人说，尽管自由民主论有种种义理上的困难，眼下的当务之急却是实现自由民主，卢梭则说，这叫做"用炽热情感和善良信念代替审慎"。

记者：您今年出版的新书《设计共和》中有这样一句话："追究学理难免与时代意见保持距离，而非让自己成为时代意见本身。"但近年您的著作、讲演却频频引发学界甚至网上热议，这又是为什么？

刘小枫：我的书从未引发学界更不用说网上热议和争论，因为关注学理的学人不会"热议"什么，更不用说在网上"热议"。喜欢在网上"热议"的人不会关注探究学理的书，因为他们不是学人。我的学术讲演在网上遭到訾议，不过是因为我谈的学理问题被人挪到了网上。比如三年前在复旦大学做的关于朝鲜战争的讲演，还有今年4月在中国政法大学一个读书会上的发言。毕竟，微博界不是学术界。其实，我今年4月受邀参加的并非凤凰网的读书会，而是广西师范大学出版社主办的读书会。邀请我的广西师大出版社政法图书编辑室主任对我说，这是一个专业界的读书会，他向我保证不会把发言弄到网上。我走进读书会现场时看到凤凰网读书会的招牌时感到奇怪，这位编辑室主任对我说，这是承办的学生们搞错了。显然，我太书呆子，被骗了……凤凰网刊登的发言记录不仅未经我许可，也未经我审阅，甚至没有通知我。如果是我自己整理的讲稿，而且发表在学刊上，肯定不会引起"热议和争议"。

记者：网上的"訾议"是否会对您产生压力？

刘小枫：我不看网上的东西，因此对我没有丝毫影响，遑论压力。网上发生的事情都是朋友转告我的，听说有几个老熟人也骂我，我完全不介意，我知道他们天性如此，不骂反倒让我觉得奇怪。你不可能指望他们也会因反省自己而改变自己。

记者：有人觉得您很聪明，聪明的意思是"聪以知远，明以察微"……

刘小枫：也有人说我"很狡猾"啊……无论别人怎么说，我知道我在尽力学习慎思明辨，这就难免不断改变自己。

代跋

我的学术与旧书买卖[①]

我喜欢买卖旧书,这与我的学术经历和兴趣的转变有关。

先说卖旧书,迄今,我已两次大规模"摆摊"卖旧书,都是在大学校园里。第一次在1981年,我就读大学三年级。一个春日的午间,我在宿舍门口摆上几张桌子,摊开一大堆文学理论、电影理论和哲学书籍叫卖,当面议价。一时门庭若市,生意兴隆,卖出九成。第二次在1983年,我就读研究生二年级。记得是一个初夏的午间,在北大三角地一隅就地铺开几张报纸,推出一批心理学、美学书籍叫卖。这一次不那么门庭若市,但前来翻捡的人还算络绎不绝,销量不错。

卖的旧书,大都是自己曾经颇费周折才得到的学术书籍。一些朋友问过,为什么要卖掉?

卖旧书是我的自我调整:卖旧书真正卖掉的是我过去的读书兴趣,算是对自己思想的自我清场。第一次卖旧书表明我对文艺理论和文学批评不再有兴趣;第二次卖旧书则是对心理学和美学不再有兴趣。当然,卖的旧书中也包括一些就学科而言虽有兴趣,但写得实在糟糕的书,这说明自己分辨学术虚实的能力有长进。我喜欢书,但没有藏书癖,对无用的书扔之后

[①] 原刊于《成都晚报》,1995.5.4,略有扩充。

快——不仅书，连自己的文章也扔之而后快。1983年曾写过一篇分析电影《见习律师》的时间结构的文章，钟惦棐先生颇称赞，但当时因兴趣转向，便扔进了垃圾堆。

我求学的时代正值七十年代中，十余年来，没有什么先师指点，书是唯一的老师。可是，这位唯一的老师也有缺陷：那个时代提供的书是受限制的，要找到能指点自己的热情的书的条件，也是受限制的。如果我要恰切地把握住自己的思考兴趣和问题困惑的真实要点，就必须不断地检审自己的思路。我觉得，这是偶然的时代境遇给予我的馈赠。我羡慕现在读书人的条件，至少不至于像我那样被迫去卖旧书。

再说买旧书。少年时代我就喜欢在旧书店泡，时常会因遇上一本自己喜爱的书而惊喜。遗憾的是，如今旧书店在国内日趋消亡，有的也是名存实亡。最愉快的买旧书的经验是在国外。在巴塞尔留学时，周末逛旧书店是最惬意的闲荡。只有四十万人口的巴塞尔市，城里的旧书店有十几家——周末的跳蚤市场也常有学术书的"跳蚤"。例如，我曾碰上《特拉克尔诗文书信全编》《基督教社会主义文集》和《表现主义音乐研究》（三卷）之类求之不得的旧书，价格极便宜。爱拉斯莫当年过世时的楼房，现为以他命名的旧书店，是巴塞尔最大的一家，在那里我买到过极便宜的《布洛赫全集》和《古希腊罗马文化百科全书》（十二卷）。神学系旁边有一家旧书店是一位参加过西班牙志愿军的哲学博士开的，他很懂什么是好书，而且不让价。我总是乘他不在，找老板娘以廉价买书——《舍勒全集》中的几部和梅烈日柯夫斯基的大部头就是这样弄到手的。

买旧书并不只是因为价廉，更是为了拾回被历史和时髦遗忘的思想和学问方向。就学术思想而言，时髦的并不一定是值得深究的，如果我有自己所关注的问题的话。

问题意识是学术思想的关键，这是一个过于私人化的事情：我想究明某种东西，澄清某种疑虑，与我的纯属个人性的在世体验相关。但是，个人性的问题意识只有在与历史中的诸多个人的问题意识的交流和碰撞中，才会变得日益明朗。一百余年来，汉语学术思想界引入了形形色色的外籍学术思想，它们大多因为在国外时髦而被引介。可是，国外学术界的时髦理论也有遗忘真切问题的情形，更何况，我的问题意识很可能与种种主流论述并不相关。问题意识的交往必须是超逾时代和地域的，逛旧书店就是我的这种超逾行动。

在旧书店，我依自己关注的问题去寻找"同道"。我时常感叹：在并不平静、富裕的二十世纪上半叶的欧洲，仍然有那么一些为数不少的学者撰述过一些思想深湛的书。学术思想是个人志趣的志业，它需要无数个体的问题和个体的历史性思虑的积累。我热衷于买旧书，不过是带着自己的问题去寻访历史中思虑的个体和他们的问题。

不少学人都喜欢卖旧书，买旧书则少见。买旧书的嗜好，是我的学术经历和旨趣形成的私人化行为，除了说明我个人的求学经历，并不说明更多的东西。我述说这一经历，也只是为我从文艺学、美学、心理学转向哲学、神学、社会理论和古典语文学的个人学历，提供一个简要的注脚，尽管我现在已不再卖旧书（因为已有图书馆或朋友可送），并且还在买旧书。这表明，我的学术思想还在不断依新的问题意识去找寻历史中的思想残片。

1996 年　香港

图书在版编目（CIP）数据

这一代人的怕和爱/刘小枫著. --4版. --北京：华夏出版社有限公司，2020.11
（刘小枫集）
ISBN 978-7-5222-0001-9

Ⅰ.① 这… Ⅱ.① 刘… Ⅲ.① 随笔－作品集－中国－当代 Ⅳ.①I267.1

中国版本图书馆CIP数据核字(2020)第154448号

这一代人的怕和爱

作　　者	刘小枫
责任编辑	王霄翎
美术编辑	殷丽云
责任印制	刘　洋
出版发行	华夏出版社有限公司
经　　销	新华书店
印　　刷	北京汇林印务有限公司
装　　订	北京汇林印务有限公司
版　　次	2020年11月北京第4版 2020年11月北京第1次印刷
开　　本	880×1230　1/32开
印　　张	11.75
字　　数	282千字
定　　价	85.00元

华夏出版社有限公司　　地址：北京市东直门外香河园北里4号
邮编：100028　　电话：(010) 64663331（转）　网址：www.hxph.com.cn
若发现本版图书有印装质量问题，请与我社营销中心联系调换。

刘小枫集

设计共和
以美为鉴：注意美国立国原则的是非未定之争
古典学与古今之争〔增订本〕
这一代人的怕和爱
沉重的肉身
圣灵降临的叙事〔增订本〕
罪与欠
儒教与民族国家
拣尽寒枝
施特劳斯的路标〔增订本〕
重启古典诗学
共和与经纶
现代性与现代中国：现代性社会理论绪论
诗化哲学〔重订本〕
拯救与逍遥〔修订本〕
走向十字架上的真
卢梭与我们
西学断章
现代人及其敌人
好智之罪：普罗米修斯神话通释
民主与爱欲：柏拉图《会饮》绎读
民主与教化：柏拉图《普罗塔戈拉》绎读
巫阳招魂：《诗术》绎读

编修〔博雅读本〕
凯若斯：古希腊语文读本〔全二册〕
古希腊语文学述要
雅努斯：古典拉丁语文读本
古典拉丁语文学述要
危微精一：政治法学原理九讲
琴瑟友之：钢琴与古典乐色十讲